FEB 2018

LARKSPUR
— LIBRARY —

(415) 927-5005
400 Magnolia Ave
Larkspur, CA 94939
www.larkspurlibrary.org

El guardés del tabaco

JAIRO JUNCIEL

El guardés del tabaco

III PREMIO DE NOVELA ALBERT JOVELL

ALMUZARA

III PREMIO INTERNACIONAL DE
NOVELA ALBERT JOVELL

Jurado compuesto por:
José María Rodríguez Vicente
Celia Santos García
Berta Tapia Zamora
Javier Ortega Posadillo

© Jairo Junciel, 2017
© Editorial Almuzara, s.l., 2017

Primera edición: diciembre de 2017

Con el patrocinio de la Fundación para la Protección Social de la
OMC (Fundación Patronato de Huérfanos y Protección Social de
Médicos Príncipe de Asturias).

Editorial Almuzara • Colección Novela Histórica
Edición al cuidado de Javier Ortega
Director editorial: Antonio Cuesta
www.editorialalmuzara.com
pedidos@editorialalmuzara.com - info@editorialalmuzara.com

Imprime: Gráficas La Paz
ISBN: 978-84-17044-49-7
Depósito Legal: CO-2267-2017
Hecho e impreso en España-*Made and printed in Spain*

«*Eran marquesones, gente de la de Dios es Cristo,*
de entuvión y la valentona.»

MATEO LUJÁN DE SAYAVEDRA,
Segunda parte de la vida del pícaro Guzmán de Alfarache.

Índice

Capítulo I
ANÍBAL ROSANEGRA

Un inglés dijo que los bravos, a diferencia de los cobardes, solo morimos una vez.

He oído silbar las balas cerca de mi oreja; he sentido el calor de las llamas envolviendo mi cuerpo y el frío del acero segando mis venas; he visto agonizar en la batalla a hombres tronchados y con las tripas fuera, implorando a sus madres un último cariño; he sido cegado por el fuego de San Telmo cuando trocaba centinelas por pavesas; he olido las carnes putrefactas de los marinos desgarradas por dientes impíos; he quitado vidas y he perdido plazas; he perdonado vidas y he ganado batallas; pero nunca, jamás, he sentido miedo.

Sórdido es el Cielo y cruel un Dios que me permite vivir arrastrando la insufrible cruz de haber enterrado mujer e hijo; maldigo la sangre del ser, más demonio que hombre, llamado Gargantúa, al que tanto me costó dar muerte. La historia no me recordará con romances y sonetos por haber ensanchado Castilla o por haber defendido la única fe verdadera, aquella misma de la que ahora reniego, incapaz de comprender sus oscuros caprichos. Espero con anhelo la llamada de una Parca que nunca se acuerda de mí; si bien juro a vuestras mercedes que poco me preocupa ya, pues atempera el dolor de mi alma la suerte de aquellos a los que en mi camino he podido auxiliar. Aquí y ahora, en el momento de consignar mi vida, solo espero que quienes quiera Dios que la leyeren, sintieren los latidos de mi corazón, que siempre impulsó mi espíritu. Me llamo Aníbal Rosanegra y esta es mi historia. La historia de un guardés del tabaco.

Contaba mi madre que allá por el año 1700 de Nuestro Señor Jesucristo subía por la cuesta de Tentenecio tras haber lavado la ropa en las crudas aguas de un invernal Tormes cuando un fuerte dolor de barriga le sobrevino, haciéndole tirar el cesto con la ropa. Miró al suelo y vio el charco que empezaba a formar la gran catarata de humor transparente que manaba de entre sus piernas. La pobre ya sabía lo que pasaba: había roto aguas, pero ninguna matrona le había explicado cómo era eso de parir. Mareada por el dolor se sentó en uno de los hitos que delimitaban el barrizal de la calle, donde los mendigos del otro lado del río solían posarse para pedir una limosna que les saciase el boque. Alzó la vista e invocó a San Juan de Sahagún, implorándole que por las piedras de la cuesta cuyo nombre tenía se detuviera el necio que ya asomaba entre sus piernas. Sahagún no debía de estar aquel día por allí, pero sí mi padre: Cristóbal Rosanegra, quien al oír las quejas de mi madre acudió al instante en su ayuda.

Ahora, a mis años, nada importa que diga esto, pues poco aquella a la que llaman Inquisición y que nada tiene de santa podrá hacerme para expiar mis maledicencias. Sabe Dios que si no hubiera sido tan impaciente en mi alumbramiento bien podría, al igual que el Salvador, haber nacido en la cuadra de nuestra casa. Por lo visto, ya desde nacencia, la calma nunca ha sido una de mis virtudes. Mi madre, cuando yo ya albergaba algo de razón, me recordaba entre risa y llanto las palabras de mi padre al llegar y verla conmigo, al pie de Tentenecio, cogido en brazos:

—¡Más parece que nuestro hijo fuera fruto de animales del campo que de personas, pues ha sido alumbrado con la misma rapidez que la yegua pare al potrillo; no sea que en el tiempo que tarda en arrojarlo al mundo vengan los lobos a comérselos a ambos!

Por lo visto el parlamento de mi padre halló éxito en las orejas de mi madre, quien no pudo parar de reír. Ella, que era una mujer alegre y risueña que gustaba de ir a los corrales de comedias, me puso por nombre Aníbal. Se justificó porque fui alumbrado cerca de la puerta de Aníbal y que si no me llamó Hércules fue porque no le gustaba, ni tampoco Río porque no me lucía. Mi pobre madre había oído que por donde me parió había pasado en los tiempos de los romanos un fulano llamado Aníbal y que este tenía más criadillas que un toro bravo; siendo pues la osadía del legendario *romano* la virtud que mi madre quería infundirme. No obstante, yo sé la verdadera razón: lo que realmente determinó la nominación fue la ocurrencia de mi padre, y la rítmica cadencia entre «animal» y «Aníbal». Por un motivo u otro, con «Aníbal» me quedé, siendo Rosanegra mi segundo nombre —gracias a mi señor padre— y Alonso el tercero —gracias a mi señora madre—, siendo bautizado al día siguiente de mi venida a este mundo como Inocencio, al negarse en redondo el cura a cristianarme con el nombre de un pagano, por muy gallardo y arrojado que hubiese sido.

Todos los hombres tienen madre, pero yo, como muchos otros, crecí sin padre. Por lo visto unos ingleses malnacidos, que no debían de tener ni madre ni padre, acabaron en Rande con la vida del mío; recayendo mi crianza en exclusiva sobre los hombros de aquella santa mujer.

Crianza que le pasó cuenta. El haber perdido al dueño de su amor le apagó la lumbre de los ojos: tiñó de negro sus ropajes y cerró su boca a la sonrisa y la chanza. Sin el sustento que nos propiciaba mi padre, ella tuvo que trabajar por dos para sacarme adelante, y el trabajo no era fácil. Antes de que despuntara el sol ya estaba bregando con los cestos de mimbre repletos de ropa sucia que los bachilleres de la universidad le encargaban lavar por tres o cuatro miserables carlines. Ya fuera invierno o verano, tuviera que tirar piedras al agua para romper la capa de hielo formada en el Tormes, se le llagasen las manos por el roce con la piedra o los rabiosos mosquitos del verano le comiesen la cara, ella bajaba sin descanso y sin queja a coger el mejor sitio donde lavar. Acabada esta primera labor, a eso de media mañana, tocaba ir a pedir a los portales de las neverías: esparto en las rodillas, cabeza baja, manos extendidas y bien abiertas y a rezar por Dios y la Virgen para que los transeúntes tuviesen alegre la zaina.

Pegado a mi madre y mendigando con cara de pena, pues era la única que yo conocía, pasaba la mañana entre los puestos del mercado: de peces de río aún vivos pero demasiado caros para nosotros o salazones de precio más misericorde, pero malsanas, rancias o llenas de moscas en el mejor de los casos; puestos de pan: molletes de flor tiernos para los pudientes y bollos duros como piedras para los menos desahogados de bolsillo; puestos de aceites entremezclados con las recovas siempre alborotadas y llenas de plumas y roña. En un lugar privilegiado, cerca del muro norte de la iglesia de San Martín, lindando con el cementerio, los puestos de los lenceros, ostentando su surtido de finos paños, vedados a los mortales.

Pero era sin duda el rollo de justicia o picota, situado entre la zona de los puestos de venta y la parte dedicada a los espectáculos placeros, el lugar que más miradas y comidillas atraía. En esta pequeña isla de silencio entre la batahola del mercado se alzaba un temible e imponente cadalso de maderas mugrientas y carcomidas por el paso de los años y la sangre de los que allí se ajusticiaban. Constaba de dos parcelas: una consagrada a que los ahorcados impartiesen con las piernas la bendición a todos los presentes y otra donde estaba el tajo para las decapitaciones con alabarda.

Desde pequeño crecí viendo esta picota ante la que lugareños y extraños se apelotonaban para presenciar las ejecuciones del día como quien ve una corrida de toros: jaleando y alborotando ante una buena faena; espectáculo este que se me antojaba a la par horrendo y macabro, pero no por la dudosa justicia allí impartida sino por la algarabía de las gentes pidiendo carnaza: gritos y abucheos para los ladrones y maldiciones para los asesinos. Algunos de los reos eran verdaderamente culpables, pero pisaron el cadalso muchos más inocentes, no en vano escrito está que el único granuja que acaba mal es «el que no tiene qué dar a los escribanos, procuradores y jueces». Inocentes o culpables, todos acababan vaciando los vientres: los gomarreros en la tosca soga y los que tenían más nobleza en su sangre que en sus acciones, pasando su fino y exquisito gañote por el filo de la alabarda. Luego, para más regodeo del vulgo y escarnio de malhechores, las cabezas cercenadas eran expuestas en la picota hasta que las moscas ya no dejaban ver la cara de la víctima.

—No las mires fijamente o te robarán el alma; míralas «de respabilón», como quien ha visto pasar un ángel y sábete que si hurtas o matas, tarde o temprano será tu cabeza a la que escupan —me dijo mi madre un día que me quedé embobado mirando las cuencas roídas de la cabeza de un infeliz empalada en un asta. Recuerdo que sus sencillas palabras removieron lo más profundo de mi alma, haciendo nunca desear para mí tan ingrato final. Por fortuna mi madre no gustaba de acudir al desagradable pasatiempo de la justicia terrena; otros padres llevaban a su prole a tan instructivo recreo y terminaban la lección con un fuerte guantazo y la moraleja: «toma, para que te acuerdes».

A primera hora de la tarde, con los escasos oros tan duramente recaudados, acudíamos a hambrear las sobras a los distintos puestos, porque el dinero del pobre va dos veces a la plaza:

—Mire usted que no tengo más en la talega, que el zagal me lleva un mes sin catar la carne; mírele la dentada —decía subiéndome el labio—. Mire qué encías: más blancas y serán leche. Busque entre los despojos, que alguna pieza pasada que nadie quiera seguro que tiene; no tenga dolor por si lleva gusanos, que igualmente son hijos de Dios y bien guisados llenan la panza —suplicaba mi señora madre a los carniceros.

Si los matarifes se habían levantado con la almorrana contenta, si aquel día un macho no les había pateado los compañones y de entre los despojos sobraba algo que ni los perros querían, aquel día se yantaba carne en mi casa. Cuando esto no sucedía, bien acompañaba a las gachas y callaba el rumor de las tripas alguna rata del río, siendo dichosa la jornada en la que el lazo apresaba liebre en vez de rata. Para golosinar: cerezas picadas, naranjas machacadas, uvas podridas o cualquier otra cosa que de los carros de los mercaderes no se aprovechara o de los huertos ajenos no se cogiera. Por calcos y medias, los pies desnudos; por camisa, basto lienzo bien cortado por las manos callosas de mi madre; por calzón, la arpillera de unos sacos; por entretenimiento, dos piedras y todo el campo que pudiera correr. Sobrevivíamos a plagas y pestes, a la ocupación de Salamanca por herejes extranjeros a causa de una guerra que no entendíamos pero sí padecíamos y a inviernos infames como el de 1708. Esa era nuestra vida, una vida paupérrima y miserable, una vida indigna hasta para los perros, pero al fin y al cabo: una vida.

Tras comer —si se comía—, la faena se extendía con la limpieza de algunas viviendas de acomodados, pudientes e hidalgos, que de estos últimos en Salamanca teníamos un batallón. Una de ellas era la del librero y accidental Procurador del Común Pedro de Torres, con el que compartía vida su fecunda esposa, Manuela de Villarroel, que alumbró quince hijos de los cuales solo vivieron lo suficiente tres, llegando a ser uno de ellos una eminencia de universal nombradía y un hermano más que un amigo. Murió hace poco y he de confesar cuánto lo echo de menos; el día que nos dejó, Salamanca perdió a uno de sus hijos más esclarecidos. Por aquel entonces él contaba unas diecisiete primaveras. Su nombre quizás les suene: Don Diego de Torres Villarroel.

Nunca olvidaré la primera vez que lo vi: acompañaba yo a mi madre mientras ella cumplía sus quehaceres en la vivienda del librero. En un momento en que bajó la guardia, me escapé y comencé a fisgar por aquella fascinante residencia que por suelo tenía terrazo en vez de tierra; por telarañas, estantes repletos de libros y por cubierta, tejas en vez de paja. La casa del librero se me antojó el palacio de ese del que tanto hablaban en los corrillos: «El Animoso», que no era otro que Su Católica Majestad Felipe V, rey de esta y de todas las Españas.

Estaba yo observando maravillado y atónito aquellas baldas de madera carcomida y sobre ellas las hileras sin fin de libros gruesos y finos; altos y bajos; vestidos de pergamino o de cuero y oro. Excitado por la curiosidad, tomé una banqueta cercana usada para descansar las piernas y me encaramé sobre ella, pero una pata traicionera decidió cojear cuando yo más engaviado sobre los tomos me encontraba. Pasó lo que tenía que pasar: perdí el equilibrio, viniéndome al suelo de costillas con toda la biblioteca encima. Los libros, pesados como piedras, me lapidaron. El estruendo y mi infantil llanto alertaron al bachiller de la casa, el señorito Villarroel, que estaba en el patio diseccionando una rana bajo el sol y que apareció con la lengua fuera:

—¿Qué ha pasado, qué ha pasado? —gritaba él, removiendo aún más la polvareda que había llenado el aire de la biblioteca. Cuando se disipó, permitiendo ver mejor, apartó los libros que me cubrían y tomándome por las islillas me sacó del cautiverio—. ¡El cuarto de un estrellero más parece cuartel de brujas y agoreros que habitación de cristianos, pero esto es en demasía! ¿Qué has visto en mis estudios que tu curiosidad ha despertado? —dijo con una cálida sonrisa, a la vez que tomaba de mi mano el libro al que durante mi caída me había aferrado—. ¡Hola! Pues va a ser que el pollino tiene buen gusto para las letras, pues de entre todos no ha cogido sino mi ejemplar predilecto de Don Pedro Calderón de la Barca. ¿Quieres saber qué se contaba el padre Calderón?

Yo apenas parpadeaba; estaba confundido, pues el señorito Villarroel no la había emprendido a tortas con mi facha y, en cambio, empezó a leerme un armonioso texto del que más o menos recuerdo:

Ruiseñor que volando vas
cantando finezas, cantando favores,
¡oh, cuánta pena y envidia me das!
Pero no, que si hoy cantas amores,
tú tendrás celos y tú llorarás.

¡Qué alegre y desvanecido
cantas, dulce ruiseñor,
las venturas de tu amor
olvidado de tu olvido!

Mi madre, que había venido con la mano en orden de batalla y dispuesta a cascarme las liendres, al ver que el señorito Villarroel no solo no se había disgustado por mi trastada sino que me recitaba con paciencia y buena voz los versos calderonianos, se apoyó en el marco de la puerta para no interrumpirle la lectura y arrancó a llorar una vez acabada esta.

—¿Qué le acontece? ¿Acaso tan mala voz tengo que la hago llorar? —apuntó jocoso Villarroel.

Mi madre se enjugó las lágrimas con el mandil y me miró. Acto seguido, el señorito también me dirigió una silenciosa mirada.

—Caigo ahora... —dijo asintiendo con la cabeza—, pequeño... —dejó en suspenso, tratando de recordar mi nombre.

—Aníbal, como el de los romanos —se apresuró a decir mi madre.

—Aníbal... Admirable nombre, era un guerrero muy valiente. ¿Sabes que estuvo en estas tierras? —dijo tocándome el hombro—. Aníbal, ¿puedes irte fuera? Quiero hablar con tu madre.

Nacemos con algunas lecciones ya aprendidas. A pesar de mi edad yo ya sabía que mi presencia allí estaba de más. Aparté algunos libros para abrirme camino, me sacudí el polvo, miré a mi madre y pasé a su lado mirando al suelo con vergüenza esperando que su áspera mano me acariciara el cogote con un buen manotazo; en su lugar sus dedos atusaron suavemente los cabellos de mi testuz. Salí a la calle y, sentado en el poyo que había junto a la entrada, agucé el oído todo lo que pude, tratando de captar qué se murmuraba en aquella casa. Mi señora madre lloraba, y su llanto me heló el alma. No era la primera vez que la oía llorar, pero sí la primera que la oía hacerlo de aquella manera. Por las noches, cuando ella pensaba que yo ya estaba difunto, se metía en su cama y lloraba y lloraba, anhelando entre susurros los abrazos que el que reposaba en Rande ya no le podía dar. Pero como digo, este llanto era distinto: era más profundo, más sobrecogedor; entonces no lo entendía, pero años después comprendí que aquel llanto venía por la angustia de querer y no poder darle una educación a su hijo. Yo me limitaba a cuchichear para mis adentros: «Bueno, ¿qué más da que no pueda estudiar? Total, si más pequeños son los pájaros y no necesitan leer para cazar —iluso de mí—. Además, con mis amigos de la calle ya aprendo mucho, y bueno.» Rematé el pueril pensamiento. Y era cierto, con la compañía de Fausto, Quijón y su hermano Marco buenas lecciones que aprendía: cómo alzar una herrada de vino sin que el bufiador se diera cuenta, cómo aspirar por las ñefas pellizcos de tabaco sin estornudar o cómo frotarme la pasión del cuerpo hasta sentir escalofríos de gustico por la nuca.

Pero por lo visto, nada de eso que yo aprendía se consideraba cultura. El joven Villarroel, al ver a mi madre tan angustiada por mi futuro, le ofreció un trato: yo le llevaría todos los días media pinta de vino y a cambio él me enseñaría lo que llamaba: «las tres reglas». Por aquel entonces el señorito Villarroel acababa de conseguir una beca en el Colegio Trilingüe o, como él lo llamaba: «el colegio del cuerno». Yo pensaba que se trataría de una escuela de tauromaquia o algo así, pero pronto supe que tal colegio no era sino una cuadrilla de doce gansos jangalandones de su misma edad, así que compaginar estudio y docencia no le supondría grandes fatigas. Como no podía ser menos, mi madre aceptó el arreglo y así me ilustré bajo la tutoría del que, como ya les he dicho, fue tanto mi maestro como mi amigo y mi hermano.

Mi rutina con Villarroel giraba sobre «las tres reglas» como la Tierra alrededor del Sol; dato que tanto esfuerzo le costó introducir en mi chirumen. Los lunes: matemática. En este punto les digo a vuestras mercedes que no le tengan miedo, y que si no la conocen hagan por conocerla. Esta ciencia, aunque un poco enrevesada, les ayudará a ser hombres de mejor provecho y difícil engaño; con ella dominada podrán reírse en la cara del conchudo mercader que aprovechándose de la ignorancia del cliente trata de colar los cuartos de libra como libras enteras. Y eso si hablamos de lo cotidiano, porque si aprovechamos la matemática en ámbito militar, sus posibilidades se tornan casi infinitas: calcular el ángulo óptimo para disparar una serpentina de media libra y atinar con el plomo a un blanco a cien varas; saber que uno no se puede enfrentar con éxito a alguien que tenga una herrada de medio palmo más de largo que la nuestra, o que si el agua inunda tres octavas partes de un galeón más vale santiguarse y abandonar el navío.

Los miércoles: gramática. El joven Villarroel me decía que si los números me ayudaban a alimentar la panza, las letras me alimentarían el buen juicio. Y voto a Dios que así es; porque como dijo nuestro insigne manco complutense: «El que lee mucho y viaja mucho sabe mucho y ve mucho» o, como decía mi charro maestro: «Los libros gordos, los magros, los chicos y los grandes son las alhajas que entretienen y sirven en el comercio de los hombres. El que los cree, vive dichoso y entretenido; el que los trata mucho, está muy cerca de ser loco; el que no los usa, es del todo necio. Todos están hechos por hombres y precisamente han de ser defectuosos y oscuros como el hombre. Unos los hacen por vanidad, otros por codicia, otros por la solicitud de los aplausos, y es rarísimo el que para el bien público se escribe.» Cuánta lástima siento por aquellos que no han podido acercarse a las letras. Ignorantes, sabed que en nuestras Españas cada vez se ve mejor que los hombres sean leídos e instruidos; que el analfabetismo no es motivo de orgullo, sino de vergüenza; que no le falta virilidad al que lee ni coraje al que se cultiva; que no por leer a Quevedo, Góngora o Cervantes se os van a caer los pericatos al suelo. Al contrario, los años me han enseñado que aquellos que nos manejan bien procuran saber un punto más que el mismísimo demonio y que si no están muriendo en las trincheras no es por falta de arrestos sino por sobrante de seseras. Ahí queda eso y quien quiera entender, que lea.

Por último, los viernes tocaba aprender lo concerniente a los preceptos de la Ley de Dios. Mi joven profesor gustaba, tras alimentar la razón, de alimentar también la espiritualidad. Si bien él era de dos misas diarias, a mí me recomendaba, dadas mis mañas, que me acercase más a Cristo hincando una matapecados en las entrañas de los infieles. Afirmaba que no todos teníamos que ser llamados a la santidad por el camino de las rodillas tan alentado por la curia; que Dios es sabio: que a unos los llama con los tambores del frente y a otros con los órganos del coro; y que solo cuando tuviera el raciocinio que da la edad, determinara cuál era el instrumento que había oído con mis propias orejas. De todas formas, como buen Cristiano que se preciara, el *Paternóster*, el *Credo* y las Avemarías sabidas de corrido, rosarios y jaculatorias para completar y riguroso respeto a las cuaresmas, ayunos y abstinencias.

Al poco tiempo ya era más vivo y rápido de pensamiento que la mayoría de los que corrían conmigo entre los puestos del mercado, felices y desenvueltos, pero totalmente ignorantes de los designios divinos. Y si bien no fue el Señor, ni tan siquiera un ángel, el que se presentó en nuestra casa como un ladrón en aquella noche ociosa de verano, sí fueron los nudillos del destino o de la providencia, quienes golpearon la puerta de la cuadra.

—¡Aníbal! —gritó mi madre desde el sobrado para que atendiese la llamada.

—¡Voy!

Presuroso acudí a la orden de mi madre y corrí el madero que hacía las veces de pasador, estremeciéndome al ver al hombre que al otro lado esperaba ser atendido. A pesar de jactarme de tener un ojo digno de cubero para medir las alturas, no sabría precisar si allí habría dos o más varas de hombre: sus ropajes estaban terrosos, grasientos, llenos de polvo y con tantos piojos como pelos. La manta que le cubría los hombros y que él utilizaba como herreruelo tenía más rotos y descosidos que puntadas de lana. Los calcos de los pies eran unos amasijos desgastados de cuero y trapos atados para evitar que las suelas se separasen al caminar. Varios dedos de carne negra y garras amarillas le asomaban por los rotos pero sin duda fue su olor, un olor rancio, nauseabundo y penetrante lo que más me marcó de su apariencia. Toda esa podredumbre me recordó a las mierdas que sueltan los marranos cuando son sacrificados. Pensaba que nunca conocería a alguien que vistiera peor que yo, sin duda me equivocaba.

En un primer momento no pude verle bien la cara; la luz de la luna llena le pegaba en el cogote, oscureciendo con un velo negro su rostro. Aquella aparición de huesudos miembros, que le asemejaban más a un árbol que a un hombre, al verme estupefacto se agachó con curiosidad dejando que la tenue luz del candil del interior le iluminase la cara, o lo que quedaba de ella: labrada por cruces y cicatrices, picados de viruela y tachonados de espada y mosquete; el lado izquierdo de su mandíbula estaba hundido de un trabucazo; los pabellones de las orejas se dibujaban carcomidos, como si hubieran sido mordisqueados por las ratas; la piel, tostada y sucia, brillaba como el aceite; una gran cicatriz circundaba su frente y apenas un penacho de pelo blanco y ralo le cubría la coronilla; sus ojos, o mejor dicho, lo que quedaba de ellos en las oquedades de su cara, eran dos despojos negros y sin vida que se ocultaban tras unos párpados mortecinos y sin pestañas; el tabique de las sonaderas estaba torcido a la derecha y estas, serpenteadas por finas venillas moradas, emitían un silbido suave en cada inspiración; debajo de sus canales un gran mostacho espeso y descuidado, blanco como la nieve en los extremos y amarillento por el tabaco en el medio.

—¿Quién es? —preguntó preocupada mi madre, apareciendo por la puerta trasera del pajar.

—Felisa, ¿eres tú? —dijo el hombre-árbol con voz ronca, seca y cavernosa mientras giraba una de sus roídas orejas hacia donde estaba mi madre.

—Pensaba que estabas muerto —replicó adusta mi madre mientras se arrebujaba en su negra agüela para cubrirse del frescor veraniego que entraba por la puerta.

—Siento desilusionarte —respondió él, cabizbajo—. ¿Me invitas a pasar... o prefieres que duerma al raso? —añadió con pena.

Mi madre resopló y maldijo su alma y la de sus ascendientes.

—Pasa, que entre cristianos no está bien visto que los cabritos mueran en la calle.

El hombre volvió a mirarme, buscando con lo que le quedaba del ojo derecho mi figura.

—¿Eres tú el Aníbal, el hijo del Rosanegra? —me sonrió, dejando ver una boca oscura de la que manaba un crudo hedor a muerte.

—Así es —dije tragando saliva.

—Qué alto estás, sin duda te pareces a él. Mi gracia es José Antonio Guzmán Santalla para clérigos, justicias y autoridades y simplemente Guzmán para los demás ¿cuántos años tienes? —preguntó acercándose y permitiéndome ver mejor su boca, vacía de dientes, donde solo dos molares pequeños y amarillentos resaltaban.

—Suficientes, señor —respondí desviando la mirada hacia mi madre, intimidado por la presencia de Guzmán.

—Es listo... —comentó superando el umbral de la puerta mientras arrastraba una pierna. En su espalda portaba un gran cesto de mimbre sin palos que hicieran de esqueleto, por lo que colgaba de su cuerpo sujeto por dos maromas que le cruzaban desde los hombros a los sobacos; con dificultad y sin que mi madre le quitase ojo se desató las cuerdas dejando caer el pesado cesto sobre una pila de paja llena de arañas que salieron corriendo bajo la presión de su peso. Entre la espalda y el cesto llevaba un poncho doblado hecho con una vieja manta sayaguesa, recia y espartana, urdida con lana apenas cardada, que le servía para acomodar la carga a su espalda. Por los pliegues parecía que rara era la vez que ese cesto no estaba a su grupa y no me equivocaba.

—¿Dónde vas? —dijo mi madre estirando el brazo, frenando en seco su cojeante avance.

—Has dicho que podía pasar... —balbuceó confundido.

—He dicho que no está bien que los hijos de Dios mueran en la calle, no que las bestias puedan entrar en la casa. Esta es la cuadra, supongo que sabrás cuál es tu lugar —sentenció arisca—. Tú —dijo llamando mi atención—, trae medio vaso de zupia y ni una gota más, que es cara.

—Gracias —rumió el hombre, mojándose los labios con la lengua.

—¿Qué te trae por aquí? —le escuché decir a mi madre mientras servía el vino.

—Me trae... una promesa a un muerto.

—¿Y qué promesa es esa de la que hablas, algún dinero quizás? Porque de esto último no vamos sobrados —le apremió ella con hosquedad.

En ese preciso momento fue cuando yo aparecí por la puerta llevando en mis manos aquella desgracia de vino. Guzmán olfateó el aire y se quedó mirándome, extendió los brazos y juntó las manos.

—El vino lo huelo a cinco leguas y algo veo a cinco varas, pero de cerca poco o nada. Acércame el vino, rapaz, no tengas miedo; aunque parezca perro fiero no muerdo, que mis marcas no son de lepra sino de plomo —señaló con un punto de ansia en sus palabras.

Miré a mi madre buscando su aprobación, ella asintió con la cabeza y cuidadosamente le acerqué el vaso de vino a Guzmán. Al ponérselo en las manos sentí el calor que desprendían; era un calor suave y agradable que, al menos a mí en ese momento me reconfortó. El hombre tomó el vaso y bebió el vino con afán, daba la impresión de que era lo primero sustancioso que bebía en muchos días. Apenas un par de gotas se desperdiciaron empapando sus bigotes, pero no tardó en encontrarlas con la lengua.

—¡Di! ¿De qué promesa hablabas antes? Que te has pimplado mi vino y esta no es casa de beneficencia, que pasamos la misma hambre que los tullidos —exigió mi madre, impaciente y dura a partes iguales.

—Sí... la promesa... —El señor Guzmán hizo un hueco en la paja del suelo con la mano, en él posó el vaso vacío, se estiró emitiendo un gruñido de dolor al sentir sus huesos y tomó el gran cesto de mimbre que le acompañaba, lo abrió y sacó un bulto largo y fino envuelto en harapos sucios. Con paciencia y cierto respeto, como si estuviera siguiendo un ritual que practicase a diario, fue desatando los nudos de los trapos. Aflojado el último, el hombre me lanzó un ojo y de un hábil movimiento desenvainó la espada que bajo esos trapos se escondía.

—Muchacho, te presento a su señoría Longina, juez y verdugo de almas de hombres; es la espada de tu padre; me pidió que la tuvieses tú —dijo, ofreciéndomela de sus manos, al tiempo que me hacía una reverencia.

No era la primera vez que veía una espada; desde niño ya tenía acostumbrado el ojo a ver a hidalgos, hurgoneros, señoritos, envaramientos y zapateros portando más hierro encima que las rejas de la caponera de Sevilla; pero aquella espada desprendía un halo extraordinario: su filo era brillante, sin mácula, puro e infinito; un filo tan espejado que parecía emitir más luz que el candil que nos alumbraba. Mis ojos se reflejaban en su superficie abiertos de par en par. El guardamano, también de acero, simulaba con sus gavilanes una filigrana que imitaba los enredos de los rosales, muy en consonancia con nuestro apellido; el puño era un grueso hilo de bronce terminado en un contundente pomo de acero macizo. Inconscientemente, como zagal iletrado en armas que era, fui a coger la espada por el filo. Longina me hizo un fino corte apenas perceptible, pero suficiente para que una gota de mi sangre recorriera vivaracha su impecable acero.

—Tienes que tener cuidado, como ya te he dicho su filo puede segar almas. Ahora ha catado tu sangre —sonrió Guzmán—, ya le perteneces y ella se debe a ti —completó, limpiándole la sangre con un jirón y volviéndola a envainar.

—¿Has esperado tantos años para traer a mi hijo la maldita espada de su difunto padre? —saltó mi madre iracunda—. ¿Para esto vienes? ¿Tienes vergüenza o también te la dejaste en Rande? —gritó enseñando los dientes.

—Felisa, han pasado cosas... no pude venir antes... —se lamentaba mientras una lágrima se dejaba caer por su mejilla—. Por favor, déjame que te lo cuente... —dijo mirándome.

—¡No! Estoy harta, ningún cuento va devolverle la vida a mi marido. ¡Maldita sea la mañana que le dejé partir contigo! —lloraba iracunda—. ¡Maldita sea la hora negra en que nos embaucaste, hijo de piltrafa! —Mi madre, desesperada, se clavó las uñas en las mejillas tirando hacia abajo—. ¿Qué quieres, no tuviste suficiente con llevarte a mi marido y ahora pretendes llenarle la cabeza a su hijo de fantasías, de historias, de sueños y espadas? ¿Eres el demonio, el alma de mi marido te supo a poco y vienes a por más? No, no volveré a dejar que esto pase... No lo permitiré. Aníbal, coge ese viejo hierro oxidado y guárdalo arriba, algo nos darán por él. Y tú —se dirigió a Guzmán—, vete de esta santa casa y no vuelvas nunca o la próxima vez terminaré yo lo que no terminaron los ingleses —aulló besándose los dedos cruzados.

—¿Es tu última palabra? —le preguntó Guzmán apretando los labios.

—¡Lo es! Aníbal, entra en casa, el *señor* se va.

Sin comprender nada de lo que sucedía pero con la oreja escociéndome porque quería saber más de lo que aquel gigante nos tenía que contar, tomé a Longina, la desenfundé una pulgada para volver a verle el filo y la volví a enfundar, cubriéndola de nuevo con sus harapos. Antes de darme la vuelta le hice un gesto reverencial a Guzmán y salí rápido para esconderme dentro de casa, pero lo suficientemente cerca para poder oír algo. Me escondí donde dejaba mi madre las ollas —que casi nunca llenábamos de comida— me eché en el suelo y como una serpiente me acerqué reptando hasta el hueco de la puerta para oír mejor.

—Marcho a Sevilla, dicen que allí las limosnas a los tullidos son copiosas y yo soy buen gallofo —comentó Guzmán.

—Vete, y no vuelvas —decretó airada mi madre, dando un portazo.

La visita de aquel extraño hombre llamado Guzmán y que hablase de mi padre, tema de conversación evitado en mi casa, removió mis jóvenes entrañas. El oír nombrarle me humedecía los ojos haciendo que mi mente luchase con esfuerzo para tratar de recordar algo de él. Aunque no lo lograba, sí notaba cómo su corazón latía con fuerza en mi interior. La arrufaldada reacción de mi madre no hizo sino inflamar un poco más la curiosidad que tenía por saber algo de mi difunto padre; pero tampoco le di más importancia a las cagadas de bazos de aquella noche: de toda la vida de Dios el semblante de la que me dio la vida siempre llevaba ligado un aroma a gesto triste, a mirada perdida, a lamento ahogado y a dura reprimenda aunque no hubiera motivo.

Si nuestra vida ya era difícil: buscando comida entre los despojos, limpiando casas por migajas y pidiendo limosna en las esquinas de las iglesias, la situación se agravó cuando los señoritos bachilleres venidos de fuera dejaron de hospedarse en las casas de los particulares para asentarse en los colegios mayores, más dignos de su posición. Desde que yo tenía memoria, un rincón de nuestra humilde casa dispuesto como aposento siempre había estado ocupado por algún estudiante. Cierto es que no daban mucho alpiste a la zaina porque traían más cogorzas y dolores de cabeza que monedas, pero la necesidad hacía que siempre fueran bienvenidos. Con su falta, nuestra situación empeoró, si cabe, aún más.

Dos días después de la visita del viejo Guzmán, un ruido dentro de la casa me sacó de mi sueño cuando ya llevaba un buen rato pegando la oreja. Del cuartucho de mi madre venían gemidos y lamentos apagados, pero esta vez no eran los típicos quejidos a los que me tenía acostumbrado y tampoco se oían sus rezos pidiendo por el alma de mi padre; en ese momento no sabría describirlos: parecían gemidos agónicos, mortecinos; los recuerdo como cuando oía expeler su último aliento a los ancianos que cuidaba mi madre en sus casas. Desde luego no era una tonada muy melodiosa para las orejas de un niño. Salí de mi piltra y con cuidado apoyé mis pies en el suelo de tierra, sintiendo el frescor húmedo que despedía. Con mucho cuidado de no armar alboroto o tropezar con algo fui acercándome, a tientas y en mitad de la oscuridad, al origen de aquellos extraños ruidos. La cortina que hacía las veces de puerta y pared estaba echada, pero unos suaves hilos de luz horizontal salían por los agujeros de la desgastada y roída tela. Me agaché y comencé a avanzar a cuatro patas, pensando que si los gatos así lo hacían sería por algo. Llegué a la cortina y moviendo desde abajo suavemente la tela metí un ojo.

Dentro estaba mi madre: echada en el catre boca arriba y con la falda arremangada hasta la cintura, quedando sus piernas separadas y desnudas. Entre estas y desvestido de cintura para abajo, estaba el rollizo carnicero que nos vendía los despojos que a él ni para dar de comer a los perros le servían. Su cara estaba abotagada, rubicunda y mucho más congestionada que de costumbre. Por la sien le caían gotas de sudor que mojaban el pecho de mi madre. El jifero se movía torpemente hacia adelante y hacia atrás emitiendo un gruñido cerdoso en cada embestida. Lo que estaba ocurriendo en la habitación de mi madre era fácil de entender para cualquiera de vuestras mercedes, pero no para los ojos de un joven mequetrefe que aún no había conocido hembra y al que, a diferencia de los jóvenes pudientes como nuestros príncipes y principales, su familia no podía costearle una guimarra para que se desfogase: mi pobre madre, preocupada por nuestro sustento, había decidido alquilar aquello donde las mujeres guardan la honra.

Como digo, en ese momento yo no comprendía lo que pasaba, pero algún farol invisible prendió una idea en mi cabeza: aquel hombre le estaba haciendo daño a mi madre... ¡a mi santa madre! Bisoño de mí. Sin titubear volví en silencio a mi cubil, levanté el saco de paja donde descansaba los huesos y tomé a Longina mientras mi cabeza bullía recordando las historias de valientes del padre Calderón. Mi madre me había dicho dos días antes que llevase la espada a empeñar a la judería de la Rúa y que si me daban tres pintas de vino por ella no dudase en aceptar el trueque. El precio que le puso mi madre al hierro se me había antojado escaso, más habiendo pertenecido a mi difunto padre y más aún habiendo Longina probado mi sangre. Desoyendo las órdenes maternas la escondí, diciéndole después que las tres pintas de vino habían sido adelantadas en pago al profesor Villarroel.

Envalentonado desnudé a Longina: parecía tener vida propia y que esta le pedía sangre, pues mi mano pareció fundirse con su empuñadura y me dio la impresión de que la filosa quería saltar de la vaina. Incluso en la oscuridad de la noche su hoja tenía una aureola candente. La así con fuerza en mi diestra intentando remedar la postura de defensa que en los libros de espadachines tantas veces había leído. Me giré y anduve decidido hacia el cuarto de mi madre. De un manotazo descorrí la cortina y, gritando para insuflarme valor, lancé una estocada contra el cuerpo del carnicero: a lo bruto, sin apuntar, tirando al grueso. Longina mordió carne ¡y tanto que mordió carne! Con el acero en mi mano ensarté las nalgas del carnicero de lado a lado. Ahora el muy bellaco tendría cinco agujeros para jiñar. La bestia que cubría a mi madre, al sentir el hierro empalándolo, se revolvió agitando a Longina con su culo y haciendo que saliera disparada contra mi cara, mellándome un diente. Por un instante creí que aquello no era hombre sino animal, pues si antes bufaba en las embestidas ahora bramaba como un cerdo a manos del matarife.

—¡Me cago en Dios, hijo de badana! —gritaba el carnicero arrojándose, con el aparejo al aire y el culo ensartado, al suelo y rebuscando entre sus harapos la pistola que le acompañaba en sus acostumbradas guitonerías nocturnas. Cuando por fin la encontró, la amartilló, me apuntó y disparó. La pelota de plomo pasó rozándome la sien, de la que manó un hilo de sangre, y terminó alojándose en el cañizo de la pared, haciendo saltar polvo y astillas.

—¡Vete, Aníbal, que te mata, vete! —gritaba mi madre fuera de sí, espantándome con la mano. Recogí a Longina del suelo y salí corriendo de mi casa con lo puesto para tardar muchos años en volver. Por despedida no tuve ni una palabra amable, ni una mano que con cariño me acariciase en mi partida. Si hubiera sabido que esa sería la última vez que vería viva a mi madre, juro por la Santísima Trinidad que habrían tenido que

34

arrancarme las tripas y tirar de ellas para despegarme de allí. Pero lo hecho, hecho está. Corrí en la noche cerrada hasta dejar de oír a mis espaldas los gritos de mi madre y las blasfemias del matarife. Corrí todo lo que pude hasta que me dolieron los pies y mis piernas no pudieron más. Corrí hasta despuntar el alba. Corrí hasta que mi Salamanca ya no se veía a lo lejos. Corrí hasta que las torres de la catedral y la silueta de sus tejados eran ya un recuerdo escondido tras el horizonte. Cuando ya estaba extenuado de tanto correr, me acerqué a una encina, recuperé el resuello y miré su copa. Lancé a sus ramas a Longina para después trepar yo a su lado y, acurrucado a aquel hierro, dejarme vencer por el cansancio.

No sé cuánto tiempo estuve durmiendo, solo sé que desperté cuando el sol del mediodía ya mordía con su luz y calor mi cabeza. Abrí los ojos. A pesar de haber dormido al raso, entre las ramas de aquella tosca y áspera encina, rodeado por los mugidos de algunas reses y las escaramuzas de las alimañas, había dormido bien, muy bien. Tuve la sensación de que era la primera vez en mi vida que realmente había dormido a pierna suelta, quizás —pensé— el acero templado de Longina era lo único en esta vida que me podía proteger. Quizás. —otro pensamiento vino a mí— ¿Y si hubiera decidido Dios que vivir entre aquellas faldas no me convenía? Lo desconocía. Solo sabía que el inescrutable camino seguía su trazado ante mí y que no podía deshacer lo andado.

Sea como fuere, ya no estaba en casa y la gusarapa ronroneaba en mis tripas pidiendo manduca. Sin moverme de entre aquellas ramas fui cogiendo las bellotas que me ofrecía el árbol, metiéndomelas con ganas en la boca. Comí bellotas hasta hartarme, algunas de ellas incluso con inquilino dentro, pero poco me preocupaba: a buena hambre no hay pan duro ni gusano desaborido.

Desayunado bajé al suelo, miré a mi izquierda y a mi derecha tratando de situarme, pero la espesura del encinar charro, aún no diezmado y clareado por la Mesta, hacía imposible localizar un punto que me sirviera de referencia. Así que sin pensármelo mucho comencé a andar en la primera dirección que Dios me dio a entender, espoleado por el miedo a que los alguaciles me estuvieran buscando para azotarme, o peor, que el carnicero —si seguía vivo, pues creía que mi estocada había sido mortal de necesidad— diera con mi pellejo y me hiciera picadillo. Y es que los castigos que había presenciado en la picota eran en extremo cruentos. Si ya los corchetes tenían fama de que por alcanzar una gallina eran capaces de quemarte con un hierro al rojo, no se imaginan vuestras mercedes lo que eran capaces de hacerle a alguien por un delito de sangre: fuera joven o viejo, hacho o devoto, sus fustas de cuero y hueso azotaban los cuerpos sin piedad hasta matar. Si el delito tenía una pizca más de enjundia, te tiraban al saco de las culpas donde si no morías de asco morías por pena, que casi era peor. Y si ya el pecado era la muerte, la penitencia sería igual al delito. Por otro lado, cuando pensaba en el carnicero no me reconfortaba lo más mínimo: ¿Y si lo había matado? ¿Y si seguía vivo? Tocado en el orgullo por la mano de un niño y en el culo por su acero, no habría dudado, nada más verme, en servirme en el puesto como troceado de liebre, de rata o mezcla de carnes. Volver a Salamanca no era, de ninguna de las maneras, una opción. Mientras mis gambas deambulaban sin rumbo fijo por la vereda, mi cabeza discurría a dónde ir, qué hacer y cómo sobrevivir; también fantaseaba con aventuras, doncellas, riquezas y castillos. Ahora creo que cuando estas fantasías me abordaban no era sino el modo natural del joven aún niño, que no quiere ver sufrimientos ni pesares y utiliza su imaginación para disfrazar la cruda realidad.

En estas estaba yo cuando a lo lejos comencé a oír los cristos de un hombre; curioso de mí, me acerqué al foco de aquella voz: por la senda circulaba un carro cargado de brea y tirado por dos bueyes, el arriero azuzaba a las bestias con la ayuda de una aguijada y las retahílas de improperios que salían de su boca. Pegué el cuerpo a tierra y me cubrí un poco con la hojarasca y los arbustos que flanqueaban el camino, pero el ojo entrenado del carretero, preparado para saltar ante cualquier peligro del camino, descubrió mi posición:

—¿Quién va, rediós? —gritó, para soltar a continuación una ringlera, que parecía ensayada, de no menos de treinta exabruptos, maldiciones e insultos—. ¡Que tengo pólvora y balas suficientes para coser a todos los hideputas que se me pongan por delante! —berreó echando el brazo a la trasera del pescante y sacando un trabuco de una onza manchado de salpicones de sangre reseca.

—¡Un niño! —grité saliendo de mi escondite con las manos en alto, temiendo que una bandada de perdigones me carcomiera las carnes.

—¿Un niño? ¡Una jiñada de caballo, un niño! ¡Que ya me conozco todos los trucos de los condes de esta comarca! ¡Gitanos, que sois todos unos gitanos y unos salteadores de caminos! —rugió, apuntándome con el trabuco ceñido al carrillo.

—¡Que no, señor, que no soy gitano, solo soy un niño! ¡Un niño de Salamanca! ¡La villa de los curas y los bachilleres! —respondí, esperanzado de que mi súplica sirviera de ayuda.

—Un niño... —dijo desconfiado a la par que sorprendido—. ¿Y qué hace un niño por estas tierras tan alejadas de Salamanca? ¿Qué hace un niño en mitad de este monte tan apartado?

—Venía... venía con mi padre, un buen y piadoso panadero; mi madre, señora casta y honesta, y mis once hermanos de camino a Madrid. Hicimos noche al raso y cuando me desperté ya no estaban. Como somos tantos creo que se olvidaron de mí, no es la primera vez. Apiádese, llevo deambulando por este trozo de Castilla sin encontrarlos desde que ha amanecido, ya hasta las piedras se me antojan todas iguales —improvisé nervioso, tratando de solucionar la situación.

—¿Y para eso necesitas toledana? Eres muy joven para tanto hierro —acertó a decir el perspicaz arriero al percatarse de cómo colgaba Longina de mi tachonada de cuero.

—Ya sabe de sobra usted que estos caminos son traicioneros y que hombre precavido vale por dos o por mil. Por el gesto de la cara parecía que le había colado una buena bola al arriero. Dudó y me miró de arriba abajo mientras me seguía apuntando con la perdigonera.

—¡Por aquí no se va a Madrid, por aquí se va a Sevilla! —detalló estirando el cuello.

—¿A Sevilla? —dije al tiempo que recordaba la cara hundida y cercenada de Guzmán.

—A Sevilla, donde tú perdiste la silla —contestó afinando el caño para enfilarme mejor.

—¿Usted no...? —empecé a proponer, acercándome al carro con las manos en alto con la esperanza de que me llevase consigo.

—No, yo no cojo pasajeros. ¡Y no avances un paso más o te reviento el gañote de un tiro! —Desconfiado, pensando que aquello sería un ardid para tenderle un camodamiento, miró a su alrededor ciñendo con fuerza

38

el arma contra su cuerpo. Retrocedí, despacio, el paso que había ganado.

—¡Vete, sabandija! Tus palabras apestan a pataratas y farsas. ¡Que ya me conozco yo todos los cuentos de los tuyos, todos sois cortados por el mismo patrón! —carraspeó fuerte y escupió una buena onza—. Vete por donde has venido y como intuya que te giras o bajas los rastrillos, te lleno el espinazo de pelotas de plomo —dijo azuzándome con el arma para que me fuera. Me di la vuelta y con las manos en alto comencé a caminar alejándome del arriero. Fueron muchos pasos los que tuve que dar hasta que a mis espaldas sentí de nuevo el restallar de la vara despabilando a las bestias para retomar la marcha. Bajé las manos y con la siniestra apoyada en el pomo de Longina comencé a hacer camino andando con toda mi baladronería, orgulloso y con la cabeza alta; que no se dijera que por ser niño no fuera jaque.

La voluntad de Nuestro Señor había querido situarme de camino a Sevilla y aquello, sin duda, era la confirmación inequívoca de lo que debía hacer: ir al encuentro de Guzmán, aquel viejo desfigurado y amigo de mi padre que seguro que me acogería, o eso al menos me ilusionaba pensar. Lo que no me podía imaginar era que el camino hasta llegar a su presencia fuera tan tortuoso; a cada paso perdía un poco más de bravura: el caminar descalzo, pisando guijarros, chinas, ramas y terrones, hizo que mis pies se acabaran resintiendo. No habría caminado más de medio día y ya una gran llaga había crecido en mi pie derecho, obligándome a sentarme en una piedra. Me limpié la herida con un girón de mi camisa y froté mi pezuña tratando de recuperar la sensibilidad. Miré atrás: había venido arrastrando a Longina y esta había partido en dos el camino. Esbocé una sonrisa y recordé las palabras de Don Francisco Pizarro cuando, sobrepasado por las embestidas de los indios y las desavenencias del viaje, tomó su espada, marcó con ella la tierra y dio a sus hombres a elegir: «Por este lado se va a Panamá, a ser pobres, por este otro al Perú, a ser ricos; escoja el que fuere buen castellano lo que más bien le estuviere».

Animado por las palabras de Pizarro, tomé otro girón y me lo anudé al pie para evitar que se me gangrenase. Apreté el nudo todo lo que pude, no quería perder más tiempo de camino. Remendado seguí marchando hasta que la Divina Providencia tuvo a bien poner en mi camino un arroyuelo para solazarme. Al oír el murmullo del agua me lancé ansioso a beber hasta hartarme, sumergir la cabeza y poner mis pies a remojo. El agua de la sierra, que corría fría como el hielo, me alivió las llagas. Después lavé y me froté las piernas para desentumecerlas y vi que las tenía llenas de picaduras de tábanos; había estado tan obcecado en mi empresa que los animales me comían como sopones y yo ni me enteraba. Mi cuerpo recobró vida y las tripas volvieron a berrear. Desesperado miré por los alrededores buscando unas bellotas o unas bayas que pudiera zampar; entre las plantas que crecían en las orillas del riachuelo creí reconocer una que el maestro Villarroel me había dicho que se podía yantar; usando a Longina como hoz la segué. Por precaución de que no habitase en ella algún bicho que me pudiera dañar, la aclaré con el agua del arroyo y le quité la tierra que tenía. Sin pensarlo dos veces me la empecé a echar para el coleto con mucha hambre y muchos bocados de asco, pues su sabor era amargo como la hiel. Estaba rancia y desaborida pero al menos me quitaría la gusa.

Comido y bebido volví a emprender la jornada, pero al poco un fuerte gorgoreo me revolvió las tripas, obligándome a ciscar en mitad del camino. La planta debía de ser venenosa o estaba mala, era la primera vez en mi vida que tenía tantas ganas de obrar. Además, el ojo del culo me ardía como si estuviera pariendo por él al mismísimo Belcebú. Debilitado por los retortijones decidí hacer un alto en el camino para intentar recuperar fuerzas y me cobijé entre unos matorrales. El cansancio me provocó un profundo sueño; apenas era por la tarde cuando me tumbé y no me desperté hasta el clarear del día siguiente. Soñé que me volvía a encontrar con mi padre y que me abrazaba con fuerza mientras me juraba que nunca más se iría. Este sueño no hizo más que espolearme a seguir mi camino en busca de Guzmán. Tras la experiencia de mierda con lo comido me armé de valor y me propuse temerariamente no parar más que para dormir, y eso si se terciaba. Me animaba recordando los libros de caballerías que me daba a leer el bachiller Villarroel: en uno de ellos se relataba cómo un caballero, motivado por el amor que sentía por una doncella, aguantó largo tiempo penurias y angustias que incluían la privación de agua y comida. «¿Cómo, llamándome Aníbal y de apellido Rosanegra, voy a ser yo menos que un viejo caballero?» pensaba, envalentonado en mi fantasía caballeresca. También pensaba en Jesucristo, Nuestro Señor, hijo de Dios, y en cómo se las tuvo que ver de canutas para pasar cuarenta días y cuarenta noches en el desierto sin comer ni piar.

Llegó la noche y esta fue menos halagüeña para mis ilusiones. Intenté trepar a una encina para pegar la oreja pero, debilitado por el ayuno, y por haber expulsado tanto alimento de mis entrañas, fui incapaz de asirme a una sola rama de lo quebrantado que estaba. Hecho un ovillo, aferrado a Longina, dormí a la vera del tronco mientras sentía cómo los insectos trepaban por mis piernas.

El despuntar de la mañana me despertó y volví a andar el camino. Cuando el sol estaba en lo más alto, y yo ya no andaba, sino que arrastraba los pies. De repente vi cómo una víbora se cobijaba entre los matorrales que se repartían a ambos lados del camino; con las pocas fuerzas que me quedaban desenvainé a Longina buscando hacer mi segunda sangre «¡Hija del demonio!» Le grité a la bicha, apartando con Longina la maleza que la cubría para asestarle un buen tajo: si la mataba habría librado a algún desventurado caminante de su mordida y de paso su carne sería alimento reconstituyente, pensé; pero la viperina era rápida; apenas aparté su cobertura se lanzó, encontrando mi mano. Chillé y maldije. La bandida me había hincado bien los colmillos y noté cómo su ponzoña empezaba a correr rápidamente por mis venas; instintivamente agité mi brazo para que se soltase; salió volando y cayó en mitad del camino para reptar con celeridad a esconderse entre otros arbustos y quizás pillar desprevenido a otro viajero. Lo único que recuerdo después de la mordida es un gran mareo y un fuerte desasosiego por todo mi cuerpo, como si estuviera poseído. El veneno corría libre por mi cuerpo consumido por el hambre y el agotamiento. Me había envenenado hasta los ojos. Vencido me derrumbé, dándome un doloroso barquinazo.

Ignoro el tiempo que pasé tirado en el camino: puede que media jornada, puede que días enteros. No recuerdo ni la oscuridad de la noche ni el calor del día, solo recuerdo el despertar: un paño húmedo que olía a bosta de preso y sudores de gurapas me enjugaba la frente con pequeños toques; sentía la boca seca, como si hubiera comido tierra; las piernas me ardían y la cabeza se quería separar de mi cuerpo. Un cuerpo, el mío, que sentía inflamado y tremendamente dolorido. Pensé que mis dolores eran lo más parecido a cuando los infieles se quejaban de que el inquisidor les había torturado moliéndoles los huesos por vejar a tal o cual santo. Entreabrí los ojos y vi a una vieja fea y arrugada como el estómago de una vaca dado la vuelta. Parecía saludadora o bruja, pues de su cuello colgaban cruces de plata y amuletos extraños que fui incapaz de reconocer. Vestía ropajes negros como boca de lobo; su cara estaba llena de verrugas velludas, tenía la soniente acampanada y su tez era morena, casi de gitana pordiosera. La mujer me frotaba indistintamente cara y piernas con el mismo paño mugriento para, de vez en cuando, humedecerlo en un cuenco de barro que contenía un brebaje apestoso. Alcé la vista y detrás de ella vi a Guzmán mirándome con gesto distraído a la vez que curioso, atusándose los bigotes sin dejar de vigilarme con lo que le quedaba del ojo bueno.

—Menos mal que te he encontrado a tiempo, un pelo más y ahora estábamos de entierro —habló al advertir que volvía a menearme.

—¿Dónde estoy? —pregunté en un murmullo tan bajo que dudé de que hubiera sido oído.

—En casa de Iría, la curandera del poblado —respondió posando su mano en el hombro de la anciana—; gracias a su habilidad para sacar ponzoñas ha podido salvarte el pellejo sin tener que amputarte el brazo, ¡toda una suerte! —sonrió Guzmán con su boca desdentada.

—Esta mordida nunca sanará, la bicha le llenó *o sangue* de ponzoña. ¡Putas *figas*! El rapaz *já leva* el espíritu envenenado para *tuda a* vida. Espero que *não lhe* tuerza *o fadário* —murmuró Iría con ronca y desagradable voz cargada de desprecio, sin dejar de enjugarme la frente con el paño. De repente se detuvo y se acercó para examinarme los ojos con interés.

—*Tem olhos de raposeiro*, profundos, como queriendo rugir, *podería ter bom* futuro, lástima que... —la vieja se calló, pensativa— *há coisas que é melhor não adivinhar*.

—¿Has oído eso, pequeño Aníbal? Ahora también eres

parte víbora, parte hombre —apuntó Guzmán alzando los mechones de pelo que tenía por cejas.

Nervioso me incorporé, buscando a Longina con los ojos.

—¿Has perdido algo? —preguntó socarrón, devolviéndome mi tajadora. La tomé y me abracé a ella—. Como te digo, niño, has tenido suerte: ese camino solo lo cruzan bandoleros, forzados y demás gentalla. ¿Se puede saber adónde ibas, alma de cántaro? Estás muy lejos de tu casa... y de tu madre —remató con pesar.

Le miré con aflicción y murmuré, tragando saliva y rezando para que no me entregasen:

—He matado a un hombre.

—*Não* levanta *uma polegada* del suelo *e já é assassino.* Nunca leo mal *os olhos* —refunfuñó arisca la vieja.

—¿Cómo que has matado a un hombre? ¿Tú? —preguntó incrédulo Guzmán.

—Al carnicero, el que nos vendía los despojos en el mercado. Era de noche y oí ruidos en la alcoba de mi madre y fui a ver qué pasaba. Lo encontré encima de ella haciendo así —Imité sus perezosos movimientos agitándome arriba y abajo—, tomé a Longina y de una punzada le cosí el buz al malnacido carnicero, creo que lo he matado.

La vieja y Guzmán cruzaron una mirada de reojo. Su silencio tenía más palabras que el Quijote.

—Claro... —rompió Guzmán el silencio—. Por eso te has ido de casa.

—Entienda que no puedo volver a Salamanca: si regreso y el carnicero está muerto, los alguaciles me ejecutarán... y si el carnicero está vivo será él, personalmente, quien lo haga; sea como sea, si vuelvo, mi madre... llorará... —supliqué tomando la manga de su harapienta camisa. Guzmán, al pillar que quería atarme a su lado, zarandeó el brazo para que me soltase.

—¡No, no y mil veces no! —dijo firme.

—Se lo debe a mi padre —salté yo y aún hoy no sé por qué dije eso. Lo suyo hubiera sido que suplicase, que llorase, que le implorase ir con él, pues era lo que yo ansiaba. Mucho he reflexionado sobre aquellas palabras, llegando siempre a la misma conclusión: salieron de mi boca por lo que los místicos dan en llamar la inspiración divina.

—¡Tú quieres morir... tú quieres morir! ¡Esto ni entre luteranos se dice! —Guzmán reaccionó con violencia, jurando a los doctrinales y abalanzándose sobre mí mientras me descargaba una lluvia de tortas y zarandeos.

—¡*Deixa-o em paz*, que casi lo perdemos; *morto não* servirá ni para tirar *do* arado! —Se entrometió la hechicera, quitándome al viejo de encima como buenamente pudo.

—¿Qué has dicho, tajamoco? ¿Qué demonio te ha contado eso? ¡Habla, por los clavos de Cristo! ¡Habla ahora o ni alguaciles ni carniceros: seré yo mismo quien te lleve ante la justicia! —dijo Guzmán mientras un hilo de baba le caía por la comisura de los labios.

—No sé si seré demonio, pero es lo que he dicho —me reafirmé, asiendo el puño de Longina.

—*O cozimento* que *lhe dei* para sacar el veneno es fuerte *demais*. *Talvez o fez ver coisas...* —murmuró la hechicera oliendo el cuenco.

El silencio se hizo de nuevo en la estancia. Guzmán, rabioso, no me quitaba ojo mientras resoplaba. La vieja nos miró y dijo: «Aquí sobro»; se levantó, recogió sus enseres y salió de la cuadra donde nos encontrábamos acompañada del tintinear de sus colgantes.

—¿Qué pasó en Rande? —le pregunté a Guzmán.

—Eso es lo que quería contarle a tu madre, pero

no quiso escucharme —dijo sosegándose y mirando a Longina.

—Yo tengo buenas campanas —repuse serio. Guzmán me miró, tragó saliva, se acercó al banquillo que había usado la bruja, tomó asiento y comenzó a hablar.

—Todo empezó y terminó en la batalla de las Dunas, en un sitio cuyo nombre ni los que allí viven saben pronunciar bien; tu padre y yo éramos dos niños tontos, alocados, ilusos... —empezó a relatar, perdiendo la mirada en lo que le quedaba de sus ojos— solo queríamos hacer fortuna.

Veíamos a los hidalgos y caballeros que volvían de las guerras de Castilla con el espíritu lleno de valor y la bolsa repleta de oro; pero por mucho que pasasen ante nosotros nunca veíamos sus muñones, o las cicatrices, o esas otras llagas que se llevan en el alma y solo se notan cuando el vino ha corrido en exceso. Logramos con garatusas que un reclutador nos alistase —pues no dábamos ni la edad ni la talla— al servicio de varios arcabuceros del Tercio de Flandes. Así tu padre pasó a servir, junto con el que habla, en una de las muchas escuadras de mochileros de Flandes. El trabajo era sencillo, todo lo sencillo que puede ser estar en primera línea de combate viendo muerte, comiendo desperdicios, pasando frío, enfermando y padeciendo: consistía en cargar un gran saco a la espalda llevando dentro todo lo que tanto el señor arcabucero como sus compañeros y uno mismo pudiera necesitar: ropa, pólvora, munición, provisiones, enseres y, cómo no, el botín resultante del pillaje. Parece poca cosa, total, solo es ir cargado como una mula —decía mirando de reojo su cesto de mimbre—, pero cuando alrededor de esa mula no dejan de llover los balazos, la cosa cambia y esos herejes no dan tregua —sonrió— y bueno, nosotros tampoco les dimos respiro.

»En mayo de 1658 los ingleses y los gabachos sitiaron Dunquerque, mal defendida por contadas tropas al mando del marqués de Leide quien, viéndose superado, pidió ayuda a Flandes. Y respondimos, como no podía ser de otra manera: quince mil hombres, pocas bestias, menos cañones, espadas oxidadas y con víveres escasos, pero fuimos en ayuda de la plaza sitiada. Alcanzamos Dunquerque el día de San Antonio: cansados, andrajosos y muertos de hambre. La gazuza era tan atroz que llegamos a plantearnos comernos a los muertos y te juro que más de un cadáver vi con marcas de mordisco humano. Al día siguiente de nuestra llegada comenzó la batalla. La cosa fue rápida, apenas hicieron falta un par de horas para que nos despojaran de la vida y de la dignidad. Más de seis mil españoles se quedaron a abonar el terreno con sus huesos. Los que quedamos enteros volvimos a casa con la cabeza baja, rechinando los dientes de rabia y más pobres aún que antes de irnos a hacer fortuna.

»Al volver a España le dije a tu padre que nos enroláramos en los barcos que hacían la ruta de las Indias. Sus cargamentos, exóticos y valiosos, necesitaban de hábiles manos que a hierro y fuego los defendieran de corsarios y piratas. Tu padre no aceptó la invitación, me dijo que ya se había cansado de ver muerte y desolación y que se quedaría en España a vivir de lo que saliese, que prefería pasar hambre a perder las piernas. Fue una lástima, el Rosanegra tenía un don natural para manejar el hierro, la pistola parecía una prolongación de su brazo y su valor no conocía límites…—hizo una pausa desconsolado, recordando con dolor a mi padre. Carraspeó y siguió con el relato.

»Como te estaba diciendo, pasaron los años y volví a España, esta vez un poco más rico que cuando me había ido. Lo primero que hice tras pisar tierra fue venir a Salamanca a ver a tu padre. El muy lince tenía buen porte y mejor pico. No le había costado mucho esfuerzo embaucar el corazón de tu buena y joven madre. Tú no te acuerdas de la primera vez que me viste, pero yo sí; apenas tenías un año y estabas cerca de la cuesta de Tentenecio donde habías nacido, según me contaba siempre tu padre; al verme aparecer viniste corriendo torpemente, atraído por el brillo de las hebillas de mis calcos. Tu madre, Felisa, se alegró tímidamente al serle presentado, pero tu padre me dio un abrazo tal que casi me rompe las costillas. Pasé una semana en Salamanca hospedado en vuestra casa; al filo del séptimo día tu padre me confesó que vivíais en la más absoluta miseria, lamentándose de no haberme acompañado para hacer fortuna. Apenado, le planteé algo: hacía un par de semanas el mayor cargamento de oro, especias y joyas jamás visto por los hombres había arribado a la Península y se encontraba en Galicia, protegido en la ensenada de San Simón, esperando las órdenes del Consejo de Indias para descargar las riquezas. Por lo que yo sé, la orden inicial era desembarcar en Sevilla, pero a fin de pagar menos impuestos se optó por ir a Galicia, a Rande. Yo suponía que necesitarían mano de obra para hacer la desestiba y descarga de tan valiosas mercancías y le propuse a tu padre que nos acercásemos. El Rosanegra dudó, dijo que tenía un mal pálpito. Tu madre, sin embargo, vio bien el trabajo y le animó por su hijo, es decir: por ti, a ir. Partimos de Salamanca y a las pocas jornadas llegamos a Rande. El 27 de septiembre, bajo una lluvia plomiza, comenzaron las labores de desembarco. Tengo que confesar que al ver correr por mis manos tantas libras de oro tuve que aguantar la tentación de liarme a tiros y salir corriendo con una parte de las riquezas. Por suerte tu padre estaba allí para darme la cordura que a mí me arrebataba el brillo del oro: «¡Deja eso, hostias, que no es tuyo!» Bramó pegándome con la espada en los riñones al verme esconder una onza de oro en el pliegue de la ilustre. Si hubiera sido otro el que me pegó, habría desenvainado y lo habría crucificado en el mamparo de la bodega, pero no, tu padre era para mí más que un amigo. El 23 de octubre todo se nos fue a la porra. Teniendo los barcos casi descargados, un ejército de veinticinco mil hombres y cuatro mil piezas de artillería comandados por el inglés Rooke y envalentonados tras haber saqueado a sangre y fuego El Puerto de Santa María, desataron el infierno en la ensenada. Tu padre y yo no entendíamos nada: la mayor parte del oro y la plata ya había sido descargada e iba ya camino de Madrid, poco botín quedaba en Galicia. Aun así, esos cabritos cargaron con toda su alma. El rugir de los cañones enmudeció a los mismísimos truenos. Las bolas de hierro llovían por todas partes, alcanzando nuestros barcos y haciéndolos astillas cuando acertaban en sus santabárbaras. Los hombres corrían trastornados por cubierta, pidiendo piedad y poniéndose en paz con Dios. Un puñado de valientes que hacían por miles, entre los que nos encontrábamos tu padre y yo, luchamos por defender la flota, pero todo esfuerzo fue inútil: la disposición de los barcos no era la idónea para defenderse. Consciente de ello y viendo decidida la batalla, el señor almirante De Velasco ordenó hundir los navíos.

»Acatando la orden, tomamos varios barriles de pólvora y junto con otros hombres comenzamos a desparramar su contenido por la bodega del barco para acelerar la quema. Estábamos en mitad de la labor cuando el *Torbay*, antes de abordarnos, descargó una andanada con todos sus cañones de a treinta y dos libras. La tormenta nos acertó de lleno, barriendo a todos los que en la bodega nos encontrábamos. Fruto de ese granizado yo me quedé como me ves ahora. Tu padre tuvo más estrella y tras la explosión se recompuso; pudo haber salido corriendo y habernos dejado a nuestra suerte, pero él no era de esos: habría renegado de la ramera que lo parió antes de ser tachado de cobarde. Tendido en el suelo y cubierto con mi sangre vi, con lo que quedaba de mi ojo —dijo Guzmán llevándose el índice a la cara—, cómo tu padre, aprovechando la escora del barco, tomó a Longina y de un solo tajo segó el braguero y los palanquines que aseguraban un cañón. Este, sin nada que lo detuviese, cruzó como una exhalación la bodega, pegando con el costado contrario para terminar atravesándolo. Por el boquete así abierto tu padre fue tirando al mar a todos los hombres que quedaban con vida en aquella infernal bodega. Llegado mi turno, me cogió de la camisa, me anudó su espada al cuerpo y me cargó en sus hombros. Justo antes de lanzarme por el agujero me hizo jurar: «Por la Trinidad Santísima y todos los santos metidos en una tinaja que no te tiro si no me juras que, aunque sea lo último que hagas en la vida, le darás esta espada a mi hijo». Juré entre bocanadas de sangre. Lo último que recuerdo es cómo este hierro tiraba de mí hacia el fondo de la ensenada y cómo una formidable explosión iluminaba el lecho del mar. Tu padre hizo volar por los aires el navío cuando más lleno de ingleses estaba. Desde entonces treinta españoles lo bendicen y más de cien almas inglesas lo maldicen.

Guzmán y yo nos quedamos en silencio mirando al suelo. Una silenciosa lágrima recorrió mi mejilla.

—¿Por qué tardó tanto en venir a vernos? —le pregunté.

—Aun si tuviera enteros mis ojos, ¿cómo mirar a tu madre siendo el hombre que llevó a tu padre a la muerte? —suspiró desconsolado.

—¿Qué va hacer ahora?

—Irme a Sevilla, yo ya he cumplido mi parte. Ahí tienes tu espada y ya sabes quién fue tu padre. De propina te he salvado la vida. Y tú vuelve con tu madre, seguro que la calamidad que relatas del carnicero y los alguaciles no ha llegado a teñir de rojo el Tormes.

—No ha cumplido del todo; lléveme con usted, se lo suplico.

—¿Y qué hago contigo? Eres un niño, solo un poco mayor que cuando tu padre y yo nos fuimos a Flandes —corrió el banquillo y se levantó. Tomó su cesto de mimbre, se lo sujetó a la espalda con las cuerdas y se dirigió hacia la puerta del establo.

—¿Conoce al Lazarillo de mi tierra? —dije antes de que saliera. Guzmán se detuvo en el umbral y dándome la espalda preguntó:

—¿El del ciego?

—El mismo. Sea usted mi ciego, sea yo su lazarillo.

Guzmán inspiró hondo, como cansado.

—¿Sabes mendigar?

—Lo mamé de nacencia… y algo sé de sisar. Soy bueno aprendiendo y no me da pereza madrugar. También sé leer, hacer cuentas y rezar; me enseñó el bachiller Villarroel —completé.

Guzmán gruñó, maldijo mi terquedad y maldijo a mi padre, giró la cabeza y citó: «Quien quiera seguirme, que renuncie a sí mismo, que cargue con su cruz y me siga».

—Eso lo dijo Nuestro Señor Jesucristo —respondí con presteza.

—Pues coge tu espada y sígueme, que aún nos queda mucho camino hasta llegar a Sevilla.

De esta forma comenzó mi particular andanza con el señor Guzmán. Los años ya le pesaban y las heridas ya no se le cerraban, pero su espíritu indomable y su corazón aventurero nunca le abandonaban. Si con el profesor Villarroel me ilustré en matemática, letras y espíritu, con el pedagogo Guzmán me doctoré en picardías, cordobesías, gatadas, trampas y supervivencia.

No sé cómo sería mi patria antes de Rande, pero en las ruinas en las que han quedado las Españas después de Utrecht, si no tienes plata no eres nadie, y si para colmo de males eres un tullido, poco más puedes hacer que darte a morir, pero Guzmán no quería darse a morir: era un abnegado soldado de los tercios con más arrestos que una recua de otomanos. Era de esos hombres que no sabían pasar hambre ni aunque se lo propusieran, ni aunque los cielos se abrieran o los hombres se lo impidieran. Ladino como él solo, cuando no se las ingeniaba para lacrear unas gallinas con las que saciar el apetito, sus hábiles garrones de pordiosero experto alzaban las monedas del cepillo sin apenas hacerlas sonar. No había nada que este hombre no pudiese murciar. Creo que si hubiera tenido una escalera lo suficientemente larga bien podría haberse llevado el ladrillo de oro de El Escorial. Ninguna clase social escapaba de la habilidad de sus ágiles manos: llegué a ver cómo un día, al salir de misa, le cortaba la bolsa a un gitano que había ido a darle una limosna. ¡A un gitano nada menos! Doctores tiene el magisterio de la ratería. Otro día le vi aliviar el bolsillo de una eminencia reverendísima que proclamaba vivir en gran austeridad y ayuno. Mentira, pues era *vox populi* que a su eminencia reverendísima le gustaba llenar el papo con buenas carnes y aliviar su alma atormentada con otras carnes más crudas y algo más cigateras. Mi ciego, al ver que el botín birlado al falso asceta apenas ascendía a unas pobres monedas, se enfurruñó tanto que salió de nuevo en su busca y esa misma tarde volvió a darle caza, compensando con creces, plata y oro el vellón de la mañana.

Pero sin duda, de todas sus astucias mi preferida era la de «el amigo de Flandes». De ejecución muy sencilla, pero pícara y divertida como ella sola: cuando a Guzmán le picaba la entrepierna pidiéndole desahogo, nos acercábamos a alguna de las bayucas donde sabíamos que se practicaba la llana. Yo me encargaba de avisarle si veía a algún hombre de aspecto muy determinado: debía tener más o menos su edad; no podía destacar ni por estar excesivamente bien vestido ni tampoco por ser excesivamente zarrapastroso; debía estar ligeramente bebido o bebiendo en ese momento; preferiblemente solo y nunca, de ningún modo, bien acompañado. Una vez localizado el primo, Guzmán se acercaba a él, le tiraba el brazo por encima de los hombros, le invitaba a media pinta de vino, y tras comentar y maldecir la suerte de España durante un buen rato, acababan haciendo liga. Mientras él hacía esto yo le echaba un ojo a los alrededores, buscando entre las beatas a una también muy especial: al igual que el sandio no podía ser una cualquiera, ya que no debía ser vieja, no porque esa gallina diera peor caldo, sino porque podía estar más picardeada que las jóvenes; tenía que parecer distraída y risueña, novata en el carnal oficio. Una vez había encontrado una escopetera que respondiera a los requerimientos, me acercaba a Guzmán y le decía dónde se hallaba esta. En ese momento Guzmán se ausentaba de la mesa poniéndole a su nuevo amigo la excusa de que tenía que ir a evacuar. «¡Malditos gabachos, que de un pelotazo me dejaron las entrañas como un sonajero!» Solía gritar en ese momento para acentuar la farsa. Luego, con disimulo, se acercaba a la buscarroldanes y le proponía unas cabalgadas bien pagadas: «Solo existe una cuestión, muchacha, esta mañana viniendo por el camino me tendieron una emboscada y me han quitado los amarillos y las ropas dejándome, como puedes ver, hecho un mendigo. Por suerte tengo muchas y buenas amistades en la suerte y en el infortunio, a los que no les importa sufragarme el desahogo, pues como digo son compañeros de Flandes» y alzaba la mano saludando de lejos y con campechanía a su nuevo viejo amigo. La muchacha, cegada por el dinero que el viejo decía que le iba pagar, no dudaba en separar las piernas. Huelga decir que una vez jodido, nada de lo prometido

Pero no solo de engaños vivía el hombre. Guzmán también presumía de tener una gran destreza para sobrevivir a expensas del bolsón ajeno utilizando para ello los naipes. Ya fuera a la brisca, el desconfío, la perejila o el muerto, este viejo socarrón y pendenciero, tahúr de la noche y bandolero del cinco de copas, podía desplumarte en un abrir y cerrar de ojos.

De esta manera fui sobreviviendo a su lado: aprendiendo los trucos de la noche y las fullerías del día; callando cuando tenía que callar, escuchando cuando tenía que escuchar y corriendo cuando los alguaciles nos querían apresar. Viendo trabajar al maestro, se aprende el oficio presto. Vuestras mercedes pensarán que de Guzmán no aprendí cosas buenas, que su vida era pendenciera y desordenada, pero permítanme que les diga que ningún saber sobra y que incluso de lo malo siempre se sacan cosas buenas.

Mi pobre Guzmán, cuántas horas habré dedicado a pensar en él y a recordarlo. No era mi padre, pero me trataba como tal: su mano callosa y huesuda, de uñas negras y salpicada de quemaduras de pólvora azotaba mi cara con más fuerza de lo esperado, como si tuviera la potestad natural de aquel que me engendró, ladrándome blasfemias cuando mi inexperiencia ponía en peligro algún negocio o cuando intentaba tapar mi boque embuchando la parte de gallina robada que le correspondía. Tampoco era mi madre: de su cuerpo no manaba ese calor dulce que en las noches más crudas del invierno salmantino me resguardaba. Guzmán no perdía el sueño si yo padecía de ronchas, picaduras, sabañones o pestes: «ya sanarás y si no sanas... te joderás», decía cuando las cuartanas me hacían tiritar en pleno julio. Amigo... no, ese era tratamiento dudoso a un hombre que no vacilaba en apartarme cuando mi presencia estorbaba a su provecho, pues lo mucho vivido y sufrido le hacía desconfiar hasta de su propia espada y su moral era el egoísmo.

Era, como ya he expuesto a vuestras mercedes, «mi ciego», mi tutor, mi curador: más intratable que un amigo, más seco que una madre y un punto más descarnado que un padre. Pocas veces abría la boca para hacer algo que no fuera piar, comer o escupir, pero cuando la abría sus palabras sentaban cátedra; ya fuera sobre la sinrazón humana de las guerras o de otras obligaciones: —«la justicia y la cuaresma para los pobres son hechas», solía repetir—, ya fuera haciendo pronósticos sobre el tiempo o promesas sobre gabasas, nunca su verbo erraba. Mi ciego, mi contrafuerte, mi soberbio saco de pulgas donde todo eran huesos y pústulas, pronto se ganó mi cariño y puede que en algún rinconcito de su alma hubiera algo parecido para mí. Quizás porque los dos nos necesitábamos.

En cierta ocasión nos tocó salir por piernas de una aldea: todo vino por el mal perder a las cartas de un boticario; el malnacido no tuvo a bien pagar lo que debía y

Guzmán, sin temblarle el pulso, le estampó un jarro en mitad de la jeta. Medio pueblo nos buscaba mientras el otro medio preparaba la lechuguilla de esparto. Como Guzmán estaba curtido en artimañas guerreras, fue fácil escapar de los páparos que nos buscaban. Acordamos descansar la trotada en pleno campo, en un lugar apartado de las rutas principales. Guzmán, apoyado en una encina, se echó a dormir la siesta. Yo aún estaba excitado por la escapada campo a través y no fui capaz de pegar ojo. Para sosegarme tomé a Longina y con ella comencé a realizar movimientos de ataque y defensa. Mi cabeza fantaseaba con la idea de que estaba rodeado de bandidos que querían matarme, pero en su lugar se llevaban tajos y ensartadas.

—¿Qué haces? —preguntó Guzmán sin alzar el chambergo.

—Practicar con la bayosa.

—Esgrimiendo así, a lo colchonero, solo lograrás que te maten —dijo con desgana.

—Enseñadme vos, si tanto sabéis —le piqué a la vez que le hacía una reverencia.

Guzmán palpó por el suelo buscando su zurrón. Lo abrió y rebuscó en él hasta sacar un pequeño albaricoque, cortó un puñado de hilachas de su pardo jubón y ató con él la fruta, dejando varios palmos de hilo sueltos, para después lanzarme el fardo así elaborado.

—Primera lección: puntería. Ata esto a una rama y ensártalo con la punta del hierro hasta que no quede en su piel ni un solo sitio donde no hayas pinchado. Cuando lo hayas hecho con mil albaricoques te enseñaré el noble arte de la esgrima.

Y así comencé a practicar mi destreza con el acero: afinando los reflejos y templando el pulso, aguzando la puntería y mejorando la velocidad. Cuando logré ensartar los mil albaricoques, Guzmán cumplió lo prometido, enseñándome a manejar a Longina con maestría, dulce soltura y mortal acierto.

—Vieja embestida: pon el pie derecho todo lo lejos que puedas sin perder el equilibrio y avanzando al mismo tiempo contra el oponente, estirando el brazo que sostiene la espada, buscando cortar o apuñalar... vieja embestida con vuelo: igual que la anterior, pero dando un grácil salto para ganar sorpresa y velocidad...

»Si el salto es bueno y rápido puedes pillar al enemigo desde arriba, no obstante al descender sé precavido, que los hierros te estarán esperando. Cuando quieras asustar juega a mantener la punta de la espada apoyada contra la nuez de tu oponente, eso lo desarmará. Nunca un *per signum crucis* contra la cara, pues si hay refriega darás en hueso. Cuando quieras herirlo, apunta la espada a las pantorrillas, muslos, flancos de la vejiga y brazos. Y cuando quieras matarlo: cuello, pecho y costado —me aconsejaba repitiéndome las rutinas a menudo.

»Cómo hacer una buena *Passata sotto*, calcorreo de la ganchosa, o como yo lo llamo: salir por piernas. Es hacer una evasión con giro: se escapa del ataque del adversario dejando caer tu cuerpo por debajo de su espada, apoyando tu mano libre en el suelo para ganar soporte y equilibrio. Cuando el atacante se lanza sobre ti, se estira el brazo de la espada buscando destripar al fulano...

»Bloqueo de espada: para evitar que el atacante pueda acertarte y sus variantes: el bloqueo a las cuatro para repeler un ataque lanzado a tu costillar derecho y el bloqueo a las seis para evitar un ataque contra tu costado izquierdo. Dominar la estocada y el contraataque acompañados de remesones rápidos y furtivos. Fintar y segunda intención cuando veas que el que te ataca sabe defenderse.

»La espada, Aníbal, es la más bella y noble de todas las armas. Es la vara que mide la valentía de los hombres; es la inquisidora de las vidas, bien puede perdonar o condenar pero quédate seguro de una cosa: que aquel que da muerte valiéndose solo del hierro bien merece llamarse caballero —me dijo un día. Acto seguido se abrió la capa y de sus oscuras entrañas sacó otra espada que yo nunca le había visto: la vizcaína, mucho más corta y simple; de guarda cerrada y desprovista de florituras; mate, sin brillo pues no se la debe ver venir; de hoja robusta y afilada, más semejante a punzón de zapatero que a arma ofensiva.

»Esta es la quitapenas: se usa con la siniestra cuando la situación exige un segundo hierro que apoye el ataque de la diestra. Para mí no es un arma noble, es traicionera y busca hacer daño donde la guardia está desprevenida, es decir: en el costado y en los hígados. No obstante, mi querido lazarillo, en esta España cada vez más poblada de hombres faltos de honor y prestigio, llevarla contigo puede librarte de graves aprietos —Guzmán ejecutó con ella un rápido movimiento ascendente y después la giró— y así, cuando la cosa esté complicada, la haces entrar por debajo del vientre, destripando al malnacido que lo demande —dijo apretando los dientes con saña, como si estuviera rajando a un enemigo en vez de al aire.

—Nunca se la había visto, Guzmán —estiré las manos para cogerla, pero en otro hábil movimiento la volvió a esconder bajo su capa.

—Y difícilmente volverás a verla. ¿No querrás que un pobre ciego ande indefenso? —sonrió—. Recuerda, Aníbal —completó—, el hombre teme lo que no conoce. La Longina, que se vea, que quien quiera gresca sepa que la va a encontrar, pero la vizcaína... esa, siempre escondida; que el que venga por retaguardia con oscuras intenciones nunca sepa que la tienes; traición con traición se paga. Para terminar, si quieres ser doctor de espadachines, un desmallador bien oculto entre tus ropas.

—¿Para qué? —pregunté inocente.

—Para pelar naranjas, hombre —respondió irónico.

—¿Y la pistola, cuándo me va a enseñar a usar la pistola?

—¿La pistola, quieres saber manejar la pistola?

—Quiero, por supuesto que quiero —contesté ansioso.

—¿Sabes señalar con el dedo? Pues ya sabes disparar.

—¿Así? —dije sacando el índice.

—Así —reía—. La pistola, Aníbal, es la más sencilla de las armas: se apunta y se dispara. Ya está, no tiene más enjundia; solo requiere destreza cuando el disparo es a quemarropa, entonces prima la habilidad sobre la puntería y la velocidad sobre el calibre, que no hay bala pequeña sino bien o mal puesta —remató tomándome el índice y colocándolo en mi entrecejo.

En una España resquebrajada, un viejo tullido sobre la muerte me aleccionaba.

Capítulo II
GUARDÉS DEL TABACO

Con esta forma de vida fueron pasando los años por mi cuerpo; no los recuerdo como especialmente felices, pero tampoco como una época de excesivas penurias o sufrimientos —¡vive Dios que los hubo!—. Pensaba que simplemente me tocaba pasar aquella fase como me tocaba pasar la de los barrillos en la cara y que así como en su momento tuve que instruirme en materias teóricas de la mano del bachiller Villarroel, ahora debía formarme en la práctica, en la supervivencia, en la vida. Esta era aventurera y despreocupada y me gustaba: disfrutaba al practicar lances con la espada, me divertía soñando refriegas con la vizcaína y esperaba impaciente que llegara el momento de disparar, pues Guzmán había ganado a las cartas una pistola que luego me regaló y cuando tenía suerte y podía comprar algo de pólvora, me daba a practicar el tiro contra ratas, palomas o tórtolas; procurando atinar a matarlas donde luego pudiera cogerlas, pues buen alimento eran y como reza el dicho: «Ave que vola, a la cazola». Sí, me gustaba y hasta consideraba que esa vida pendenciera era el mejor consuelo que podía tener tras haber perdido a mis padres: uno muerto heroicamente en Rande y la otra... ¿Dónde estaría ahora mi pobre madre, qué habría sido de ella? Cuántas noches no pude pegar ojo de tanto anhelar su presencia y sentir en cambio la angustia de su falta. Aprendí a llorar en silencio para no despertar a Guzmán y si al final conseguía dormir era por puro agotamiento. Sin padre, sin madre, sin hermanos ni parientes, solo tenía a aquel anciano y él, a su vez, solo me tenía a mí ¡qué dos mulas para un carro! Una vieja y la otra joven en demasía; pero si me dejaba vencer por la congoja seguiría siendo igual de desgraciado que de pobre. Poco a poco, golpe a golpe, envalentonado por mi aprendizaje, picardeado por las bofetadas de la vida y espabilado por el hambre, fui madurando.

Por entonces ya contaba con más años que dedos en las manos y la mocedad ya había brotado en mi cuerpo: me desenrosqué como una culebra, haciéndome mancebo de buen porte, anchas espaldas y fuertes brazos; el pelo empezó a crecer en mi cara, en mi pecho, en mis piernas y en la huevada. Para dármelas de adulto, me dejé un ridículo y ralo bigotillo, rapándome la mamola con navaja cabritera y asentando el cuero de mis mofletes con un poco de aguardiente. Según fui creciendo, el bozo se fue espesando y acabé teniendo un imponente mostacho rematado con dos buenos caracolillos que lucía con orgullo. Mi musculatura prosperó, permitiéndome levantar solo con la fuerza de mis brazos toneles de más de diez cántaras, lo que también ayudó a aumentar mi vanidad. Me había hecho casi un hombretón, con todo lo que ello acarreaba: empecé a fijarme en las muchachas, ya no quería jugar con ellas a batallas de pedradas, a cazar ranas o a la gallina ciega, ya no las veía como amigos sin cola; en mis entrañas se despertaba una curiosidad insólita: curiosidad por sus cuerpos, curiosidad por sus miradas, alegría cuando me besaban y nervios cuando me escondía para verlas mientras ellas se bañaban en los ríos.

Una noche, estando como de costumbre en mitad del campo, Guzmán me pilló tocándome el caramillo como cuando jugaba de niño con mis amigos Quijón y Fausto. Aún recuerdo su gesto entre sorprendido y burlón: sonrió y me dijo que al día siguiente me llevaría a una casa del gusto, que ya iba siendo hora de que me hiciera un hombre completo. Yo en ese momento no le entendí y nervioso me miré el cuerpo, pensando si acaso habría perdido o me faltaba algún apéndice.

—¿Otra vez el timo del amigo de Flandes? —pregunté con inocencia, y él se echó a reír a carcajadas.

Por fin recalamos en Sevilla, ciudad viva y lozana por excelencia, la «gran Babilonia de España, mapa de todas las naciones» Sus incontables palacios cuyas portadas parecían recién bruñidas, sus admirables templos, sus fachadas encaladas, la dulzura de sus luces, la hermosura de sus muchachas y el ajetreo sin fin del puerto de una urbe tan rica y próspera que olía a plata, me enamoraron enseguida. No voy a aburrir a vuestras mercedes repitiendo aquí las odas que cantan la hermosura de la que los romanos llamaban Híspalis, pero sí les aseguro que todas ellas se quedan cortas en sus alabanzas.

Habíamos llegado a nuestro destino. Por los avatares de nuestras correrías nunca parábamos más de tres semanas en una villa, y una como mucho en un pueblo, para que los lugareños no tuvieran tiempo de echarnos el ojo o el guante. No podíamos ir a levantar bolsas en una iglesia y volver al día siguiente a rezar como si tal cosa. Correríamos el grave riesgo de que alguien, al que el día anterior le habíamos levantado los reales, nos prendiese y empezásemos a oler a soga. Por eso nunca dejábamos de movernos por las Españas y por eso a ambos nos resultaba extraño rematar el viaje. Supongo que algo parecido sentirá el peregrino al llegar a Compostela, a Roma o a los Santos Lugares: una unión de emociones: alivio, alegría y pena. Terminaba allí el camino y con él, aunque aún no lo sabía, un capítulo de mi vida.

Por una de esas ironías que nos regala la existencia, la montancha sevillana donde Guzmán había decidido que se iba a completar mi hombría estaba cerca de la iglesia de Santa María Magdalena. Era la vieja casa de un hidalgo que, empobrecido en una ciudad donde el oro corría sin cesar por las calles, había decidido abrir una casa de paz-puercas para regocijo de lugareños, mercaderes y marinos venidos de todo el orbe y —evidentemente— para florecimiento de su bolsón. La casa, vista desde fuera, parecía pequeña, pero engañaba; su fachada era blanca como la leche recién ordeñada, encalada con mimo hasta los maderos que sujetaban la techumbre; incluso en la oscuridad de la noche se veía perfectamente reluciente.

Guzmán se acercó a una pequeña puerta que había en la delantera del edificio, lejos de la principal; con los nudillos dio tres toques y un instante después una pequeña trampilla se abrió dejando ver una cara arisca, reseca y malhumorada.

—¿Qué queréis? —preguntó áspero el albanir, a la vez que nos apuntaba con la ancha boca de su pedreñal.

—¡Desahogo carnal, joder, heñir, machacar, enca-ñutar, culear...! ¿Qué demonios vamos a querer, acaso me he confundido de puerta y aquí se viene a rezar, o a hacer encaje de Bruselas? ¿Cuál de los dos? —respondió adusto Guzmán.

—Déjese de insolencias —el hombre carraspeó y escupió con brío—. Ya les abro —añadió después de echarnos una ojeada de arriba abajo.

Tras el madero sonaron no menos de cinco cerrojos.

Parecía que allí se guardaba el oro de las Indias en vez de mujeres de la vida.

—¿Tenéis miedo de que se os escapen las novicias? —inquirió Guzmán con donaire mientras estiraba el cuello para ver mejor con el residuo de su ojo bueno.

—De lo que tenemos miedo es de los inquisidores de la ciudad —respondió el otro sacando la cabeza y mirando a ambos lados de la calle—: se han propuesto hacer que todos vayamos andando por el sendero del decoro y la continencia y no dudan en azuzarnos con el látigo para que no nos salgamos de ese camino. ¡Pasen, rápido! No se queden ahí, que la calle tiene ojos.

Bajamos por unas estrechas escaleras de madera, húmedas y desgastadas que crujían a cada pisada, amenazando partirse en dos. La parte del palacete destinada a las marcadas había sido antaño una conocida bodega de vinos de Jerez y cuanto más bajábamos más olía a una mixtura densa y dulzona de moho, alcohol, tabaco y humores corporales. Al llegar abajo del todo nos encontramos que lo que había sido la gran bóveda principal de la cava estaba ahora dividida mediante colgaduras en pequeños camarotes o celdas. La luz de unos pocos candiles era tenebrosa y escasa: al andar tenías que avanzar con cuidado de no pisar en algún tablón mal enrasado o espachurrar alguna de las ratas que por allí correteaban. De las celdas salían gemidos y quejidos ahogados que me recordaron inmediatamente, estremeciéndome, a cuando me encontré al carnicero encima de mi madre. Pronto fuimos atendidos por una sellenca de piel pintarrajeada y pelo quemado torpemente atado a la nuca con una coleta. Era demasiado vieja para ejercer el oficio, pero en buena edad para cobrar los alquileres de los cuerpos y mejor mano para reprender a los rajabroqueles que querían pasar de las fanfarronadas a los hechos, despachar a los estilbones que tenían mal beber y dominar a las marquesas que venían de alcurnia crecida.

—¿Qué quieres, guapo? —le dijo con gracia, salero y mucha coba a Guzmán.

—Esta debe ser hermana del que abre la puerta, porque los dos preguntan lo mismo. ¿Qué van a querer dos hombres aquí, mi buena trotaconventos? Es para el niño —indicó ladeando la cabeza hacia mí—. Vengo a que me lo estrenes, que va un poco verde de la vida y no hay hombre entero si no ha catado hembra: «Corte, puta y puerto hacen al hombre experto». Búscale una muchachita lozana, que sea de buen ver, pero que no sea inexperta ¿eh? Que uno ya es perro viejo y no quiero que me lo despaches con dos tortazos y un desplante. Y también que sea barata, que tengo más cojones que dineros.

—¡Ándate a reinas y morirás virgen! Los milagros se hacen en la iglesia de enfrente, ciego, pero creo que tengo algo parecido a lo que buscas —rio la celestina de putas pobres mientras yo miraba por encima de su hombro lo que a sus espaldas se cocía: hombres de todo tipo y condición, tanto entrados en edad y pelos plateados como jóvenes ociosos en busca de desahogo.

—Acompáñame —se arregló la coleta, me cogió de la mano y me condujo a una de las celdas del fondo a la derecha—. La Ducata es de tu edad o algo mayor —apuntó mientras me miraba como quien calcula la edad de un potro—, pero bien sabrá qué hacer contigo.

En ese momento sus ojos se tornaron vidriosos y me acarició la cara con ternura

—Qué buen mozo eres. Lástima que seas un alma callejera, porque con tu porte encontrarías buena mujer.

Dio un par de pasos más. Se detuvo frente a la cortina, la descorrió de un manotazo y me empujó al interior para volver a correr la cortina con energía.

Dentro, tumbada boca abajo sobre la piltra, estaba Ducata. Una cairelota de raso blanco sin lustre, desgastada y salpicada de manchurrones amarillentos cubría su cuerpo dejando ver parte de las nalgas. Se giró y me miró con indiferencia. No era especialmente guapa, tenía la cara llena de pecas, era chata y de mandíbula retraída, cariacogada, de pelo rubio cardado y nalgas prietas aunque ligeramente entradas en carnes. La mocetona no olía a pinares y lavanda, como las que aparecían en las poesías de Villarroel, sino a sobaco de galeote turco. Sus pechos, su único atributo conveniente para su profesión, eran grandes, generosos, firmes, en su sitio, como si en vez de mujer fueran pechos de mascarón de proa. A través del raso se le intuían los pezones grandes y oscuros como panes retostados.

—¡Carne fresca! —gritó la alcahueta desde el otro lado de la cortina—. ¡Aplícate, putarazana, que este es de tu año!

—¡Cállate, verdulera! —gritó a su vez Ducata—. Buenas noches, guapo —me miró intrigada—. ¿No eres muy joven para estar aquí? —apuntó con una sonrisa de escasos dientes y grandes vacíos.

—No más que usted, señora.

—¡Señora! —Reía la quiraca a mandíbula batiente—. ¡Me ha llamado señora! —Repetía golpeándose el pecho con la mano abierta —Hijo mío, si aún hueles a recién nacido... —Dejó en suspenso el final de la frase para ahuecarse el carrillo con la lengua—. Dime... ¿qué es lo que más te gusta?

—Los huevos fritos —respondí en toda mi bisoñez, creyendo que la señora rabiza me iba a invitar a comer algo. Su carcajada se escuchó en toda Sevilla y buena parte de Andalucía.

—¡En verdad que eres novato! —dijo cuando recuperó el resuello, mientras dos lagrimones de risa le caían por las mejillas. Se arrodilló ante mí y me desanudó el cordel que ceñía mi calzón.

—¿Qué hace? —dije alarmado y apartándome.

—¡Déjate, bobo, ya verás cómo te gusta! —Me reprendió vivaracha.

Dudé, pero la curiosidad hizo que acabara cediendo. Siguió maniobrando en mis ropas hasta dejar mi pino al aire. Cerró los ojos y abrió la boca de par en par, como si fuera a engullírmelo de un solo bocado. En el instante de sentir su aliento en el bálano algo tiro de mí hacia atrás, lanzándome contra el catre de los que en el camarote de al lado estaban en pleno arte de la ofensa.

—¡Disculpen, disculpen! —gritaba yo mientras el fulano sobre el que había caído me mentaba la madre, el padre, los hermanos que creo que no tengo y otros familiares que nunca llegué a conocer. Su rabosa gritaba, pero no de gusto. Entre la oscuridad que allí había, los gritos, las maldiciones y las telas que cayeron sobre nosotros se formó un barullo de mil demonios. Unas manos me empujaron reciamente para después intentar apartar las telas que me cubrían.

—¡Da la cara, rufián! —gritaba una voz ruda y poderosa a la que pronto le pude poner cara: la de un hombre de poco más de treinta años. Tenía todas las piezas de la boca, que brillaban como perlas en la penumbra del burdel; una gran cicatriz le cruzaba desde encima del ojo izquierdo hasta la barbilla; no tenía ni un pelo de bambarria ni de listo, porque su cráneo había sido rapado a conciencia con el filo de un flamenco; lucía en cambio un poderoso bigote de grandes caracoles y, a pesar del penetrante hedor que dominaba aquella bodega, mi atacante desprendía un suave recuerdo a perfume, casi una añoranza. Me tomó por el cuello de la alcándora y me alzó hasta tocar con la punta de sus prominentes y anchas narices la punta de las mías. Sus ojos eran negros como el azabache y los pelos de sus cejas duros y tupidos. Instintivamente miré hacia abajo y me di cuenta de que aquel hombre era un gigante. Si yo me jactaba de medir mis buenos cinco pies, el fulano no mediría menos de seis. Sin acobardarme, comencé a golpearle en los brazos intentando zafarme, pero fue en balde; sus brazos eran como dos troncos duros e inflexibles; sus manos eran anchas y los tendones se distinguían gruesos como sogas. Viendo que los golpes que le propinaba en los brazos no le hacían ni cosquillas, comencé a golpearle la cara con todas mis fuerzas y atiné a endosarle un fuerte codazo en la boca, saltándole un diente, que fue seguido de un hilo de sangre.

—¡Te voy a matar, miserable! —gritó rabioso, cogiéndome del cuello para estrangularme.

—¡Tú no vas a matar a nadie! —dijo el padre de la mancebía apoyando la boca de su trabuco en la sien de aquella bestia. Mi atacante, al sentir el frío del cañón en su piel, se detuvo en seco.

—¡Me ha jodido la cabalgada! —protestó cubriéndome de esputos mientras su pecatriz me cubría de insultos—. Y encima está con *mi* Ducata.

—¡Guardés majadero, que no te enteras, que soy focaria de oficio. Mujer pública y por mi cufro pasa todo el que pague!

—¡Algún día seré el único arado que labre en ese campo!

—¡Ja, a ver cuándo te enteras de que yo no quiero casorios ni juntamientos! —remató escupiendo al suelo.

—Marcelo, échalos —dijo la vieja tabaquina.

—¡Eso, a la puta calle los dos! —protestó la escaldada.

—Pero, Ducata... —rogó el gigante con voz lastimosa.

—Las señoras han hablado —dijo el endilgador enseñando los dientes y apretando un poco más la boca del arma contra la sien del guardés.

—Pero…

—¡He dicho que las señoras han hablado! Si tienen algún problema que solventar es entre ustedes, no entre ustedes y ellas y, desde luego, no aquí; conque andando o disparo.

—Bien, pero que salga delante de mí el tragasangre este… —dijo mirándome a los ojos. Abrió las manos y me dejó caer al suelo; me levanté, carraspeé y me masajeé el cuello, tratando de volver a sentirlo—. ¡Arriba, desgraciado, vamos a arreglar esto en la calle!

—Es lo propio —espeté pendenciero.

—Mocoso insolente… —Bramó resoplando por las narices como un toro.

—¡He dicho que a la puta calle, los dos, venga: como los cofrades de la Vera Cruz o…!—gritó el coimero intimidándonos una vez más con el arma.

Busqué a Guzmán, lo tomé del brazo y, ayudándole a subir las escaleras, salimos a la calle.

—¡Estás loco! —Me susurró nervioso al oído— ¿Eres más ciego que yo? ¿No ves que es un animal?

—De algo hay que morir —le repliqué envalentonado al tiempo que trataba de aliviarle el peso de su siempre presente cesto de mimbre.

Dirigidos por la perdigonera y un buen rosario de juramentos, nos sacaron a los tres.

—¡Largo! —dijo el rufián sin dejar de encañonarnos, mientras se metía de nuevo en la manfla y cerraba a cal y canto la puerta.

Tras correrse el último cerrojo, el ofendido guardés desenvainó su brillante, amenazándonos con el filo:

—A la derecha, al callejón, que esto es público y nuestro problema privado. Y no tengo ganas de explicar sangres.

Guiados por su hierro, caminamos delante de él hasta llegar al angostillo donde nos batiríamos.

—¡Quietos! Ya es suficiente; aquí no verá nadie cómo te mato —dijo controlando los alrededores de un vistazo.

—Por favor, tenga vuestra merced compasión de mi lazarillo. ¿No ve que solo es un niño? He tratado de educarlo bien, pero el pobre es lenguaraz y atrevido; no sabe medir lo que dice ni lo que hace. Apiádese voacé —intercedió Guzmán metiéndose entre nosotros, tratando de hacer entrar en razón al ofendido guardés.

—Pues la empresa no ha tenido éxito, mal maestro es usted, que poca disciplina le ha logrado enseñar a este bastardo. ¡Apártese de su lado, he dicho! Ya le enseñaré yo la lección que necesitaba desde hace tiempo.

—Guzmán —dije apartándolo suavemente con el brazo—, pierda cuidado, ayo; no sufra; usted bien me ha enseñado que los hombres nunca nos amilanamos. Esta es mi guerra.

Me miró intensamente con el cacho de ojo que le quedaba bueno; bajó la cabeza y en silencio anduvo hasta una pared para apoyarse en ella.

—Eres un intoso desvergonzado, no mereces manchar el acero de mi espada —el guardés envainó el hierro, soltó la hebilla de su cinturón y tiró espada y tahalí a una esquina—. A las moscas no se las mata a cañonazos, bien me apaño con mis manos.

Cerró los puños haciendo crujir los nudillos y se abalanzó sobre mí con toda su furia y toda su corpulencia. Hice una finta, escurriéndome por debajo de su brazo para llegar a su retaguardia; pronto me di cuenta de que su cuerpo, si bien desbordaba fuerza bruta y envergadura, carecía de agilidad y reflejos. Se giró buscándome, agitando la mano, tratando de entregarme un moquete. Volví a fintar y a esquivarlo, y así varias veces más.

—¡Quédate quieto, sabandija, no huyas! —dijo rabioso el guardés, frustrado ante mis quites.

—No huyo, *monsieur*, sois vos quien os movéis con torpeza, golpeando el aire —canturreé, crecido.

Aquello me estaba pareciendo un juego divertido... hasta que me confié. Su mano, dura como el granito y callosa como el culo de un forzado, encontró mi cara. Estaba perdido: el guardés había hecho presa en mí. Sin piedad, me enganchó por la pechera con su zurda mientras con la diestra, a puño cerrado, me daba una somanta inacabable. Los tabanazos resonaban en el callejón como si fueran pedradas. Uno de sus golpes encontró mi ceja, haciéndomela dos y tiñendo mi vista de rojo. Asqueado al ver mi sangre, me tiró al suelo. Al caer me di con un guijarro que me dejó una buena brecha en la nuca. No estando satisfecho aún, el guardés se puso encima de mí con las piernas abiertas. Se agachó con esfuerzo sentándose a horcajadas sobre mi pecho e inmovilizándome los brazos entre sus piernas. Acercó sus manos a mi cuello y empezó a estrangularme hasta que, de repente, se quedó quieto.

—Tal parece que estamos igualados —masculló rabioso entre dientes.

—Afloja o te desgracio —jadeé con escaso aliento.

La bestia ahuecó sus manos. Sus argamandijos habían sentido la fría punta de la vizcaína que le había alzado a Guzmán cuando subíamos las escaleras de la publicana mientras simulaba querer ayudarle con el cesto.

—La rata tiene las uñas afiladas —dijo tragando saliva.

—¡Que te quites, he dicho, o no vuelves a catar alhaja en tu vida! —Amenacé, haciéndole presión con el filo en la bragueta.

—No vale la pena —dijo más relajado, hincando en el suelo una rodilla para levantarse, haciendo fuerza con la otra pierna. Yo me quedé tendido en el suelo, apuntándole con la daga. Se acercó adonde había lanzado su hierro, lo recogió y se lo abrochó a la cintura. Desenvainó la del puño y con agilidad la blandió en el aire. Buscando un rayo de luz observó su filo y lo rascó con el callo del pulgar para después volver a envainarla. Se acercó a mí.

—Eres ágil, condenado. ¿Quién te ha enseñado a manejar la vizcaína?

—He sido yo —contestó Guzmán.

—No estoy hablando contigo, ciego. ¡Responde, polligallo! ¿Dónde has aprendido a manejarte así?

—Dice la verdad, él me enseñó.

—¡No te burles de mí! ¿Quién te enseñó? —dijo llevándose la mano al pomo de la tajadora, abriendo amenazante los ojos de par en par.

—No nos burlamos. El viejo sirvió en Rande, con mi padre, y antes en Flandes.

El gigante quedó perplejo, pero enseguida recuperó su insolencia.

—¡Eso es imposible! Este es un viejo tullido y andrajoso.

—Sepa vuestra merced que en otro tiempo fui hombre joven, atrevido, hecho y derecho y que lo que ahora me falta se quedó en el fondo de la ensenada de San Simón para alimento de peces.

—¡Mientes, no oses mancillar la memoria de nuestros caídos en Rande! —gritó desenvainando la espada y apuntando al cuello de Guzmán. Este ni se inmutó.

—¡Déjalo, animal! —grité estirando el brazo con la vizcaína hasta el guardés.

—Matadme si eso os place —suspiró Guzmán—. Ya he vivido una larga vida y a nadie tengo que me llore.

El guardés, al ver el temple de Guzmán, aplacó su furia.

—Tomaré por ciertos vuestros embustes —fanfarroneó mientras volvía a envainar el hierro—. Me llamo Íñigo Aritza Cucha Perro —dijo tendiendo la mano para ayudarme a levantarme.

Miré su mano y vacilé mientras mantenía la vizcaína apuntada contra él.

—No seas desconfiado y aparta el pincho, si te quisiera matar ya lo habría hecho —. Se hizo el silencio— ¡Vamos! ¿Tomas mi mano o no? No voy a estar toda la santa noche de esta guisa, que me falta el trapo para parecer torero.

—Cogí su mano y él de un tirón me alzó—. ¿Cómo os llamáis?

—Me llamo Aníbal, Aníbal Rosanegra Alonso. El ciego es José Antonio Guzmán Santalla —dije bajando la vizcaína.

—Ros... Rosanegra.

—Sí, eso he dicho.

—Yo también estuve en Rande; después de aquello corrió un rumor por las tabernas y burdeles: que un tal Rosanegra había hecho volar la santabárbara de un navío llevándose con él a trescientos ingleses.

—Fueron algunos más —certificó Guzmán—. Rosanegra era el padre de este zagal, y mi mejor amigo.

—¿Le debía usted algo al muerto? —Preguntó Cucha con acierto, puesto que era una práctica habitual entre nuestros soldados hacerse cargo de la prole de algún compañero muerto en combate.

—Le debía —respondió, afirmando lenta y repetidamente con la cabeza.

—Chiquillo, manejas bien la vizcaína. ¿Qué tal trinchas con el estoque?

—Como si hubiera nacido con él en la mano.

—¿Y la pistola?

—Solo contra ratas y comadrejas. La pólvora y las balas son caras, únicamente disparo cuando sé que puedo matar dos pájaros de un tiro.

—Entonces —se dirigió a Guzmán—, ¿es cierto lo que dice el muchacho: le enseñó usted de veras a manejar los hierros?

—Sí señor, yo le enseñé.

—¿Le enseñó también a tener una lengua tan larga y una modestia tan corta?

—La lengua se la enseñó un bachiller de su tierra: Villarroel; la modestia... Nunca tuvo de eso, es terco y orgulloso como su difunto padre. —Lo que quedaba del ojo de Guzmán chispeó al nombrarlo.

—¿Entonces qué tenemos: un hampón hijo de un intrépido? ¿Cuál es tu oficio?

—Mendigar los lunes, estafar los martes...

—Hace un par de noches le dieron de jiferadas a mi ayudante, un ajuste de cuentas —hizo un gesto con el índice en su cuello, indicando que lo habían degollado—. Tengo un puesto disponible, si es que lo quieres. Si realmente eres hijo de tu padre, tienes buen linaje y mejores referencias.

—Lo siento, agradezco su oferta, pero me debo al viejo.

—Aníbal, pequeño, soy un ciego, un tullido y un ataúte carcomido. Todas las mañanas veo la sombra de la muerte y desde hace un par de noches solo meo sangre, seguramente de algún lamparón en la vejiga; ve con él, tendrás más futuro que a mi lado.

—Guzmán, ayo, pero...

—Ni peros ni gaitas. Tú que conoces las letras y has leído la Doctrina, ¿qué le dijo Cristo al discípulo que quería ir a enterrar a su padre?

—Le dijo que le siguiera, que los muertos enterrasen a los muertos —respondí cabizcaído.

—Este hombre te ofrece tu futuro, yo solo represento el pasado; además —sonrió—, creo que ya falta poco para que me recen el *dona eis, Domine.*

—¿De qué trata el trabajo? —dije mirando a Cucha apretando los dientes para no echarme a llorar si seguía contemplando a Guzmán, porque es bien sabido que los hombres no lloran, y menos los bravos.

—Soy guardés del tabaco —dijo campanudo, sacando pecho—. Es un oficio duro y mal pagado, cuando se cobra; pero es un oficio honrado. De lo que se cobre, para mí ocho partes y para ti dos. ¿Te place? —dijo estirando la mano, buscando mi complicidad.

Volví a mirar a Guzmán buscando su consejo, pero ya se había ido. En su lugar estaba Longina a medio desenvainar, dejando ver su extraño fulgor.

—Parece que te han dejado solo.

—Como siempre.

—¿Dónde vives?

—Este callejón parece buen sitio.

—¡Qué preguntas hago! —Echó su brazo sobre mis hombros—. ¡Ven conmigo, pataliebre! Ahora es de noche y todos los gatos son pardos, pero un guardés del tabaco no puede ir vestido de esa guisa tuya, que pareces salido del arroyo. Si quieres andar a mi lado es menester adecentarte.

—Oh, disculpad que os contradiga, excelencia ilustrísima, pero por ventura quizás olvidáis que precisamente hijo del arroyo soy y bendito es el día en el que puedo comer.

—Eso se acabó. Mañana, lo primero: al río; hiedes a boñiga de buey. Luego ya Dios proveerá.

Y Dios proveyó. Desde aquel momento empecé a servir como guardés del tabaco bajo la tutela de Cucha. Según me contó, había comenzado en ese servicio cuando Felipe V, nuestro animoso rey, decidió disolver los Tercios en 1704, dejando sin oficio ni beneficio a aquellos hombres que se habían dejado media vida, en el mejor de los casos, luchando contra los enemigos de España. Tras la licencia forzosa, unos se dieron a mendigar; otros, con mucha pena pero siendo conscientes de que guerrear era lo mejor que sabían hacer, se reengancharon como soldados en los regimientos recién creados; algunos hicieron del robo y el asalto aprendidos en combate su empleo, pagando bastantes en la horca el peaje de haber elegido el camino equivocado; los menos —como Cucha— optaron por proteger los reales tabacos, que tan cuantiosas rentas proporcionaban.

En torno al tabaco había crecido en Castilla una gran y floreciente industria que daba trabajo y sustento a miles de almas. Los barcos venían de las Indias cargados no solo de plata, oro y especias, sino también del cada vez más valioso tabaco. Con las bodegas llenas remontaban el Guadalquivir hasta el puerto sevillano y en la ciudad se estableció la primera industria tabaquera del Viejo Mundo, que no era sino un puñado de pequeños obradores dispersos. Con el tiempo el flujo de los barcos y el arqueo de estos aumentaron significativamente, lo que a la postre acabó favoreciendo al puerto de Cádiz, al no encontrarse limitado por el cauce cenagoso del Betis, pero el tabaco siguió llegando a Sevilla. La oferta de labores pronto resultó insuficiente para la creciente demanda; porque a los españoles nos gusta darle a la hoja: ya sea en rapé —aspirando por el canal del tabaco— mascándola o, como empezó por entonces a ponerse de moda, fumándola; la industria tabacalera cada vez movía más dineros, y por todo eso los sabios consejeros del Rey decidieron concentrar las factorías sevillanas en una sola y bajo el control de la Corona: la Real Fábrica de Tabacos. Huelga decir que tan valiosa y demandada exquisitez necesitaba protección y esa era la labor de hombres como Cucha: Tenía saque, corpulencia, agallas y experiencia como mílite: haber servido en Rande y en Flandes le hacía digno merecedor del puesto.

Al igual que yo, había llevado una vida miserable pero en cuanto empezó a oler y, sobre todo, a tocar el oro, juró que nunca más volvería a vestir con harapos, a comer lo que la fortuna trajera ni a dormir al raso. Había alquilado un pequeño cortijo cerca de Sevilla con suficientes criados y jornaleros para mantenerlo en perfecto estado de revista, dos pozos, cuadra con varios sementales, escaleras con barandillas finamente labradas, suelos de alabastro y paredes recargadas de lienzos. «No me gustan, pero ante las visitas engalanan más que las paredes desnudas», solía decir al mirarlos. Le gustaba vestir bien: excelentes cáscaras en las gambas para lucir las pantorrillas, alares de pura lana, siempre limpios; camisas y camisolas de seda o fino lienzo, chupas ricamente bordadas; por casaca un sobrio coleto de cuero negro con botones dorados; la cabeza tejada con gavión impecablemente cepillado, de amplia falda y con pluma roja, para que se viera bien. Le gustaba —era evidente— hacerse notar, exhibir su poderío, pero siempre prevenido con la toledana bien prendida, porque nunca se sabía cuándo había que enviar a un desgraciado a reunirse con el Creador.

Amaneció la primera mañana de las que pasé bajo su techo y primera de toda mi vida en la que dormía en una cama digna de tal nombre. Cucha, a voz en grito, me sacó de la piltra.

—¡Vamos, bribón, que Dios no quiere vagos entre sus filas!

Agarrándome de la oreja me llevó hasta la caballeriza y de un enorme impulso me metió en el pilón y me obligó a frotarme vigorosamente todo el cuerpo con un trozo de jabón arenoso hasta que me acabó escociendo cada pulgada de mi pellejo; el agua se volvió negra, pero yo nunca había visto mi piel tan blanca. Estando yo en remojo cogió mis andrajos y los tiró a una hoguera cercana; después tomó ropa suya y me la hizo poner, me quedaba ridículamente holgada, lo que le divirtió y le dio pie para varias bromas. Ensilló riendo dos caballos y me conminó a subir a uno de ellos y yo me quedé mirando a aquel imponente corcel lipizzano: blanco como el manto de encaje de la Virgen de la Salud, de belfos negros y cara de expresión alegre. Sus crines, bravías y sedosas como la espuma del mar, le caían por ambos lados del cuello.

—Bueno, ¿qué, nos vamos? —dijo Cucha, sacándome del ensimismamiento con el que contemplaba al animal.

—Nunca he cabalgado —dije, aún embaucado por el intenso brillo que desprendían los ojos del caballo.

—¡*Ai ene*, estamos buenos! —Protestó Cucha desmontando; se acercó y empezó a acariciarle la cara—. Es precioso, el muy bellaco... Lo gané limpiamente en una buena mano, se llama Pelón.

—Es más bonito que el suyo —Aprecié mirando el poderoso percherón negro, más buey que caballo, que Cucha montaba.

—Este jaco tiene alma —dijo alzando las cejas—. Ya he tratado varias veces de domarlo para monta, pero solo quiere servir tirando del carro. No va por donde lo dirijo, sino por donde quiere y no es que eso sea malo, pero es que a mí nadie me ordena y menos una bestia, por rápida o bella que sea.

—¿Es rápido? —pregunté acariciándole el lomo a Pelón.

—Es tan rápido que da miedo, nunca hubo refrán más acertado que «caballo en carrera, sepultura abierta» —sonrió—. Pon la pierna izquierda ahí —indicó con el dedo el estribo—. Luego das un salto y ya estás encima.

—¿Y ahora? —Pregunté esperando que me indicara cómo comenzar el trote.

—¡Ahora dejas que él haga lo demás! ¡Arre, Pelón! — Gritó con todas sus fuerzas a la vez que le daba un malicioso manotazo en la grupa. Pelón se encabritó con furia, clavando los pies en la tierra y tocando el cielo con las manos; relinchó furioso y arrancó a galopar con todo su brío. A causa de la sorpresiva reacción perdí las riendas, pudiendo solo asirme a sus suaves crines. Pegué mi cara a su cuello y comencé a sentir la fuerza de su corazón proyectándole la sangre por las venas. Galopaba con bravura y decisión, levantando una gran polvareda tras sí y haciendo que el paisaje que nos rodeaba se aproximase hacia nosotros a gran velocidad.

—No me mates, que yo a ti no te hecho nada —le murmuré al oído y él, como si me hubiera entendido, relajó el ritmo hasta casi detenerse. Cucha nos alcanzó poco después y al verme manejar a Pelón con soltura y suavidad se quedó mirándonos extrañado.

—¿No dijiste que no sabías montar?

—Eso dije, pero le he rogado piedad a Pelón y ha decidido no matarme.

—Mide tus palabras o te denunciaré por hechicero —sonrió Cucha—. Le habrás caído bien… Todos los animales de establo habláis la misma jerga.

Pienso que Cucha tenía razón, desde aquel día Pelón

me sirvió con lealtad, sin hacerme ni un solo mal jeribeque. Creo que aquel hermoso caballo se sentía tan solo y castigado por la vida como yo.

Nos acercamos a Sevilla y Cucha me compró ropajes de mi talla en una prendería de su confianza: dos chambergos con plumas negras —«a juego con tu apellido», apostilló—, varias pelosas para los días de frío, casacas sin grandes deshilados, jubones y camisas de las que llaman «limas» para trabajar y para ir de bonito; pisantes de mi talla a estrenar —que los de los muertos huelen mal— sin agujeros ni dobles suelas y un par de grullas de cuero que se ceñían con finos botones plateados. Salí tan bien pertrechado del ropavejero que varias atizacandiles, pensando sin duda que yo sería algún gran hidalgo, me abordaron en plena calle, arriesgándose a ser arrestadas por algún alguacil mojigato o por otro presto a liberarlas a cambio de un pago en carne.

Del prendero fuimos a la barbería. Parece que el poco tiempo que había pasado bajo el techo de Cucha me había hecho más hombre, pues de la noche a la mañana el pelo me había crecido rápido y vigoroso.

—¡Señor guardés, cuánto honor; yo no soy digno de que entréis en mi humilde casa! —dijo el barbero haciéndole una cómica reverencia a Cucha al verlo aparecer por la puerta.

—Calla, blasfemo, ya te ajustará las cuentas Nuestro Señor en el Valle de Josafat por los muchos inocentes que has matado en tu oficio.

La barbería era un pequeño local cercano a la Giralda, con el suelo más sucio que el palo de un gallinero y con más salpicaduras de sangre que el mandil de un carnicero. Incluso con toda aquella mugre la guasa, chacota y sorna de su dueño hacían que el local estuviera siempre repleto de valientes queriéndose recortar los pelos, sacar una muela o, sencillamente, pasar un rato de diversión. Ramón, el barbero, había servido como gastapotras en los Tercios haciendo sangrías, amputando miembros, curando fiebres, rapando pelos y matando sanos. Tenía la cabeza ladeada hacia la izquierda y por la derecha le asomaba un gran bulto semejante a hueso o vértebra. Según contaba, estaba así porque un maldito holandés le había disparado un pelotazo de plomo en toda la cara, pero que como la jeta la tenía un punto más dura que el metal que el otro le había largado no pudo arrancarle la cabeza, dejándolo con el cuello de esta guisa. —Tonto se tendría que ser para creerle tamaño embuste—. El caso es que entre risas, recuerdos, anécdotas y chanzas, Ramón se daba buena maña con la navaja y apuraba los pelos al ras, dejando la piel al gusto de las gabasas —o de las legítimas— más finas.

Ya rapado y adecentado, nos fuimos a un herrero, que me tomó nota de torso, hombros y altura para fabricarme a medida una cofradía de acero, también conocida como «oncemil». Muy útil para detener el filo de un estoque, pues cuando se trata de ir seguro todas las medidas son pocas. Al encargo Cucha añadió peto y espaldar también de hierro y un chaleco de cuero grueso. Según las ordenanzas del Animoso, andar por la calle con estos aderezos era motivo de calabozo, pero dada nuestra condición de guardeses del tabaco, teníamos dispensa. Cucha también me adjudicó una nueva y reluciente vizcaína con cazoleta, labrada con mimo y filo de casi dos jemes de largo. Mi guardés venía con el gato caliente y repleto de oro y, al ver la panoplia de espadas de la herrería, se encaprichó de una de grandes gavilanes.

—Mira qué belleza de acero, qué temple, qué furia en el filo… Pareciera que hubiese sido templada en entrañas de infieles —decía admirando el hierro.

—Es realmente preciosa, pero prefiero la mía —dije desenvainando por primera vez a Longina ante Cucha.

Mi gesto no pasó desapercibido al herrero, que desde la fragua no dejaba de controlarnos con un ojo. Al ver a Longina se acercó apresuradamente.

—Hermosa espada, joven... ¿Me deja sujetarla?

—Lo siento, pero solo la empuña mi mano —el herrero torció el gesto—. No se enfade; no es desconfianza, es que soy supersticioso en demasía y temo que si otra mano la empuña se le arrebate el espíritu—. Me disculpé, volviendo a guardar a Longina.

—Hace bien en ser desconfiado. Ese acero no es de esta ciudad, más aún, diría que no es ni de un reino cristiano. ¿Dónde la consiguió?

—Herencia familiar.

—Buena herencia, buena herencia... Le doy un escudo de oro por ella.

—¿Cómo? —preguntó con asombro Cucha.

—No está en venta.

—¿Dos? —Insistió el herrero.

—He dicho que no está en venta —sentencié.

Cucha me tomó del brazo y me murmuró a la oreja con los ojos abiertos de par en par.

—¿Estás loco? Te está ofreciendo diez veces lo que vale el hierro. Toma el dinero y dale tu maldita espada, no seas bobo.

—No hay oro suficiente para comprar el espíritu de un hombre... —alcé la voz, mirando al herrero de soslayo—. Ni su alma —rubriqué, mirando a Cucha.

—Sea, pues, la voluntad del inconsciente —rezongó este.

—Sea, pues —resopló el herrero.

En ese mismo momento, como contrapunto cómico, mis tripas crujieron, como si quisieran opinar también.

—¿Tienes hambre?

—«Hambre» es poco para nombrar al vacío que me atenaza.

—Entonces ven conmigo, sé de un sitio donde nos saciarán.

Cucha me llevó a un figón de la judería: «El Dejillo», del que era devoto parroquiano. Apenas vio aparecer la gran sombra de Cucha, una amable mujer —más madraza que tabernera—, le saludó efusivamente con dos besos bien plantados en sus esponjosos carrillos.

—¡Ya está aquí mi guardés favorito, y qué buena panza le estoy criando! —dijo frotándole la barriga a Cucha.

—Y yo qué buenos estudios les estoy pagando a tus bachilleres —se quejó este, burlón.

—Y Dios quiera que nos los pagues por muchos años; hoy vienes bien acompañado, ¿quién es tu joven amigo?

—Me llamo Aníbal, Aníbal Rosanegra —me presenté, descubriéndome y haciéndole una reverencia.

—Tanto gusto. Me llamo Tomasa y soy la dueña de este mesón —respondió ella con una agradable sonrisa.

—Es mi nuevo candidato al puesto de ayudante; ya sabrás, y si aún no lo sabes te lo digo yo, que el otro que me acompañaba... —hizo Cucha un gesto sacando la lengua, dando a entender que había muerto y no de viejo.

—¡Dios lo tenga en su gloria! —se persignó—. *Salva me, fons pietatis...*

—Bah, bah, no está bien hablar de muertos en la mesa, así que mejor dejémoslo, que bien muerto está y Nuestro Señor ya lo habrá juzgado y sentenciado. Tomasa, tenemos hambre— dijo Cucha palmeándose la barriga.

—Pues eso habrá que solucionarlo prestamente; además, tu joven compañero tiene la mirada triste y los ojos descendidos, como si estuviera tísico. ¿Te encuentras bien de salud? —me preguntó Tomasa con cariño maternal.

—Es que no recuerdo cuándo fue la última vez que probé algo caliente, y de sus fogones vienen unos aires que huelen mejor que los del azahar —dije conteniéndome la baba y apretando el vientre para evitar que volviera a rugir.

—¡Pronto! —gritó Tomasa—. ¿La mesa de siempre?

—La de siempre —asintió Cucha.

—Pasad, poneos cómodos; ya sabes, Íñigo, que esta es tu casa.

—¿Viene mucho por aquí? —pregunté a Cucha mientras le seguía hacia la mesa.

—Chaval, no salgo de aquí, y ahora sabrás el porqué, ¡Tomasa, mi ayudante pregunta si tenéis algo de yantar!

—¿Que si tengo algo de yantar? Vamos a ver... —dijo apoyándose el índice en la cabeza, como queriendo hacer memoria—. Tengo ajoblanco para entonar el estómago, al gusto de Málaga; o con unos piñoncitos, por si lo queréis a la cordobesa; gazpacho al plato, suave y desentendido; manos cocidas, pero frescas, no como esas de las que escribía el *cojo* de Lepanto; también hay olla podrida, con sus buenos trozos de vaca, carnero, tocino, pies y careta de cerdo, longanizas, palomas, lavancos, liebre, lenguas de vaca y cerdo, ajos, nabos, y garbanzos... aunque he de advertiros que es de ayer y aunque ha mejorado tras el reposo, está muy fuerte de sabor; palominos recién cazados, si encontráis la munición os la podéis quedar, no la cobro; perdiz en escabeche, plato maestro de galeotes y muy apetecido por los trabajadores de este puerto; asaduras de un carnero matado hace dos días; si el carnero no es lo vuestro también tenéis liebre frita y sus asaduras; criadillas, que de lo que se come se cría y si no que se lo pregunten a este guardés; chinflaina murciana, en honor a mi difunto padre, que no perdonaba semana sin tentar ese plato; sopa de Aragón, a la que yo prefiero llamar morteruelo, muy rica; tagarninas con lo que a mí más me gusta del cerdo: las orejas y el rabo, bien cocidos hacen salir pelo en el pecho; ubres de jabalina, suaves y esponjosas como los cabellos de una virgen; anguila en marmita y lamprea por si gustáis de las cosas que nadan. Por otro lado, como supongo que seréis de paladar goloso: moxí, suplicaciones, torta de almendras u hojuelas y alguna otra fruta de sartén que podamos preparar. Todo, sobra decir, regado con vino y aguardiente, que el agua es para las ranas, que tienen la coña fresca.

Ante el desfile de delicias de Tomasa me quedé boquiabierto y mudo: algunas de esas viandas eran desconocidas para mis entendederas y mi barriga y a otras solo las conocía por los libros que leía con Villarroel. No es mi intención hacerles a vuestras mercedes la boca agua, pero aquel día di buena cuenta de parte de lo dicho por la mesonera más bandujo, chorizos, chistorras y quesos bien curados y algo de cabrito, vino a raudales y dos puñados de dulces.

—¡Por Dios, tenías más hambre que el perro del afilador, que se comía las chispas por comer algo caliente! —se asombraba Cucha al verme devorar cada escudilla con ansia.

—¿Y en qué consiste el trabajo? —le pregunté con la boca llena.

—En llevar y traer —contestó con desinterés mientras se limpiaba los dientes con una astilla que había arrancado de la mesa.

—Llevar y traer...

—Sí, no tiene más enjundia: cargamos el tabaco de las fábricas en un carro y nos vamos a Madrid.

—¿Cuántas libras de tabaco llevaremos?

—No lo sé —dijo saboreando una piltrafa que había recuperado de entre los dientes.

—¿Cuánto vale el cargamento, más o menos? —pregunté interesado.

—¿Para qué quieres saber eso?

—Pues... Para saber cuánto me toca.

Cucha soltó una carcajada.

—Eso no te importa. Además, tengo que amortizar y rentabilizar: los nuevos jubones, tu agujón y el peto y por supuesto que el cabrito que comes no es gratuito —dijo señalando mi plato con la astilla—: todo esto es un adelanto que te descontaré del jornal hasta que haya considerado que me has compensado el gasto.

—¿Y eso cuándo será?

—Eso será cuando a mí me salga de los mismísimos bofes, y si no te gusta ya puedes devolverlo todo, pagarlo con dinero o con tu pellejo y volverte al arroyo —decretó señalando con el pulgar a sus espaldas.

Tragué el mordisco y me callé la boca, la conversación no iba por buen camino.

—Bueno... Ya que no sé cuánto gano, al menos tenga la bondad de decirme a qué hora partimos.

—Eso, zagal, por tu salud, no debes saberlo.

—¿Por mi salud?

Cucha miró alrededor para asegurarse de que nadie tuviera puesta la oreja. Tragó saliva, tiró la astilla, se inclinó sobre la mesa y a un dedo de mi cara comenzó a hablar muy serio mirándome fijamente a los ojos.

—Mi anterior ayudante no fue degollado por deudas de andabobas, borrico mío, lo encontraron flotando en el Tagarete, reventado a golpes, cosido a puñaladas, sin ojos y con los dedos de las manos destrozados; alguien quería sacarle nuestros horarios de viaje, el valor del cargamento o cualquiera de las cosas por las que tú mismo me has preguntado. No sé en quien confiar, Aníbal, y por tu bien, pero sobre todo por el mío, no debes saber ni esta de nada —dijo juntando el índice y el pulgar al tiempo que los chascaba.

Lo miré estremecido y asentí, comprendiendo y perdonando el desaire con el que antes me había contestado. Finalizó de dos enormes mordiscos su comida, tomó el chambergo, se lo enroscó en el tejado, colocó bien la pluma y se levantó de la mesa. Cogió mi esquilón y de un solo beso lo vació. Se ahuecó el estómago, eructó con sonoridad y me dio una palmada en la espalda.

—¿Adónde va? —pregunté alzando la vista. Se giró y se apretó la coquilla.

—Voy a ver si me encuentro alguna churriana que venda mondongo y después revisaré mis contratos. Tú termina y vuélvete al cortijo —se giró en sentido contrario y salió del figón altivo, con andares de comevivos, haciendo notar todo el hierro que lo acompañaba.

Rebañé lo que quedaba en la escudilla, me despedí ceremoniosamente de la madraza de la fonda y me volví al cortijo a lomos de Pelón. Al llegar lo desensillé, lo cepillé mientras le decía una y otra vez lo bonito que era y lo llevé al pesebre para que también pudiera comer. Por mi parte, como nada tenía que hacer y notaba la cabeza pesada por el mucho comer y el más beber, me fui a mi aposento y me tumbé en mi cama sin desvestirme.

Como bien saben vuestras mercedes, tenemos la blasfema costumbre de corromper las palabras del Nazareno, «no solo de pan vive el hombre», dándoles un sentido carnal que el Verbo no buscaba. Cucha las repetía miles de veces, como queriendo perdonarse una vida de pecado casi a la par de la de San Agustín. La vida de guardés, que nada tenía de muelle —frío, calor, sol, lluvia, nieve, granizo, asaltos, emboscadas, pillajes, traiciones...—

impulsaba a los del oficio a disfrutar con codicia cuantos placeres la vida pudiera ofrecerles.

Si bien tenía alguna preferida como Ducata, con la que quería libar las mieles del dios Machín, su bragueta poco dada al decoro no dudaba en cubrir cuantas yeguas se le pusieran delante. Mi amigo, como buen jaque que se dignase de serlo, no solo disfrutaba de los placeres carnales previo pago, sino que completaba sus ingresos con varias explotaciones de cufros diseminadas por toda la villa —«mis contratos»—. Entre las sellencas que trabajaban para él tenía buena fama, dado que no era ningún engibacaire. Ni las maltrataba ni por su protección les cobraba arriendos excesivos, siendo muchas veces el pago satisfecho con un jodar.

Cierta noche Cucha me llevó a la casa Pizarro, cerca de uno de los más boyantes talleres donde se procesaba el tabaco y reconocida por ser frecuentada por galanes de buena cuna y mejor bolsillo. También era conocida por ser la casa de la bolsa, pues entre sus paredes también se citaban los negociantes que tuvieran que cerrar tratos, ventas de ganado, traspasos, alquileres, fletes o cargas. Era bueno tener un sitio público donde poder juntarse y ser vistos y oídos, pues si la transacción se torcía siempre habría testigos. Entrechocando jarras de sangre de vid se cerraban las operaciones y las mujercitas ayudaban a celebrarlo vendiendo aquello que a nosotros entre las piernas nos falta. Pero aquella noche no terciaban gozos sino negocios. A la puerta, agitando el abanico con desgana, una de las marcadas de Cucha hacía la noche.

—¡Amalia, reinecita mía! —le gritó cariñoso a la puta, que se encontraba sentada en un poyo con las piernas cruzadas—. De esta facha no te vas a ganar el pan. Arriba y súbete la falda, que enseñas menos carne que un obispo de luto.

La invocada se puso en pie nerviosa. Se acicaló las ropas, descubrió un poco más el canal de sus pechos y se aireó la falda, levantando un poco de polvo; tragó saliva y estiró el cuello, delgado y fino; su pelo estaba un poco alborotado, como si hubiera pasado por manos de un mal pelaire; tenía un rostro aniñado que le hacía aparentar menos edad y una tez blanca y mate gracias a los polvos que se daba. De entre la polvareda descollaban sus dos hermosos ojos verdes, perlados y afilados hacia el lagrimal.

—¿Qué pasa? —preguntó nerviosa, con intenso acento andalusí.

Descabalgamos y completamos la distancia que quedaba hasta ella caminando, mientras tirábamos de las riendas de nuestros perezosos caballos.

—Nada. ¿Qué va a pasar? —dijo Cucha colocándose bravucón la tachonada. Alzó el tejado y sonrió.

—¿Sabes qué día es hoy?

—Lo sé —contestó seca.

—Venga, suelta la morusa —dijo Cucha casi despectivamente y estirando la mano.

Amalia rebuscó entre sus tetas y sacó una pequeña bolsa que entregó a Cucha. Este se quedó mirándola en silencio.

—¿Qué miras, lanudo? Ha sido una semana muy floja

—¿Seguro? No estarás guardándote algo... —dijo enredando sus gruesos dedos en el pelo de la chica.

—¡Quita, coño! —se apartó molesta.

—Reinecita, tampoco te pongas así ¿eh? —dijo Cucha amenazante alzando el canto de su mano.

Ella, en vez de asustarse o hacer amago de apartarse, se quedó tan tranquila. Ambos se conocían perfectamente. Cucha la había recogido en pleno campo cuando era aún niña. Por lo visto la inclusa que la cuidaba no tenía suficiente dinero para mantener a todos los pupilos, y de vez en cuando «escapaba a alguno», dejándolo a su suerte. La dicha quiso, como les decía, que Cucha en uno de sus viajes la encontrase en un camino, casi muerta de hambre y la tomase bajo su tutela, por decirlo de alguna manera. Estuvo viviendo en el cortijo de Cucha hasta cumplir los trece, momento en el que decidió abandonar el pecho de mi jefe para ganarse el pan con el sudor de su pozo y bajo la protección de su benefactor. Cucha nunca la vio como una hija, ni como una sobrina. En su corazón aún había algo de caridad cristiana, que se agotó en cuanto la niña recuperó las suficientes fuerzas como para ayudar a los peones de la finca.

—¿Qué te pasa, mujer? Ya sabemos que eres más «esaboría» que un gazpacho de hieles, pero nunca hab...

—Cucha, déjame, joder —insistió cubriéndose la boca con la mano mientras una lágrima le corría por el carrillo. Cucha me miró preocupado, asintió y se acercó a ella.

—¿Quién ha sido?

—¡Que no quiero jaleos, cojones! —gritó, provocando que algunos transeúntes se giraran.

—¿Quién ha sido? —dijo más alto Cucha.

Amalia me miró angustiada. Se mordió los labios y sus ojos rompieron a llorar, pero de su boca no salió un solo lamento.

—Buenas noches —dijo un hidalgo que salía de la casa Pizarro: medias de seda turquesa, jubón de terciopelo amarillo, calzones rojos y sombrero de ala corta para que se le viera bien la cara; una gruesa cadena de oro al cuello y bigotes blancos. Era un hombre del montón, del montón bueno, con esos aires que solo los ricos saben tener.

—¡Ha sido este! ¡Ha sido este! —comenzó a ladrar Amalia, atrayendo las miradas de todos los ojos, que iban desde el índice extendido de la fulana hasta la cara del increpado para deshacer lo andado.

—¿Qué pasa aquí? —preguntó el florido, tratando de pacificar con las manos los gritos de Amalia.

—¡Apártate de mí, miserable, hijo de cura y monja!

—¡Te mato, cornudo! —gritó Cucha antes de abalanzarse sobre el hombre y zarandearlo vigorosamente.

—¿Estás loco? ¡Suéltame ya, pazguato!

—¡Él ha sido, él me ha forzado!

—¿Pero qué dices, loca?

—¡Hijo de mil padres, has disfrutado de esta cría sin pagar lo debido!

—¡Voto a Dios que eso es mentira!

—¿Qué es toda esta bulla? —Abriéndose paso a codazos irrumpió en la escena uno de los corchetes que rondaban la zona.

—¡Este grosero bruto me acusa de haber hecho uso y disfrute de la virtud de esta niña! —se defendía el hidalgo.

—¡No mientas, garrufallo, y paga lo que debes! —gritó Cucha mientras volvía a zarandearlo hasta que el alguacil, con algo de exageración cómica en sus formas, logró separarlos.

—¡Acusarme a mí de ser cliente de la carne, yo que soy hombre casado y de respeto! ¡Yo, que soy cofrade de…!

—Pues no debe de ser usted muy feliz en su matrimonio si sale de noche a frecuentar estos barrios —apostilló el corchete mientras se rascaba con el pulgar la cerviz y provocando las risas de los curiosos.

—¿Qué insinúa? —el rico tenía la cara como un pimiento maduro—. Yo solo he venido a cerrar un acuerdo. Soy capataz de estibadores, y es bien sabido que ellos no tienen otra casa en la que cobrar que no sea la taberna de Pizarro.

—¡Eso es mentira, ha abusado de mí! ¡Y no es la primera vez, lleva cabalgándome por detrás y por delante los dos últimos meses! Y creo que estoy encinta de él —lloró de rabia—. ¡Me dijo que si se lo decía a alguien utilizaría mi cuerpo como lastre de algún barco!

—¡Por Dios, cuánta mentira! —gritaba el viejo santiguándose mientras su piel iba pasando del bermellón al blanco.

—No mientas, no mientas, no mientas... —rechinó Cucha.

—Pone mucha vehemencia en defender a la muchacha. ¿Qué derecho le mueve, es que trabaja para usted? —interrogó el corchete a mi jefe.

—¿Me acusa a mí de ser un marquesón? —respondió impávido—. Sepa, alguacil, que aquel que le habla y que es el hijo de mi madre, es además guardés del tabaco, hombre de la Casa de Contratación y tengo una hoja de servicios y méritos tan larga como de aquí a Flandes. Nadie ha osado jamás nunca poner en duda mi valía y si tengo tan buena fama es por defender a esta gente del arroyo de miserables como este que tenemos delante.

El alguacil dudó, resopló y atisbó los alrededores. Las almas que allí se apelotonaban esperaban nerviosas un veredicto. Volvió a rascarse con el pulgar y habló:

—¿Alguien ha visto algo más?

Miradas al suelo, patadas a piedras, y silencios incómodos por respuesta.

—Ya veo. Nadie ha visto nada, ¿verdad?

—Mis palabras son la única verdad que encontrará la Justicia en este cabildo germano —se defendió el prócer, que ya había recuperado el color.

—Está bien. Capataz, a marcar el paso delante de mí —dijo tomándolo del brazo.

—¿Adónde me lleva? —se indignó mientras perdía lo recobrado.

—A la casa de poco pan: unas cuantas jornadas a la sombra le quitarán el valor para ir vejando niñas.

—¡Por Dios y todos los santos; válgame el cielo que le juro que no he hecho nada! —gritaba y se rasgaba la camisa de pura rabia.

—¡No se resista o mañana le enseñaré lo que es el dolor de espalda!

—¿Qué le van hacer? —se interesó Amalia, preocupada.

—No te preocupes, niña, tu honra quedará protegida. Mañana por la mañana le menearemos un poco el cofre para que se le quiten las ansias de dañar.

—¿Azotes? —dijo sorprendida—. Bueno, señor alguacil... Yo tampoco quiero que le pase nada malo...

—¿Cómo dices, hija, acaso estás trastornada?

—No, señor, pero es que esto parece providencia divina: resulta que durante el sermón de hoy el señor cura de San Gil dijo que había que tener especial tesón en perdonar y ser perdonados.

—Pero, niña, este hombre ha abusado de ti...

—Así es, y Dios lo juzgará; pero yo no podría vivir con la conciencia tranquila si por mi testimonio este hombre hubiese sido azotado.

—Cada vez comprendo menos a las mujeres. ¿Entonces qué hago con él?

—¿Cuántas veces te obligó a yacer? —intervino Cucha.

—No menos de veinte —un murmullo recorrió la calle—, y alguna más que solo quiso derramarse en mi boca.

—Entonces, señor alguacil, yo que soy hombre muy dado a las cuentas y que por desgracia conozco a cuánto se paga el arriendo de onza de carne de callejón por lo que mis disipados subalternos comentan, propongo que este buen hombre, si de tan hidalgo se las da, le pague cinco escudos a esta niña por las caídas, el despojo de su honra, las amenazas y el fruto de su vientre.

—¡Esto es una felonía y una iniquidad! ¿Pero cómo voy a pagarle cinco piezas de oro si jamás la he tocado? ¡Es todo un embuste!

—Al calabozo, no se hable más —dijo firme el corchete, empujándolo.

—¡Pero por Dios, que me dejan en la ruina... Tendré que empeñar mis bienes para pagar la desestiba del barco de mañana!

—El día que no escobé, vino quien no pensé —canturreó el borce—. Andando.

—Alto, alto. Vive Dios que esto algún día lo pagarán con creces—resoplaba nervioso.

Metió la mano en su gato y sacó varias piezas de oro, tirándolas a los pies de la muchacha.

—¡Estas son las monedas de Judas! Me siento vendido y agraviado por esta injusticia —dijo antes de abrirse paso entre la multitud y desaparecer en la noche.

—Bueno, bueno, se acabó el teatro, cada uno a su casa y Dios en la de todos —ordenó el alguacil mientras miraba de reojo el escote de Amalia, que se había agachado para recoger las monedas.

Cuando ya no quedaban curiosos, se acercó a Cucha.

—Guardés rebanapanes, algún día te va a salir mal el espejuelo si topas con un hidalguito que tenga los colgantes bien puestos —dijo con media sonrisa cómplice.

—Salga el sol por Antequera...

Cucha le hizo a Amalia un gesto con la cabeza y esta le lanzó al alguacil un escudo, que fue cogido al vuelo.

—Tienes buena marquesita. Si fueras medio listo en

vez de medio tonto no la tendrías en la puta calle, sino en un corral de comedias ganando un Potosí.

—Este gordo no manda sobre mi cuerpo, alguacil.

—Ahí tienes tu respuesta, Blas. Es más lista que el maestro Ciruelo y ya intenté darle estudios, pero es ella la que quiere jorco —ratificó Cucha encogiéndose de hombros y riendo.

—¡Levántate, *alferrontzi*, que ya va siendo hora! —gritó Cucha vaciándome encima un bacín lleno de agua helada.

—¡La Virgen! ¿Qué demonios pasa?

—¡Vístete! Partimos.

—¿Ahora? Si es plena noche...

—El tabaco no sabe llegar a Madrid solo. ¡Vamos, gañán, que me haces perder la fresca!

Terminó de despertarme con una coz en mi cama para salir después de mi estancia a rápidas zancadas. Con lo que me quedaba en la cara del agua que me había tirado el muy hideputa, me froté el cogote intentando despejarme. Una vez levantado y tras haber dedicado el primer momento del día a recordar a mi madre y rezar brevemente por su dicha, me recompuse las ropas, me ceñí el cuero y ajusté el peto, calcos prietos, pistola y Longina al cinto y en menos de un minuto estaba bajando a los establos del cortijo.

Cucha ya estaba sentado en el pescante del carro, descansando las piernas sobre el guardabarros. Llevaba puesto un peto de acero pintado de negro, en el que había grabada un gran águila bicéfala resaltada aquí y

allá con finos trazos blancos. Los caballos ya tenían el ate-
laje: colleras rellenas de paja y forradas de cuero curtido
en Cabra; gruesos horcates de hierro atados fuertemente
y bridas de más de una pulgada de grosor. Me acerqué
y le acaricié la nariz a mi Pelón, aquella bestia me había
robado el alma. El noble e inteligentísimo animal respondió a mi caricia lamiéndome la mano, reí y continué
acariciándolo hasta el cuello, él se revolvió contento.

—Lo acaricias más que a una mujer —rio Cucha—.
No le cojas demasiado cariño, es una herramienta, no
una persona; y tampoco les cojas cariño a las personas:
todos por naturaleza somos traidores y ruines.

—¿Usted también?

—¿Yo? El que más.

—Cuatro caballos... —aprecié.

—Dos míos y dos que he tenido que alquilar; los demás
de mi cuadra no están hechos a tan duro trabajo, son
unos hidalguitos —escupió, a modo de conclusión—.
Como se paga por viaje, me han cargado el carro hasta
arriba.

Cucha miró las llantas y éstas se hundían hasta el
radio en el barro del corral. Me acerqué y toqué la caja.
El carro no era abierto por arriba, como era lo habitual
y toda la caja había sido forrada con gruesas planchas de
hierro sujetas por grandes remaches.

—¿Te gusta? La mandé hacer al herrero que visitamos
el otro día —dijo orgulloso, golpeando fuertemente la
caja con la mano—. Me costó un riñón y parte del otro
—añadió, para después saltar del carro y hacerme un
gesto para que lo siguiera hasta la parte trasera.

En esta varios cerrojos y, sobre todo, dos grandes can-
dados, los mayores que yo había visto en mi vida, cerraban el portón de la caja. Cucha se ahuecó el coleto y sacó
las llaves que llevaba al cuello sujetas por una tira de

cuero. Abrió el portón y pude ver que el interior de la caja metálica rebosaba de corachas llenas de tabaco. Al acercar mi mano para tocarlas Cucha cerró de un golpe el portón.

—Se mira, pero no se toca; tenemos que estar en Madrid antes de siete días. ¿Estás listo? —afirmé con la cabeza—. Pues vámonos de una vez, el camino que nos espera es largo y peligroso.

Subimos al carro y así comenzó mi primer viaje a Madrid. La noche empezaba a desvanecerse, los tábanos y los zánganos madrugaban buscando molestar a nuestros caballos y yo intentaba acomodarme en un camino lleno de baches.

Las jornadas del viaje tenían una rutina fija: por el día azuzábamos a los caballos hasta la extenuación, bien de las bestias bien de nuestros brazos, a fin de ganar todo el camino que fuera posible. El refresco de los animales sería de una hora por cada doce de fustigaciones. Igual era para nosotros: durante esa hora aprovechábamos para engullir los víveres que hubiéramos dispuesto para el viaje y para hacer las necesidades que fuera menester. Si era preciso evacuar aguas mayores o menores en otro momento que no fuera el de refresco, se haría siempre en marcha y desde el carro. Nunca comíamos más ración que aquella que previamente habíamos acordado y preparado. Esta disciplina buscaba evitar quedarnos sin víveres y tener que parar en tabernas o ventas para avituallarnos. Según me explicó Cucha, hacer altos en el camino, y más en sitios llenos de ojos, no hacía sino ponernos en mayor peligro. Nos repartíamos también las horas de sueño: siempre de día, que de noche todos los ojos son pocos.

Cuando Cucha dijo que el camino era peligroso sabía de lo que hablaba. Mientras el sol estuviera en lo alto estábamos relativamente seguros; ejecutar una emboscada de día contra dos hombres fuertemente armados era poco menos que un suicidio y esto los aliviadores de caminantes lo sabían de sobra. El auténtico peligro se cernía al caer la noche. Amparados por la oscuridad, bandoleros, letrados de sardinas o forzados huidos esperaban prosperar por la vía rápida a costa de nuestro cargamento. De ahí nuestra presteza por dormir y ganar camino de día y de estar con los ojos abiertos como linternas bien despavesadas cuando se oscurecía el cielo, porque las estrellas son hermosas, pero su luz es insuficiente.

Fue en la noche del cuarto día: yo me encontraba ya muy cansado de hacer un camino al que aún no estaba acostumbrado; los huesos de la espalda se resentían por el continuo traqueteo y la maldita costumbre de Cucha de no dejar bache sin rodada; el culo me dolía de estar sentado en el tablero y mi brazo, fatigado de avivar a los caballos, apenas hacía restallar el látigo. Cucha, al verme tan molido, tuvo a bien cambiarnos el turno: esa noche el azotaría y yo vigilaría. Al cabo de lo que debió de ser una hora, noté que nos habíamos parado. Las ruedas ya no traqueteaban en los guijarros y los caballos resoplaban relajados. Entreabrí los ojos y vi a Cucha mirándome severamente. Sus ojos brillaban en la oscuridad, su gesto era férreo, mantenía la mano abierta sobre su pecho y parecía que de un momento a otro iba a lanzarse contra mí.

—Lo siento, me he dormido —murmuré excusándome por mi fallo.

De pronto una mano me tomó de la frente y me echó hacia atrás al mismo tiempo que el filo de un desmallador se apoyaba en mi nuez.

—¡Quietos los dos! —dijo el asaltador pegando su cara a mi cabeza, buscando protegerse. Miré a Cucha y vi cómo retorció su cara en un gesto claro de censura de mi falta.

—¡Suelta al chavea, joder, que no gano para ayudantes! —le gritó Cucha mientras con los ojos vigilaba que no hubiera más ladrones en las proximidades—. ¿Has venido solo?

—¡Qué mierda te importa, ábreme la caja o degüello al desgraciado este! —El aliento le olía igual que si hubiera comido boñigas de vaca y tras vomitarlas se hubiera bañado en ellas—. ¡Que abras la caja, hostia! —maldijo nervioso, apretando el filo del corte contra mi gorja hasta sacarme un hilo de sangre.

—Solo llevamos enaguas limpias para las descosidas de Madrid —dijo Cucha sereno.

—¿Te crees que soy bobo? ¡Dame las putas llaves o lo desangro aquí mismo! —apretó un poco más el filo, agrandándome la herida.

—¡Van! —gritó Cucha, levantándole la tapa de los sesos de un disparo desde la cintura que pareció un relámpago. Trozos de sesos, huesos y sangre salpicaron mi cara. El fulano, con el melón vaciado, cayó del carro a plomo llevándome al suelo con él.

—¿Estás bien? —me dijo Cucha asomándose fuera del carro.

—¡Ese baltrueto me ha desnarigado! —grité alarmado al ver que en la caída me había ensartado las narices con su puñal.

—Déjame ver.

Cucha saltó del carro. Se enfundó la pistola con parsimonia, se aplaudió las manos quitándose los restos de pólvora y polvo de los guantes y me arreó un puñetazo en toda la nariz. Yo gritaba, maldecía y berreaba de dolor.

—¡Así la próxima vez no te duermes; un pelo, un pelo te ha faltado para que te matase, imbécil de los cojones!

Me juré por todos los Santos que nunca más me volvería a quedar dormido en mi puesto. Aún hoy recuerdo el disparo de Cucha, fue soberbio. Creo que hasta que no disparé mil libras de plomo no conseguí imitar un disparo parecido: rápido, limpio y mortal.

Nos recompusimos las ropas, con un poco de agua me empapé el cogote y rasgando un poco de cordel y algo del cuero de una de las corachas me frené la sangría de las ñefas. El resto del viaje transcurrió sin sobresaltos. Y arribamos a Madrid con el cargamento en el tiempo que Cucha había fijado.

El apuntador del Rey, malsín y mezquino, al verme aparecer con la nariz pendiente de un hilo de piel, casi calaverado, me preguntó mordazmente por la levada, a lo cual le respondí arrufaldado:

—¡Bendito tabaco, que las ñefas casi me ha costado!

—e imitando al gran Francisco de Quevedo, añadí—: ¡Alguacil mandapotros, holgarme solo quiero cuando gozo, marica, tus despojos!

Al oírme desfogarme contra el apuntador con tanta saña, Cucha se convulsionaba entre grandes risotadas.

El bachiller Villarroel me había enseñado a leer, a calcular y a rezar. Guzmán me adoctrinó después sobre la vida, la espada, la picaresca, la pistola, el hurto, la mancebía y la viveza. Pero fue Cucha quien me enseñó a ser un hombre, a que de mis labios no saliera un lamento aunque me moliesen los huesos a patadas; fue quien, jugando con el vino de una jarra, me enseñó que una persona antes de morir podía derramar dos azumbres y medio de sangre; fue quien me instruyó para matar y no morir, para no desfallecer en el combate, para luchar con soberbia, orgullo y, sobre todo, con cabeza, porque aunque Cucha podía parecer un papamoscas en muchas ocasiones y era un completo ignorante de esa «cultura» que me había grabado Villarroel en mi caletre, era un verdadero ingeniero en su oficio: un artista del estoque, un letrado de la pistola, pero sobre todo un magistrado de la navaja. Su corpulencia le hacía ser algo torpe en el combate sin armas, pero caer dentro del alcance de sus brazos era una segura sentencia a muerte; sus manos al cerrarse prensaban como las tenazas de un herrero y en ese trance sus fuerzas jamás menguaban. Sus ojos estaban curtidos por las muchas guardias en Flandes y por la continua inspección de veredas y florestas; su ánimo era sereno y tan templado como el acero de Longina, pero su corazón, bien protegido por petos de desconfianza, cinismo y fanfarria, estaba hecho de un oro más puro que el de las Indias.

Siempre que partíamos cargados de tabaco pensaba si ese sería el viaje en el que me estrenaría como matarife, pero matarife de verdad, no como cuando siendo niño creía que por haberle ensartado el culo al carnicero ya lo había matado.

Al hilo de eso de matar, me gustaría aclararles un punto a vuestras mercedes, para que no me tachen de asesino desalmado: yo nunca he tenido arrestos homicidas naturales. Siempre que me ha tocado matar ha sido con causa justificada, bien porque peligraba mi vida, bien la de un tercero o un cuarto. De ningún modo ha habido una pizca de placer en esos actos, obviando cuando maté al ruin hideputa de... En fin, de eso ya hablaré cuando toque. Me educaron en la fe de Cristo y bien sabe Nuestro Señor que el día que me llame a su presencia no dudaré en responder por cada vida que he quitado, que, por cierto, no han sido pocas.

Como les estaba diciendo, pensaba que me estrenaría en alguna de las muchas emboscadas que en los viajes nos tendían, y no estaba equivocado. Mi primera muerte ocurrió en una posada de Toledo. El frío del invierno había provocado que comiésemos más de lo calculado, quedándonos sin víveres a mitad de la ruta. Muertos de hambre y frío, arribamos a la imperial ciudad. Como el viaje había sido tranquilo, nos confiamos y decidimos solazarnos llenando nuestras tripas con algo caliente. Nos detuvimos en una venta y amarramos bestias y mercancía con gruesas maromas y buenos nudos. Al poco de estar dándole al diente oímos jaleo fuera y salimos filosas en mano, imaginándonos que estarían tratando de desvalijarnos la saca, y no errábamos. Nos topamos de bruces con un grupo de mercaderes de navaja. Los muy bastardos, tratando de cortar las cuerdas, habían herido de muerte a mi pobre Pelón. Al ver a mi amado caballo desfallecido en el suelo y regurgitando sangre, perdí el juicio y se me cegó la razón. Me lancé contra los atacantes con Longina en una mano y un botero en la otra y a pecho descubierto. Sabe Dios que aunque estaba cegado de ira no tenía intención de mandarlos a cenar con Él, pero la fortuna quiso que una de mis gayonas acertase en el corazón de uno de aquellos miserables. Cucha se había encargado de los otros, asestándoles no menos de tres hondas en el vientre a uno y cinco en los pulmones al otro, y habrían sido quinientas si no le hubiera separado de los cuerpos ya sin vida. Pensaba que solo yo quería a Pelón, pero me equivocaba. Cucha le tenía el cariño del hombre que intentando domar a la bestia termina siendo domado por ella.

Algo se me murió en el alma al ver a mi caballo allí, tirado en aquella venta, mientras la sangre de mi noble bestia se mezclaba en un gran charco con la de aquellos ruines bandoleros. Quizás lo que se me murió en ese momento fue el escrúpulo por segar vidas.

Entre jaquetones y forzados, bandoleros y gomarreros,

atracadores y embaucadores; maldiciendo las nevadas en el invierno y buscando las sombras de los caminos cuando el calor arreciaba; cubriendo viltrotonas, engullendo bandujos y bebiendo vinos, fuimos, con los años, haciéndonos amigos. Puede que vuestras mercedes piensen que nuestros lances siempre tenían final tan venturoso como los de muchas comedias en las que triunfa el bien, los malvados reciben su castigo y los enamorados viven dichosos, mas ¡ay!, la vida tiene más de tragedia que de comedia, como bien saben vuestras mercedes: «A días claros, oscuros nublados», o como escribió alguien: «no creamos que en el teatro de las cosas humanas se hallan perfectamente los adornos de la fortuna ni el colmo de la felicidad». Uno de esos episodios desventurados nos ocurrió en Cataluña, cerca de Cervera, ciudad boyante y privilegiada gracias a su apoyo al Animoso en la guerra que dieron en llamar «de Sucesión». Teníamos que hacer una entrega en una aldehuela de cuyo nombre no quiero acordarme ni creo que nadie pueda hacerlo hoy, pues según tengo entendido contribuimos a deshabitarla... Pero no nos adelantemos.

La prosperidad cerverina se había extendido a su contorno, de ahí que hubiese arriendo de tabacos en aquel poblado. El arrendatario había hecho un pedido tan sustancial que nos había obligado a ensillar un caballo más para la labor de escolta, pues incluso en el pescante tuvimos que amarrar varias corachas repletas de «la hierba que nos da de comer», como decía Cucha.

Arribamos al pueblucho en plena madrugada. Hacía un frío que nos congelaba las guindas de la soniente y una bruma baja, ocultaba los pies de nuestras bestias. El lugar donde el arrendatario tenía la tabaquería era cerca de la plaza, frente a una cruz de piedra. Cucha ya conocía la dirección de otras ocasiones, pero esta vez algo le dio mal pálpito. Dada la hora de nuestra llegada era lógico no ver a nadie por la calle, pero el silencio era completo: ni el ladrar de los perros ni el maullar de los gatos rompían una calma tan sorda que picaba en las orejas.

—Estate atento... Esto no me gusta —masculló Cucha.

—¿Qué pasa, maestro?

—No lo sé. Está todo demasiado silencioso. —Miró al cielo—. Y esta noche no hay luna... Abre bien las linternas.

Llegamos al lugar de la entrega. En su fachada un farol temblaba nervioso. Bajo él, una figura cubierta con una capa de lana marrón esperaba en silencio.

—¡Buenas noches! —le gritó Cucha a la figura, deteniendo el carro a una distancia prudencial.

—Han tardado mucho —respondió seco—, les esperábamos desde hace horas.

—¿Quiénes nos esperaban? —dijo Cucha apercibido.

—Era una forma de hablar.

—No teníamos prisa. Además, la carga es mi responsabilidad y conviene ir lento pero seguro.

—¿Piensan descargar la mercancía o también esperan que un viejo como yo la descargue?

—No tenemos por costumbre entregar tabaco a las sombras. Si hace el favor de avanzar hasta la luz puede que tengamos negocio.

La figura dudó, pero tras unos instantes avanzó hasta donde la luz del farol era más intensa.

—La cara —apuntó Cucha, y el hombre sacó las manos de debajo de la capa para descubrirse el rostro.

—¿Contento? —dijo revelándose.

Era un hombre bajo, de tez fina y clara, escalonada por varias arrugas. Nariz corva, de tabique fino, grandes ventanas; ojos cansados y fríos y cejas alborotadas y canas; en la coronilla se le intuía un ligero aplastamiento de los cabellos y yo pensé que sería por el bonete que usan los judíos en sus oraciones. El viejo sería uno de esos falsos conversos que aún practicaban en secreto su culto.

—¿Qué tengo que tanto interés le suscita? —me preguntó al percatarse de que le observaba con atención.

—No, nada —dije tímidamente, como niño que estaba dejando de ser.

—Aníbal... la retaguardia —terció Cucha—. Aquí el que manda soy yo y también el único que tiene voz. Así que no vuelva a dirigirse al chaval. Ha pedido mucho tabaco.

—He vendido mucho tabaco.

—Eso veo, es diez veces más que lo que suele pedir. ¿Echan tabaco en el pesebre de las ovejas?

—*No hi fiquis cullerada...* Eso no es asunto suyo —se defendió con una sonrisa tenue.

—Lo que sí es asunto mío es el numo.

El hombre metió la mano en sus ropas y sacó una pequeña bolsa de cuero para después agitarla, haciendo sonar el metal de su interior.

—Láncemela —dijo Cucha aplaudiendo. El hombre hizo amago de lanzar la bolsa, pero la dejó caer en el suelo.

—*Faig el que puc*, soy un viejo torpe... —Se excusó.

Cucha resopló enfadado, me miró a mí y miró al viejo. Se frotó la nariz con fuerza y murmuró en vascuence algo que no debía de ser muy cariñoso.

—Está bien —dijo arrastrando la palabra— está visto que hoy no me dejarán ir a dormir. Péguese a la pared, voy a bajar— Cucha pivotó su trasero en la madera, dio un salto y haciendo sonar todas sus armas bajó del carro acercándose al falso cristiano; recogió con esfuerzo el gato del dinero y buscando la luz del farol comenzó a contar las monedas.

—¿Está todo bien? —preguntó el judío manteniendo girada la cabeza hacia la oscuridad.

—¡Falta la mitad! —Dijo Cucha y el otro, de improviso, le disparó a quemarropa desde el cobijo de su capa.

—¡Cucha! —Grité saltando de mi caballo para ir en su ayuda.

Cucha dio un par de pasos hacia atrás. Se encorvó dolorido y antes de que el levita pudiese volver a disparar, se incorporó, agarró del cuello al calcillas, lo alzó por encima de su cabeza y lo estampó contra la pared, creando una nube de cal y haciendo vibrar el farol.

—¿Está bien, maestro? —pregunté tontamente.

—¡El tabaco, joder!

Giré la cabeza: dos fulanos habían salido de un callejón cercano; uno de ellos subió al carro y azuzando a latigazos a nuestras bestias salió a toda prisa. El otro, subido a caballo, me apuntaba con una pistola. Apretó el gatillo. La pistola soltó un fogonazo pero de ella no salió ninguna bala. El muy modorro no había cuidado de cebar bien el ánima. Blasfemó, me arrojó la pistola, picó espuelas y nos enseñó las herraduras.

—¿A qué esperas para pescarlo? —me gritó Cucha.

Monté de un brinco a mi caballo y clavándole las espuelas, con la misma saña con la que los romanos azotaron al Cristo; como si en vez de tabaco hubieran robado mi alma, galopé en su busca.

—¡Reza, tragamallas, para que mi compañero venga con la saca! —oí gritar a Cucha mientras me alejaba.

Pero de nada sirvió la galopada. Tras un rato siguiendo la vereda por la que habían escapado me di cuenta de que corría en solitario, así que detuve al caballo.

Observé el camino y noté que no había rastro alguno del carro, de la mercancía ni de los ladrones. De pronto, oí un relincho cerca de mí. Afiné la vista y vi el suave fulgurar del acero que un jinete blandía con parsimonia.

—¡Vuélvase si aprecia su vida! —gritó el jinete.

—Siento contrariarle, pero si vuelvo sin la mercancía me darán muerte segura —dije desenvainando a Longina.

—Pues dese por muerto, porque ya no hay mercancía que salvar.

Mis ojos se habían ido acostumbrando a la oscuridad y pude distinguir cómo un hatajo de hermanos de la carga corría buscando la cobertura de los árboles cercanos. En los brazos llevaban nuestro tabaco. Una saca que a nosotros nos costó medio día acomodar en la caja había sido vaciada en dos miradas por treinta ganapanes rapiegos. Súbitamente el jinete gritó y espoleó a su bestia hacia mí, cimbreando en el aire su hierro. Respondí como un toro de lidia azuzado por el bermellón. Clavé las espuelas en mi animal y galopé contra el tropelero. Cuando nos cruzamos grité y extendí el brazo que sostenía a Longina. Hubo un chasquido metálico, algunas chispas y después, solo el ruido de los cascos de las monturas, frené a la mía y lo primero que hice fue palparme. «Estoy entero», pensé alegre; busqué de un vistazo daños en mi Longina; no los había, pero la hoja estaba perlada de rubíes. Miré hacia atrás y vi a mi rival echado boca arriba sobre la grupa de su caballo, inmóvil. Me acerqué pistola en mano y observé cómo aún mantenía empuñada su espada, pero ya no había hoja: Longina había segado limpiamente acero, piel, carne y hueso.

Tiré de las riendas para volver donde estaban Cucha y su rehén. Al llegar vi cómo arrastraba al judío hasta llevarlo a los pies de la cruz para después inmovilizarlo poniendo un pie en su vientre. Giró la cabeza hacia mí:

—¿Y el tabaco?

—Ni el olor; estaba medio pueblo esperándonos. Han vaciado el carro y han desaparecido con todo el tabaco.

—¡Hijos de puta!

—¿Busco al alguacil?

—Nones. Seguramente el alguacil esté con ellos.

Cucha coceó un par de veces la barriga del viejo. Sacó su vizcaína, se agachó lentamente y la apoyó en el cuello del marfuz.

—Una de dos, mareante carnero: o nos pagas el tabaco y los disgustos o te siego el gutur.

—No creo que haya tal cantidad de oro en este pueblo —dijo con la dignidad del Damocles en el que se había convertido.

—Entonces me lo cobraré en sangre.

Cucha deslizó como una centella la vizcaína por el pescuezo del judío, abriéndole una segunda boca por la que se vaciaba su vida a borbotones. Se apartó con asco y el moribundo intentó contener la hemorragia con las manos, pero no había remedio posible. Murió tras unos breves espasmos.

—¡A las gentes de este maldito pueblo, sé que me estáis escuchando! ¡Me llamo Aritza Cucha Perro. Ya sabía que esta villa tenía fama de pendenciera, tracista, alborotada y de nido de gitanos; lo que no sabía es que fuera tan estúpida y hambreona. Sabed que según las reales ordenanzas atacar a unos guardeses está penado con la muerte. Dentro de unas horas saldrá el sol y entonces vendré con el intendente y cincuenta alguaciles. Podéis poneros en paz con Dios porque os fío sobre un tizón que cuando llegue el mediodía no habrá respeto ni para vuestras madres; ni piedad para vuestros hijos, pero sí esparto de sobra para colgaros a todos y yo mismo apretaré el dogal!

—¿Es eso cierto? —Le murmuré cuando pasó a mi lado.

Me miró y comenzó a hurgar con la punta de su puñal en la coraza, extrayendo de un agujero una onza de plomo, achatada por la fuerza del impacto.

—¿Acaso crees que soy un berberisco, gardo? —dijo lanzándome el plomo—. Mañana por la mañana esta mierda de pueblo quedará tan vacío como mis cojones tras haber cabalgado a una buena gualdrapa. Aprovecha el plomo para hacer otra bala. Ya me han jodido mi mejor coraza.

He de decir que Cucha no se equivocaba. Volvimos a Madrid a dar cuenta de lo sucedido y a pagar religiosamente el tabaco, lo que nos produjo una herida casi tan grande como la que le costó la vida al judío. El apuntador dio parte a los alguaciles, estos a sus superiores... y cuando los corchetes de Cervera llegaron al pueblo demandando culpables a los que castigar, se encontraron con que los únicos habitantes que quedaban en aquel lugar eran los cuervos que habían anidado en las casas abandonadas.

Podría contarles a vuestras mercedes mil historias más de aquella época de guardés, pero no soy de los matasietes que se regodean en batallitas de poca monta. Sin embargo, hubo una que no puedo evitar relatarles, pues fue cuando me gané el respeto de Cucha.

Unos meses después —creo que once o ya casi al año— de sufrir la pérdida de Pelón, nos encontrábamos de vuelta a Sevilla tras haber descargado en Madrid. Era cerca del mediodía y en ese momento yo estaba durmiendo dentro de la caja a pierna suelta, sobre unas corachas vacías, mientras Cucha manejaba indolentemente los caballos. Tras doblar una curva, apreció que un carro cargado de paja se acercaba hacia nosotros y, como hacía cada vez que nos cruzábamos con uno, se puso en alerta; pero como volvíamos a casa sin cargamento alguno y solo teníamos que guardarnos la bolsa de nuestro dinero, quizás menguó un poco la vigilancia. El caso fue que el dueño del carro era un viejo forzado que sobrevivía junto con otros dos de su misma condición asaltando a los viajeros que pasaban por la comarca. Al llegar a nuestra altura volcaron la carga, bloqueando el camino y se abalanzaron sobre Cucha. El ruido de la gresca me despertó, así que tomé a Longina y salí de la caja. Los tipos eran unos despojos andantes: sus cuerpos tenían más pellejo que carne y sus caras estaban consumidas hasta parecer calaveras. Aun con toda su debilidad, aquellos hombres se las apañaron para someter a Cucha y, cuando aparecí pistola en siniestra y Longina en diestra, lo tenían a su merced. Al ver a Cucha, que siempre se mostraba tan crecido y bravonel, tan orgulloso de su fuerza y empaque, sometido por aquellos marasmos andantes, comencé a reír.

—¡Traidor de zaragüelles, malditos sean tus muertos, deja de reír y ayúdame!

Los cenceños que lo retenían se quedaron en silencio, mirándose entre ellos, observando la escena sin entender mi impasibilidad.

—¿Ahora qué, cabrón? —le pregunté riendo.

—¿Qué de qué?

—No te hagas el bobo, bien sabes a qué me refiero.

—¡No sé de qué me hablas!

—¡Ya basta de chanzas! Tira las armas o matamos a tu amigo —amenazó nervioso un fulano que tenía encañonado a Cucha.

—Tú cállate, que nadie te ha dado vela en este entierro. ¡Cucha! ¿En cuánto tasas tu vida?

—Mula del diablo —musitó rechinando los dientes—. ¡La taso en mucho más de lo que me debes!

—Entonces el resultado de la cuenta es fácil.

—¡Mierda *pa* vosotros! ¿De qué coño habláis? —dijo el pistolero.

En un parpadeo le lancé a Longina buscando el cuello. El filo le atravesó la yugular haciéndole caer, ya muerto, al suelo. Alcé la pistola y disparé al que tenía a su izquierda, acertándole en el costado. Cucha reaccionó cogiendo al último por el cuello y retorciéndoselo como a una gallina. Con los asaltantes muertos nos quedamos en silencio, mirándonos. Recogí a Longina y la limpié con la ropa de uno de los salteadores. Mientras tanto, Cucha había subido al carro y extendía el brazo «como si fuera un torero», proclamando con solemnidad:

—Suba, señor guardés.

Tomé su mano y de un tirón me alzó al carro. Me miró y asintió en silencio.

—Eres bueno con el desmallador.

—Lo sé.

—Hideputa lomienhiesto —dijo sonriente.

Desde aquel día no me volvió a tratar como un inferior. Tampoco como un superior, para no poner en duda su valía como jefe, porque *non est discipulus super magistrum.* La deuda estaba saldada y Cucha me trataba como a un igual.

Capítulo III
EL SEGUNDO SITIO DE GIBRALTAR

A mis casi treinta años, la vida de guardés del tabaco ya había dejado en mi cuerpo lo que llaman gajes del oficio: mi tez, tras tantas asoleadas sufridas gobernando el carro, se había vuelto cobriza faltándome poco para parecer un natural de las Indias; los pelos del bigote, antaño ralos y escasos, ahora lucían tupidos y vigorosos; mi mirada, gracias a las largas jornadas de constante vigilancia, se afiló, quedando mis grandes ojos al descubierto solo cuando los abría de par en par; mis manos, fortalecidas por el uso de Longina y el arrear constante a los caballos, se habían vuelto duras como rocas y callosas como quilla de galeón. Mi cuerpo exhibía cicatrices por doquier: un trasquilón de tres pulgadas en el hombro, fruto de un encuentro con gitanos cerca de Teruel; una punzada traicionera en la vejiga, recuerdo de una establera malparida de Cádiz; docenas de pequeños cortes; algo de plomo enquistado en la pierna...

Estas marcas no fueron en vano, pues de ellas también aprendí —«Para aprender es menester padecer»—. Mis habilidades mejoraron con cada refriega: si el manejo que tenía de la pistola era bueno, ahora era sencillamente espléndido, ya que acertaba con el plomo a una mosca a varias brazas de distancia; con Longina ocurrió tres cuartos de lo mismo: llegó un momento en que podía pelar una uva al vuelo con el filo de mi arma. Los nervios ya no me excitaban el corazón cuando el camino se estrechaba o un recodo amenazaba una posible emboscada. Tampoco me influían ya los gritos o las blasfemias de los asaltantes tratando de amedrentar. Fuera con pistola o con fisberta, ya tiraba donde quería dar, no al bulto como al principio me pasaba. Mi carácter se tornó firme y sereno en la batalla y taciturno en el trato con desconocidos. Y eso no era todo, mi fama también creció: con el tiempo la gente empezó a tratarme con respeto, un punto de solemnidad y muchos de miedo; cosa esta del miedo que nunca llegué a comprender, pues mi natural sosegado no buscaba líos ni pendencias; estos venían a mí y claro, yo los despachaba como mejor sabía: a puñetazos y estocadas.

Llegó la primavera de 1727 y ya había algún que otro día de calorcito que invitaba a disfrutar de la vida. Tras un viaje especialmente lucrativo, acordamos disfrutar del mundo y de la carne durante unas cuantas jornadas: descansar para recuperar fuerzas, irnos de ginovesas, comer mucho y beber más. Aquel día estaba yo en la «Bodega del Jerezano» vaciando un cuenco de higadillos y hojeando el último trabajo de Villarroel cuando apareció Cucha abriendo la puerta de un tremendo patadón, que hizo que media bodega se levantase con la mano presta a desenvainar el hierro.

—¡Por lo que más quiera, guardés, no vuelva hacerme eso! —protestó el cantinero asiendo un grueso cayado de olivo que parecía un as de bastos.

—¡Vete al infierno, Damián! Y vosotros, ¿qué coño

miráis? Volved a meter vuestras cabezas en vuestros culos —gritó a la clientela que, sumisa, bajó la mirada.

Cucha alzó un poco la vista buscándome entre los presentes. Levanté la mano y vino a mí al compás del entrechocar de sus herramientas, exhibiendo una indescifrable mueca.

—¿Tienes que dar siempre la nota? ¿Qué pasa, Cucha, te has enamorado de una doncella y vienes excitado a contarlo? —pregunté mientras seguía con la vista puesta en los nuevos escritos de mi amigo Villarroel, de cuya fértil sesera no dejaban de manar nuevas obras.

Entonces Cucha dejó caer encima de la mesa una abultada bolsa de cuero, de la que huyeron varias monedas de plata.

—¿Has robado en algún galeón, animal?

—Algo mejor, he vendido todas nuestras pertenencias: las mulas, las tierras, la ropa vieja y hasta la dignidad. Salvo el carro, dos caballos, nuestros estoques, esas monedas y poco más, ya nada tenemos.

—¿Se puede saber qué has hecho, so acémila? —dije dejando de lado los escritos y el cuenco para sopesar el contenido de la bolsa—. Aquí hay mucho dinero.

—Nos vamos de Sevilla, estoy cansado de morirme por los caminos cargando con los tabacos de la Corona. Ya se han enriquecido bastante a costa de nuestra sangre.

—¿Y de qué coño vamos a vivir? Porque esto es mucho dinero, pero para poco tiempo, que estamos acostumbrados al buen vivir y nuestros vicios no son baratos; «de los buenos días se hacen los malos años» y...

—Nos vamos a Gibraltar —me interrumpió emocionado, cubriéndose la boca con las manos para que no le oyeran.

—¿Y qué hay en Gibraltar aparte de ingleses y malparidos? —pregunté haciendo comandita con su oreja.

—¡Baja la voz, mudo! —me reprendió, pareciéndole demasiado alto mi susurro—. Oro, mi querido amigo, todo el oro que puedas imaginar —cuchicheó aún más bajo, gesticulando hasta hacer un remedo de jaula con los dedos.

—Ya, no quiero ser aguafiestas, Cucha, pero por mucho oro que haya en Gibraltar dudo que a los perros ingleses les sobre tanto como para que nos quieran dar algo —Cucha comenzó a mirar con deseo el platillo de hígados—. ¿Gustas? —dije ofreciéndole.

—¡Ya tardabas, que hace media jornada que no pruebo bocado! —dijo, para acto seguido rasgar media hogaza de pan y ponerse a rebañar mis sobras sin levantar la cabeza del plato.

—Cucha, ¿qué te traes entre manos? —pregunté con tono pausado, intentando no avivar el fuego que empezaba a encenderse en mi ánimo. Cucha era ya casi un viejo, pero con una rapidez con la pistola que podía presentarme ante San Pedro a la mínima.

—Corre un rumor... —respondió golpeándose el pecho para hacer bajar el bolo de comida—. El conde de las Torres ha logrado por fin sitiar a esos putos ingleses; es cuestión de tiempo que las defensas de la Roca se vean doblegadas por nuestra artillería y recuperemos Gibraltar, con todo lo que ello acarrea.

—¡Oh! Me alegra oír eso —repuse con ironía—, es un alivio para mí saber que por fin el Animoso podrá recuperar tan ansiada plaza para beneficio y felicidad de sus súbditos —remarqué mientras me divertía viendo cómo la guindilla del guiso hacía sudar a Cucha.

—Déjate de gracias, tenemos que actuar y tenemos que hacerlo ya. Cuando las defensas de Gibraltar se vengan abajo, y por lo que se dice será muy pronto, todo aquel que esté en primera línea y pueda sostener una espada se hará rico con el botín.

—Vamos, que lo que quieres es ir a saquear las ruinas...

—Quiero —dijo escupiendo un trozo de la malvada guindilla.

—Sabes que ya no está permitido el pillaje, ¿verdad? Sabes también que esa prohibición atañe a todos, soldados o no, y supondrás que si alguno de los nuestros va a saquear no querrá competencia y está por último el pequeño detalle de que si nos pillan haciendo de golondreros nos cuelgan.

—Es un riesgo —dijo sin darle mucha importancia a mis palabras.

—Y para correr ese riesgo has malvendido todo.

Cucha afirmaba con la cabeza y la boca llena. Hizo un esfuerzo y tragó.

—Solo necesitamos nuestras armas y nuestras manos.

Respiré hondo, me incliné hacia delante, apoyé los codos en la mesa y sujeté mi cabeza con las manos.

—¿Me queda otra salida? —pregunté con notorio fastidio.

—No —sonrió.

—¿Cuándo partimos? Porque veo que ya lo tienes todo planeado.

—Dentro de dos jarras de vino. ¡Damián, tráenos vino!

El tabernero tomó dos jarras y se acercó. Nos quedamos en silencio hasta que terminó de servirnos, y sobre todo, hasta que terminó de aguzar la oreja.

—¿Quieres algo? —le preguntó Cucha con descaro, al ver cómo trataba de pillar algo de solapado.

—No me interesan vuestras mierdas —dijo arisco Damián al verse cogido.

—Mejor, tú a poner vinos cristianos, que es lo tuyo.

117

Cuando Damián se fue, brindamos.

—¡Por el oro! —dijo Cucha alzando su jarra.

—¡Por el oro! —respondí chocando mi jarra contra la suya.

Dos días después llegamos a Gibraltar y aquello no tenía apariencia ni de éxito inmediato ni de querer terminar. En diciembre de 1726 el conde de las Torres, virrey de Navarra, había sido el único militar que en una reunión del Consejo de Guerra había garantizado al Animoso la conquista de la plaza, librando así a España de un lugar nocivo «lleno de extranjeros y herejes». Desgraciadamente el conde tenía más coraje que cabeza y no era el más idóneo para tal empresa; pero tuvo la fortuna de decir al Rey exactamente lo que este quería oír.

Los ingleses, que serán muchas cosas pero no tontos, llevaban años fortificando la plaza según los planes trazados por un tal Joseph Bennett, capitán de ingenieros, y como se olían perfectamente que el Animoso querría atacar, fueron también reforzando la guarnición con tropas que vendrían incluso de Menorca, de tal manera que se iban a enfrentar los nuestros a alguno más de los cuatro gatos que esperaba el conde. Además, el 13 de febrero atracó en Gibraltar el almirante Sir Charles Wager, el gran hideputa que tanto daño hizo en Rande, quien se presentó con cuatro navíos, cuatro fragatas, dos bombarderas y tres batallones más.

Precisamente el desastre de Rande condenaría al fracaso el intento del conde de las Torres, al no tener España desde aquella pérdida una flota digna de tal nombre. Todos los militares que estaban reunidos con el Rey sabían de sobra que era imposible conquistar Gibraltar sin bloquear el Peñón por mar, cortando la llegada de suministros. Todos... menos el señor conde.

Aquella piedra tenía más valor del que yo nunca entendí, viniéndome a la cabeza los versos de Shakespeare al respecto de otro puñado de tierra:

Para vergüenza mía, estoy viendo
la muerte inminente de estos veinte mil hombres
que, por un capricho y una ilusión de gloria,
corren a sus tumbas como si fueran lechos y pelean
por una tierra
tan nimia que ni ofrece espacio para sostener la lid
ni es un camposanto capaz de enterrar a los caídos.

Nuestro ejército constaba de treinta batallones de infantería, seis escuadrones de caballería, y un tren de sitio de cien cañones, numerosos morteros y cuatro mil quintales de pólvora. Entre las tropas había numerosos mercenarios extranjeros, siendo el más destacado el Duque de Wharton, un inglés renegado que solamente combatía cuando estaba borracho, siendo en esos momentos un guerrero implacable.

Las acciones para la toma del pedrusco se iniciaron con la construcción de una gran batería de costa en la zona norte y la apertura de trincheras. El jefe de nuestros ingenieros era Don Próspero de Verboom, de quien se dice que mantenía tiranteces con el conde desde hacía años, exacerbadas por no sé qué diferencias en el levantamiento de un polvorín. Mientras el conde enviaba a la Corte misivas tan optimistas como fraudulentas sobre el avance de nuestras tropas, Don Próspero, mucho más diligente y sensato, redactaba informes de combate que por su crudeza y exactitud o bien se perdían en el camino, o peor, eran ignorados. Por todo esto, abandonó el sitio en mayo y volvió a Madrid.

Durante el día los cañones ingleses de la roca no dejaban de vomitar fuego sobre nuestras líneas de ataque. Teniendo como ventaja estratégica la altura, sus disparos llegaban con facilidad a nuestras posiciones. Por el contrario, la situación de nuestras baterías hacía que las pelotas que disparábamos apenas llegaran rebotando con algo de fuerza cerca de sus muros. Los ingleses, como si fueran monos, no dejaban de tirar sobre nosotros rocas de todos los tamaños, barriles de aceite hirviendo y, haciendo gala de su peculiar humor, toneles llenos de los desechos excretados por sus cuerpos. Todo esto obligaba a nuestros camaradas a construir de noche, haciendo que un trabajo que ya de por sí era arduo se convirtiese en un auténtico infierno. El lecho era roca viva y cavar en él era casi imposible. Las trincheras apenas eran surcos donde guarecer un poco el cuerpo del granizado de plomo y de las fuertes lluvias —otra vez los elementos se pusieron de parte de esos perros— que obligaban a reconstruirlas continuamente. Los sacos terreros estaban tan cosidos a balazos que perdían el relleno de arena nada más colocarse. Nuestros cañones reventaban por el fuego incesante, causando más bajas entre los nuestros que entre los sitiados. Las deserciones pronto fueron más que un goteo.

—¿Dónde coño nos has metido, hijo de mala andorrera? —grité a Cucha sujetándome el chambergo a la cabeza mientras reptábamos por una trinchera repleta de cadáveres descompuestos, arcabuces tronchados y ratas dándose un festín de carne española. Las bombas caían a nuestro alrededor explotando con violencia, tirando tierra sobre nosotros y esparciendo metralla asesina. Algunas caían sobre los muertos, regando el lugar de piernas, brazos y entrañas. El espectáculo era dantesco, como diría Villarroel.

—¡A mí me habían dicho que esto estaba a punto de ceder, que los ingleses no aguantarían mucho tiempo más! —vociferaba Cucha tratando de justificarse mientras apartaba una de las ratas que nos querían roer la cara.

—¡Pues malparida sea la madre del malparido que te lo dijo! —bramé mientras me tumbaba al lado de un cadáver que me hizo de parapeto.

—¡Manos arriba! ¿Quién vive? —gritó un joven soldado español apuntándonos con su fusil.

—¡Españoles, no disparéis, somos españoles! —grité alzando las manos.

—¿Qué hacen aquí, no ven que este no es lugar para pasear?

—Venimos... —una explosión cercana nos cubrió a los tres de tierra y piedras. Instintivamente nos tiramos al suelo—... venimos de Sevilla, habíamos oído que la plaza estaba a punto de caer y no queríamos perder la oportunidad de degollar a unos cuantos ingleses —dijo Cucha quitándose tierra de la cabeza.

—No sé qué echacuervos les habrá dicho eso. —Miré a Cucha intentando desollarlo con la mirada—. Esos herejes están atrincherados como garrapatas; día y noche no dejan de bombardearnos —se quejó el soldado escupiendo un gargajo marrón—, pero si han venido a desporqueronar ingleses, que Dios les bendiga. Esta noche intentaremos una encamisada en la Torre del Diablo, y estoy buscando voluntarios. Si quieren cazar ingleses, acompáñenme y verán colmado su deseo —dijo dándonos una palmada en el hombro cuando pasábamos a su lado. Miré a Cucha

—¿A cuánto se paga la arroba de pellejo inglés?

Por respuesta rio con bravuconería, el muy cuquero.

Caída la noche, el grupo de voluntarios nos reunimos

cerca de la Torre; no seríamos más de treinta. Pocos para tomar nosotros solos la plaza —aunque no nos faltaban arrestos—, pero suficientes para llevarnos por delante a unos cuantos ingleses. Era más una venganza —o una diablura, vista la pretendida genialidad desde la perspectiva y sabiduría que da la edad, como bien saben vuestras mercedes—. Los nuestros estaban cansados, mal pertrechados y peor alimentados. Los herejes habían logrado hundir varios de nuestros barcos de avituallamiento y el temporal impedía aprovisionarnos por tierra. El hambre, la pleuresía, la diarrea, los cólicos… minaban la ya de por sí menguante moral de unas tropas que no veían avances en la batalla tras tantos meses de contienda; cada nueva orden era un capricho de nuestro general en jefe y un suplicio para nosotros. El capitán al cargo de la algarada de esa noche era Onofre Bingué, un aragonés curtido en combate, viejo percherón de Flandes y veterano en el arte del degüello. Sabiamente había trazado un plan en el que saldríamos de nuestra playa nadando, rodearíamos la muralla enemiga y atacaríamos los túneles de servicio de la artillería por las entradas que nuestros oteadores habían localizado en la roca.

Aquella noche el mar estaba arbolado y el aire arreciaba con fuerza. Nos quitamos los petos y las cotas de malla, demasiado acero para nadar. Al no tener manera de conservar seca la pólvora, prescindimos de llevar armas de fuego. Todo el trabajo sería llevado a cabo a espada, daga, desmallador o con lo que contara cada uno. La corpulencia de Cucha no pasó desapercibida a los ojos de Bingué quien le anunció, entre solemne y burlón, que encabezaría el ataque. A Cucha no le quedó más remedio que callarse y acatar la orden. No éramos regulares, solo habíamos venido a esquilmar a los ingleses y si nuestros hombres se enteraban de nuestra auténtica intención, iríamos a parar de cabeza a la casa de poco pan o peor, a la soga. Como ya dije antes a vuestras mercedes, el pillaje en esta ocasión no estaba permitido, si bien se hacía la vista gorda salvo para aquellos que no pertenecíamos a la soldada.

—¡Este va conmigo! —le dijo Cucha al capitán, agarrándome de la camisa.

—Truecaborricas, que esto fue idea tuya... —le maldije entre dientes.

Empujados por la obligación y en mangas de blancante cruzamos la playa, nos zambullimos en el mar y nadamos hasta las posiciones inglesas. Detrás de nosotros dos iban treinta almas mentando a las madres de los cismáticos. Según alcanzábamos la costa inglesa, gracias a un fugaz rayo de luna pude distinguir la forma de una de sus posiciones en el exterior de la roca. En ella había emplazado un cañón de treinta libras o más. Junto a él, con el fusil apuntado hacia abajo y reclinado sobre su culata dormía un soldado inglés. Llamé la atención de Cucha y le señalé al enemigo. Ordené silencio con un susurro que me pareció un grito y tirando de las carrancas de mi camisa. Muy despacio, con extremo cuidado y aún más sigilo salimos del agua con las manos cargadas de hierro. Trepamos por las rocas llegando a su posición sin que ellos advirtieran el más mínimo ruido. En el nido había siete hombres atrincherados, tres operarios de cañón y cuatro soldados, todos dormidos —para su suerte, pues su final hubiera sido más agónico si llegan a ver los ojos de sus asesinos—. No hubo piedad ni misericordia: lances, embocadas y mojadas cortas. El filo de nuestras espadas se embotó acribillando las carnes de aquellos hombres. Una vez acabamos con ellos, la mitad de los nuestros recibió la orden de quedarse, defender con sus vidas si era necesario la posición, girar el cañón contra la boca de los túneles y volarlos si veía a salir a un solo inglés de los interiores de la roca. La otra mitad de los hombres, armados con los fusiles y las pistolas del enemigo, entraríamos en las entrañas de la bestia para inutilizar el resto de baterías, que horadadas en la pared de granito, bombardeaban sin cesar nuestras trincheras.

—¡Lo único que no nos pertenece son sus almas! —Gritó Cucha cargando contra los primeros ingleses con una furia inusitada, como yo nunca le había visto. Diría que en ese momento quiso cobrarse en sangre todo el oro que vinimos a coger y no pudimos llevarnos. Envalentonados entramos gritando en los túneles, pillando desprevenida a toda la guarnición. Ruido de sables, pólvora quemada, soldados suplicando una piedad que nos habíamos dejado en las otras botas, sangre salpicando nuestras caras... apenas un puñado de hombres teñimos con sangre inglesa la luna de aquella noche. Cuando acabamos con todos, tomamos las cargas de pólvora y reventamos el emplazamiento. Aquella noche fuimos semidioses griegos.

Nuestro regreso al campamento español fue glorioso. Los soldados nos recibieron con salvas y vítores. Éramos unos héroes, apenas un puñado de hombres habíamos causado más daño en las filas enemigas que todos los meses de asedio, y sin derramar ni una sola gota de sangre española. El capitán Bingué, admirado por nuestra destreza encabezando y dirigiendo la escaramuza, elevó una súplica al Conde de las Torres proponiéndole que éramos dignos merecedores de recibir una distinción por nuestro valor.

Tres jornadas después de aquella noche, el Ilustrísimo Señor Don Cristóbal de Moscoso y Montemayor, conde de las Torres de Alcorrín y general en jefe del asedio a Gibraltar, se presentó en la barraca donde descansábamos los huesos. Lo recuerdo como si hubiera sido ayer mismo: altivo, henchido de orgullo y con la frente tan alta que tenía que dolerle el cuello por obligación. En su cuerpo lucía la pesada coraza de plata maciza con su escudo de armas grabado en oro, calzorros de cuero y medias de seda verde; sobre su pecho brillaba un crucifijo de oro y pedrería atado con una cinta de cuero negro y en su cintura el pomo dorado de una espada brillaba espléndido; en su cabeza un reluciente morrión pulido con esmero y rematado con un vistoso plumón rojo le confería un cariz conquistador y muchos aires de grandeza.

—¿Dónde están esos valientes de los que tanto he oído roer los zancajos, de quienes se dice han encabezado una encamisada que ha acabado con la vida de cien ingleses según unos y doscientos según otros? —preguntó altivo y con voz atiplada.

—Fueron trescientos, cuatrocientos si hubiéramos tenido balas suficientes —respondió Cucha jactancioso, tumbado en el catre, con los ojos cerrados y con la voz aún tomada por el frío del mar, la oscuridad de aquella noche y la rabia desahogada.

—¡Incorpórate, insolente! ¿Sabes acaso con quién estás hablando, fanfarrón? —gritó el conde al tiempo que le arreaba un puntapié al catre de Cucha.

—¿Y usted? ¿Sabe con quién está hablando usted? —replicó Cucha poniéndose en pie ante el conde, buscando con su mano el bulto del desmallador. Aquel no era enjuto, pero con todo Cucha le sobrepasaba en más de una cabeza de altura. Lejos de amedrentarse ante la corpulencia de este, el conde se mantuvo firme y desafiante en su lugar. Nobleza obliga, dicen.

—Cucha, es su Ilustrísima el Conde de las Torres —Murmuré al reconocerlo por su escudo de armas.

—Me da igual. No tengo por qué doblegarme a las órdenes de nadie —respondió, inconsciente de sus palabras.

—Guardés engreído... —espetó el conde con temible sosiego en su voz mirando fijamente los ojos de Cucha, que a un palmo escaso de su rostro se encontraban. La mirada del conde, fría y desprovista de sentimientos, sembró la duda en mi amigo. Me miró extrañado y un punto sorprendido. Yo le respondí alzando las cejas y asintiendo levemente con la cabeza. Cucha no tenía por costumbre tratar con la nobleza; yo tampoco, pero por los libros había aprendido algo de sus historias y vivencias y, fundamentalmente, que había que tratarlos con sumo respeto. Que Dios perdone mi blasfemia, pero tan azorado estaba que estuve a punto de hacer una genuflexión al conde.

—Por tu silencio deduzco que te sorprendes de que conozca tu verdadero oficio —dijo cogiéndole la cara a Cucha para enfrentar de nuevo su mirada a la suya—. Tendrías que saber que tengo más de dos oídos y más de dos ojos —sonrió altivo—. No sé a qué habéis venido a Gibraltar, pero me lo imagino.

El conde soltó con desprecio la cara de Cucha y comenzó a pasear con parsimonia por la tienda. Desenvainó su sacabucha y con la punta comenzó a revolver nuestros ropajes.

—¿Qué es esto? —preguntó ensartando la bolsa de nuestros dineros.

Alzó la espada y la bolsa se escurrió por el filo hasta el puño. Metió la mano y sacó una moneda de plata.

—No son regulares, pero tienen dinero en abundancia... —dijo deleitándose con el brillo del metal—. Creo que ya sé que está pasando aquí; ¿sabéis cómo se castiga el pillaje en tiempos de paz? —dijo inclinando la espada para dejar caer la bolsa en la tierra y después volver a envainarla.

—Estamos en guerra —intentó precisar Cucha sin moverse de su sitio, petrificado.

—¿Guerra? ¿Qué guerra? Esto no es una guerra. Dentro de unos días parto a la Corte y ni a mí, ni a nuestro Rey, ni a nuestra Santa Iglesia, por la cuenta que nos trae, nos interesa que entre hijos de Dios nos matemos. Por lo tanto en Gibraltar no hay guerra; son... simples maniobras de combate. Lo que os deja, puesto que no sois regulares, en una situación un tanto... delicada. ¿Sabéis cómo se castiga el pillaje? —sondeó alzando una ceja.

—Envesado hasta la muerte —Apunté.

—Así es: azotes hasta la muerte. He podido presenciar unos cuantos de esos aleccionamientos. Un espectáculo horrendo, abominable: sangre, gritos, dolor... el verdugo no deja de azotar al reo hasta que el látigo acaba recubierto por la carnaza de su costillar —dijo con voz queda, pero sobrecogedora, y sin apartar los ojos de Cucha.

La dureza de la conversación se manifestó en la frente de este último en forma de una cristalina y gruesa gota de sudor.

—Felicidades por la heroicidad, en esta *no guerra* es lo mejor que nos ha podido pasar —dijo dirigiéndose a la salida de la tienda, se dio la vuelta y nos enseñó la moneda de plata—. Me la quedo en compensación por haber tenido que soportar vuestro hedor y escuchar vuestros exabruptos. Sobra decir que antes del mediodía os quiero fuera del campamento o yo mismo seré quien os azote, lo que me placería sobremanera. ¡Otra cosa, casi se me olvida! —Introdujo la mano por el lateral de su coraza y sacó una carta—. ¿Es alguno de vosotros el *caballero* Aníbal Rosanegra?

—Yo mismo, Ilustrísima.

—Lo suponía; este tarugo no tiene pinta de saber leer. —dijo alargando el brazo y entregándome el sobre mientras miraba de reojo a Cucha.

—¿De quién es? —pregunté sinceramente intrigado. Aquel legajo me provocaba escalofríos en el espinazo sin tan siquiera haberlo leído.

—De un charro, un tal Villarroel. No sé quién será, pero sabe moverse en la Corte para lograr que yo sirva como vulgar correo —respondió mientras salía.

Cucha resopló aliviado al verlo alejarse, yo comencé a leer la inesperada misiva.

—Ha sido por muy poco, Aníbal, ya me veía en el cadalso. ¿Qué pone? —Preguntó Cucha, interesándose por la carta.

—Que mi madre se muere.

Capítulo IV
VIDA Y MUERTE

A mi muy amado amigo Aníbal Rosanegra.

Yo, que me vanaglorio de mi ars scribendi, que me permite comer caliente gracias a los memoriales, pronósticos y algún que otro soneto que salen de mi pluma, no sé cómo empezar una simple carta a un amigo:

Cómo ha pasado el tiempo, espero que me recuerdes y que también recuerdes nuestras lecciones de matemáticas, las risas que nos causaba la conjugación de los verbos latinos y nuestros ratos de oración. Yo no los olvido. Soy tu antiguo maestro y amigo Diego de Torres Villarroel, el mismo al que le tiraste los libros de la estantería cuando intentabas saciar tu curiosidad infantil; la misma que intenté alimentar y encaminar con mis exiguas lecciones.

Te vi hace un par de años en Madrid, nuestras miradas se cruzaron pero tú no me reconociste; que ello no te aflija: por aquel entonces, comer despojos y dormir al raso no me daban una envoltura tan inte-

resante a la vista como la que ofrecía mi ser cuando era un disoluto bachiller en nuestra Salamanca.

Por el contrario tú gozabas de una catadura excelente, más propia de hidalgos que de campesinos: bien vestido, bien defendido, bien alimentado y bien crecido... no te envidio, pero si te admiro: por fin eres casi tan hermoso como yo, felicidades. También me agradó ver que a pesar de tus facciones, ahora tan masculinas, seguías conservando ese brillo en los ojos que solo se tiene cuando se es niño. No te he perdido la pista, Aníbal, he podido averiguar que trabajas como guardés del tabaco. Curioso cuanto menos, pues en el fondo del abismo de mi pobreza llegué a plantearme vivir de traficar con tan próspera planta que tan «en vogue» está en las Castillas y, supongo, en Aragón.

Gracias a Dios, aquellos años de vivir en el arroyo quedaron atrás. Al igual que tú has crecido, yo también he medrado y he conseguido abrirme un hueco entre las gentes de sangre azul de esta Villa y Corte de Madrid; vanidosa urbe que ahora me repudia por mostrar sus impudicias al mundo y por propalar las hablillas de aquellos mismos que, como si fuera un mercenario, pagan mi sustento. «Su collar es el orgullo y los viste la violencia» dice el Salmo. Sin embargo, gracias a esta gente, gentuza diría, he podido seguirte la pista. Desconozco si esta carta te llegará a tiempo y no sé si tan siquiera, cuando la recibas, seguirás con la salud entera.

Amado Aníbal, es doloroso menester tu presencia en Salamanca. Tu madre se está muriendo. No temas, la tengo bajo mi cuidado y ten por seguro que nada le faltará; ya ha recibido la extremaunción y con ella la fuerza y el don para unirse con Cristo en su Pasión. Si tienes que arreglar algún asunto con ella, no tardes en volver: tu amor filial y el poder redentor del amor de Cristo serán los mejores médicos que a tu madre asistan.

Tu maestro y amigo, Diego de Torres Villarroel.

Apenas terminé de leer la carta, ensillé un caballo y con lo puesto, que no era mucho, partí raudo hacia mi ciudad. Clavando las espuelas hasta los hígados del animal, crucé media España rezándole a Dios para que me permitiera ver a mi madre una vez más, aunque solo fuera durante un parpadeo. Cuando no rezaba la recordaba: bajando al río a lavar la ropa, junto al fuego cocinando algún triste bocado, jugando al escondite conmigo entre las encinas de la dehesa… también me maldije sin cesar: «De mañana no pasa, mañana parto a Salamanca a ver a mi madre» me había dicho muchas veces durante mi destierro. Pero mañana llegaba y siempre tenía o encontraba algo que hacer: enderezar tuertos, enviar un cargamento urgente a Madrid, reconquistar yo solito Gibraltar, recobrar fuerzas hasta la ebriedad en algún bodegón… Excusas de mal pagador.

Cucha no quiso separarse de mí. Yo le insistí en que no tenía ninguna obligación de acompañarme, pero repuso que gracias a nuestra nefasta aventura en El Peñón tampoco tenía ningún sitio donde ir; había vendido todas nuestras posesiones y juntado en unas monedas de plata toda la fortuna que amasamos en nuestros años como guardeses del tabaco. Pero yo sé que no fue el infortunio lo que hizo que me acompañara si no la gran amistad que habíamos forjado.

Tras casi cinco días de galope constante y mudo llegamos a ver la veleta mayor de la torre de la entonces inconclusa catedral nueva de mi Salamanca. Cruzamos el Tormes haciendo temblar con el pisar de nuestras bestias las piedras milenarias del puente. Salté de mi caballo antes de que se detuviera y me abalancé sobre la puerta de mi casa, derribándola de una carga de hombro; llegué hasta la estancia de mi madre.

—¡Madre! —grité al bulto que ocupaba su catre. Un hombre vestido de negro se incorporó asustado en el jergón. Tan estupefacto como él, desenvainé a Longina y con su punta amenacé a aquel desconocido.

—¿Quién eres? ¿Dónde está la dueña de esta casa? ¡Responde, bellaco hideputa! —Le grité con el poco resuello que me quedaba en el pecho.

—Aníbal... ¿No me reconoces?

—¡Por Dios te juro que ni yo ni nadie te reconocerá como le hayas hecho algo a mi madre!

—Aníbal, baja tu acero —respondió apartando delicadamente la hoja de Longina de su cuello—. Soy Diego, Diego de Torres Villarroel.

—¿Qué pasa aquí? —preguntó amenazante Cucha desde mi retaguardia. Estiré el brazo y lo contuve.

La voz del desconocido quería despertar en mí un vago recuerdo y sus ropajes se me antojaban irreconocibles, pero el brillo eterno y melancólico de aquellos ojos era definitiva fe de identidad.

—¿Dónde está mi madre, maestro?

—¿Quieres verla?

—Quiero, con toda mi alma —dije envainando a Longina.

—Es preciso ir a Tejares, pues.

Tejares, villorrio al que tanta fama ha dado mi pícaro y blasfemo paisano Lázaro, «hijo de Tomé González y de Antona Pérez, naturales de Tejares, aldea de Salamanca».

Desde Tejares subimos a lo alto de una pequeña colina

llamada Vista Hermosa. Villarroel me pidió respetuosamente a Longina. Sin comprender nada, de agotado y aturdido que estaba, se la di. La tomó y usándola a modo de guadaña segó la hierba que allí había crecido, dejando al descubierto una pequeña lápida:

Hic iacet
Felisa Alonso de Rosanegra
A. D. MDCCXXVII
R.I.P.

Al ver aquella inscripción las piernas me flaquearon y un fuego frío abrasó y heló mis entrañas; triste como nunca me había sentido, doblé mis rodillas y las hinqué en el suelo para luego empezar a llorar y no parar.

—Dejémosle solo, tiene que despedirse —le murmuró Villarroel a Cucha.

Y lloré todas las lágrimas que tenía en los ojos, en el alma y en el corazón y arañé la tierra hasta destrozar mis uñas y llenar mis manos de sangre y barro; quería besar los huesos de la que me había dado todo pese a no tener nada; mil veces blasfemé y otras mil rogué a Dios que acogiese al alma de mi madre en el cielo. Durante la noche le hablé a la lápida, le hablé a mi madre, le conté mis aventuras; le conté las lecciones de Guzmán, le conté por qué me había ido de su vera, le conté mis aventuras en Madrid, en Sevilla, le conté los lances del camino, le conté el miedo que había en los ojos de los soldados de Gibraltar, le conté que mi padre había sido un héroe en Rande, le conté... hasta que el sol clareó por el horizonte. Y cuando ya no tuve nada más que contarle me volví a arrodillar ante la lápida, me santigüé, por la salvación de su alma recé cien avemarías y el mismo número de *Paternosters*, le lancé un beso y le pedí que cuando en el cielo se encontrase a mi padre le dijese que su Aníbal por fin se había hecho un hombre.

Al mediodía, Villarroel me informó mientras comíamos frugalmente de cómo habían sido los últimos días de mi madre: había contraído la sífilis. Me contó que cuando él empezó a tratarla con mercurio la enfermedad ya estaba terriblemente avanzada, y que poco más pudo hacer que apaciguar su alma y ayudarla a bien morir. Sé que Villarroel me mintió, yo había visto a moribundos de la grimana y sus lamentos estremecían el alma de los más aguerridos. «Una noche con Venus y una vida con Mercurio», decían quejosos los agonizantes. Al menos me quedó el consuelo de saber que mi madre no murió sola. Le pregunté por qué había sido enterrada en aquella colina. Me contestó que la situación de su enterramiento había sido su última voluntad. Ella, con su postrer aliento, le había murmurado que solo desde lo alto de aquel promontorio podría otear los caminos por donde esperaba ver a su hijo de vuelta a casa.

—Y costó algo más que Dios y ayuda, sino dinero y otras cosas que me callo por recato, convencer al párroco para enterrar a tu pobre madre fuera de un camposanto, como se entierra a los suicidas, a los herejes y a los criminales más abyectos.

Cuánto sentí oír aquellas palabras. Estuvimos hablando hasta bien avanzada la tarde con los ronquidos del pobre Cucha de fondo. Nos contamos qué había sido de nuestras vidas, y Villarroel me resumió la de mi pobre madre desde mi marcha. Como él ignoraba el motivo de mi fuga, debido al bendito pudor de mi madre, le conté los acontecimientos de aquella triste noche.

—¿Dónde han enterrado al maldito carnicero que yo maté? —le pregunté a modo de remate—. Que tengo ganas de ir a vaciarme la vejiga y creo que su tumba será el mejor lugar.

—¿El carnicero? —sonrió—. Recuerdo que algo se comentó en los mentideros de que le habían atravesado el culo con una espada, pero no sé más. Lo que sí sé es que muerto y bien muerto está, pero tú no lo mataste; de eso se encargó el padre de una pobre niña con la que había intentado actos nefandos.

—¡Que los gusanos que él nos vendía para comer den ahora buena cuenta de sus ojos! —grité eufórico, alzando la jarra de vino que nos acompañaba—. ¿Y qué hace usted aquí, don Diego? Tiene casa...

—¿Sobro? Si sobro me llevo también el manduco —dijo sonriente, haciendo ademán de recoger los platos.

—¡Sabe Dios que no!

—En mi casa hay mucha gente y entre estos muros tengo el sosiego que necesito para mis estudios. Supuse que no te importaría.

—En absoluto. Agradezco lo que hizo por mi madre y sería un mal cristiano si no le permitiera estar aquí. Por cierto, en Sevilla pude leer sus *Ocios políticos en poesías de varios metros*.

—¿Te gustó?

—Mucho.

—Eso me place. ¿Y vosotros? ¿Qué vais a hacer ahora? —nos preguntó Villarroel, viendo que Cucha había regresado al mundo de los vivos.

—Pues no lo sé, maestro —dije mirando a Cucha.

—Poco podemos hacer —dijo este, aún amodorrado—. En Gibraltar nos jodieron como a lechuzas de medio ojo y la bolsa la tenemos casi vacía —remató cogiendo media gallina guisada que estaba en la mesa para empezar a devorarla a grandes bocados.

—Supongo que podemos quedarnos un tiempo en

esta casa —dije mirando aquellos muros, de adobe, que tan bien conocía de mi infancia.

—Podéis quedaros lo que queráis. Esta casa es tu legítima herencia, Aníbal, yo soy un simple ocupante —puntualizó Villarroel, con los ojos abiertos de par en par viendo el ansia con la que Cucha engullía el ave—. Solo pido que me dejéis convivir con vosotros, pues no puedo volver a mi casa: la fama que cargo en mis espaldas ha alborotado a los vecinos de esta charra ciudad, tan amada por mí; y aunque gusto de sus halagos necesito sosiego.

—Yo no tengo nada mejor que hacer... —Cucha hizo un silencio, tragó la carne, se limpió con el dorso de la mano y volvió a hablar—. No sé si será indecoroso decir esto delante de un hombre del clero... —miró a Villarroel con precaución.

—No temas decir lo que tengas que decir, hijo mío. Soy hombre vivido y experimentado; nada hay en este mundo que no haya visto, y el alma de los hombres para mí no tiene misterios —dijo Villarroel con comprensiva mirada y tierna sonrisa.

—Como guste vuestra merced ilustrísima... Estaba diciéndome en mis adentros que este yantar que su eminencia ha tenido a bien de cocinar... —cada vez estaba más azorado y yo me reía para mis adentros— está sabroso...

—Gracias. Han muerto más hombres a la lumbre de los fogones que al calor de las batallas —intercedió Villarroel con tono amable.

—... Como le digo, excelencia, regocija mi papo y acalla la gusarapa de las entrañas —dijo balanceando en el índice el hueso desnudo del ave—, pero también pensaba que no solo de pan vive el hombre, y que aquesta villa tiene fama y dicho de que aquella que no es puta es manca y bueno... Pregúntome yo que si ya que Fortuna nos ha dado la espalda, los últimos dineros podríamos invertirlos en alguna grofa que nos aliviase el peso de la entrepierna, que tiran más nalgas en lecho que bueyes en barbecho, carne puta no envejece y este diablo que os habla aún no está harto de cufros y por eso no quiere meterse a fraile aún.

Al oír sus palabras Villarroel se santiguó.

—¡Hereje putero! —maldijo el bachiller al mismo tiempo que, de nuevo, se santiguaba nervioso.

—¡Maestro, no se alarme! —dije tras una gran carcajada—. ¡Si ha sido usted el que ha animado a mi compañero a abrir su corazón!

—¡Por tal que sí! Pero no me imaginaba yo que por la boca de un hombre pudiesen salir tamañas serpientes.

Todos reímos con la airada réplica del bachiller.

Capítulo V
LA PERDICIÓN

Tras las risas, las chanzas y la larga sobremesa le pregunté al bachiller si continuaba abierta «La Perdición».
Al principio adujo nervioso que no sabía de qué le estaba hablando, pero tras insistirle un poco me confirmó entre susurros —no sin antes santiguarse, alzarse el cuello de la camisa y cubrirse la boca con la mano— que la mancebía en cuestión seguía navegando con buen viento en las velas. A decir verdad, aquel campo de pinos era desconocido para mí, solo sabía de su existencia por las palabras de las conversaciones adultas que caían a mis orejas en el mercado cuando yo era un niño: casa de la vergüenza la llamaban unos, cueva de truhanes la llamaban otros, Perdición la llamaban todos.

Villarroel ya empezaba a disfrutar de cierto renombre en la ciudad. Su reputación crecía y su cara se volvió más popular para las gentes. Por este motivo declinó nuestra invitación de acompañarnos. No obstante: «Todo santo tiene un pasado y todo pecador un futuro» y nuestro bachiller antes de ser santo fue un poco dianche y uno de los habituales de dicha casa de pecado, junto a estudiantes, condes, hidalgos, cuatreros y devotos.

Resultó que tal casa caía a unas pocas cuerdas más allá de la iglesia de San Marcos, extramuros, pero este no era su primer emplazamiento; por lo visto, años ha el lupanar estaba situado muy cerca de una residencia de curas; el problema no era que estos se sintieran tentados por la carne y fueran allí a pecar, pues cuando las ganas de desahogarse aprietan da igual que la casa llana esté a la vuelta del cantillo o en Cebú: sea como sea, se va. La causa de su traslado sobrevino tras una sonada desgracia: uno de los tonsurados estaba distraído dejándose los ojos en los muslos de una de las cantoneras; lo que en principio no tendría mayor relevancia si no fuera porque el páter tan enfrascado estaba en su vigilancia que olvidó que se hallaba en una ventana de la segunda planta, y cuando quiso obtener mejor perspectiva del espectáculo se asomó más de lo prudente, lo que resultó en su muerte por desnucamiento contra el suelo. Pronto corrió entre el vulgo la leyenda —y no sé si darle pábulo— de que cuando fueron a socorrer a tan lanzado clérigo, este mantenía entre sus piernas una tumescencia de grueso calibre.

El edificio que vestía a La Perdición tenía, como todas las casas de enceradas, una apariencia exterior sobria y sencilla, sin nada que la hiciera destacar sobre las demás construcciones. Como mucho, los días que llegaban escanfardas nuevas se colgaba en la puerta una cruz de San Andrés hecha con dos palos, en recuerdo de aquellos Tercios Nuevos que llegaban de Flandes y que tantos dineros dejaban allí dentro. No era necesario ponerle aditamento alguno en el exterior para darse a conocer, pues los interesados ya hacían por enterarse. Además, la sombra de la Inquisición flotaba pesadamente sobre la ciudad como fetidez de ciénaga y no era extraño ver castigos públicos por pecar contra el Sexto; aunque cabe destacar que nunca se hacía una batida cuando algún personaje de envergadura visitaba Salamanca, no fuera que estuviese dentro del lupanar sacudiéndose el polvo del camino. No piensen vuestras mercedes que estos considerados tejemanejes eran únicos de Salamanca, pues en verdad les digo que no conozco una sola villa de esta España en la que dicen que no se pone el sol en la que no pasase o pase lo mismo.

Como dijo Cucha durante la cena de aquella noche, Salamanca tiene fama de ciudad putera, es un hecho incontrovertible. Y esto no es así por las gentes del lugar, más dadas a vivir recluidas y en oración, sino a los estudiantes y bachilleres que, amparados en la excusa de sus estudios y sufragados por la bolsa de sus padres, dan rienda suelta a aquello que sus jóvenes naturalezas les piden.

Llegamos a la puerta de la casa. Cucha golpeó impaciente y con fuerza varias veces la aldaba.

—¿Quién va? —dijo entreabriendo la puerta una cobijadera de cara lozana y lustrosos cabellos.

—¿Podemos entrar? —pregunté.

La mujer nos miró con suspicacia de arriba abajo, deteniendo sus ojos en mi Longina.

—No quiero problemas. Esto es una casa de putas, no de grescas.

—Tranquila, buena mujer, solo buscamos aliviar la congoja del cuerpo y beber algo. Pierda cuidado, que no buscamos problemas —respondí procurando infundirle confianza y seguridad.

La candelera asintió y nos abrió paso. Tras la puerta una gran cortina roja y gruesa impedía que entrasen calor, frío, insectos o miradas curiosas; al otro lado se sentía un sordo murmullo que invitaba a unirse. Descorrimos el lienzo y la gente que estaba en las mesas y en el mostrador hizo una pausa silenciosa para mirarnos.

En aquel salón habría, entre gorronas y clientes más de sesenta ojos, que brillaban misteriosos en la penumbra de un recinto sin ventanas y pocos candiles.

—Las capas y los chambergos —pidió con un ademán la capellana, para extrañeza nuestra—. Si quieren entrar, las redes y los chambergos se quedan aquí, es norma de la casa. Pueden quedarse las armas, pero bajo este techo todo el mundo entra a cara descubierta.

Cucha y yo nos miramos, nos pareció justo, por lo que nos despojamos de nuestras capas y capelos y avanzamos. Los parroquianos se relajaron al vernos las caras; al igual que nosotros, todo el mundo allí dentro iba armado. En torno a las mesas los maderos del suelo estaban heridos por un sinnúmero de cortes y marcas de tantas espadas que habían recorrido el lugar colgadas de tachonados. Olía a alcohol y sudor rancio. En la pared que lindaba con la puerta se erguía una voluminosa chimenea de argamasa y cantos rodados. Sobre ella, en una peana de madera, una gran cabeza de ciervo soportaba una cornamenta de doce puntas y en la peana una inscripción rezaba: «EL NOVIO DE UNA COTORRERA». Al verla reí divertido y se la señalé a Cucha.

—Hideputa… —me dijo con falso enfado, para después dibujar una pequeña sonrisa.

Conforme nuestros ojos se iban acostumbrando a la mala iluminación, fuimos viendo mejor qué tipo de gente frecuentaba la casa. A nuestra izquierda había una pareja de ancianos bien vestidos, con ropajes limpios y calcos caros. Enfrente, dos hurgamanderas con los muslos al aire; ataviadas únicamente con unos corpiños tan ceñidos que les dificultaban la respiración, obligándolas a tomar aire rápido y en pequeñas bocanadas —«Sea moda y pase por donaire, e irán las mujeres con el culo al aire» he oído muchas veces a lo largo de mi vida, y seguro que vuestras mercedes también—. Los ancianos, al vernos pasar a su lado, se cubrieron la cara con la mano y giraron disimuladamente el cuerpo para evitar ser reconocidos mientras entreabrían un poco los dedos para vigilarnos solapadamente. Varios estudiantes pobres —«capigorristas»— regateaban inútilmente por los azumbres de vino. A nuestra derecha estaba el cantinero; nos miró nervioso, sonrió e hizo ademán de saludarnos mientras nosotros seguíamos andando.

—Pide vino seco, que aquí lo dan bautizado y confirmado —le murmuré a Cucha al oído al ver por el rabillo del ojo cómo el avispado mozo trataba de ocultar disimuladamente con el pie el barreño de agua con el que sacramentaba el vino.

En el fondo del local, a mano derecha, una bandada de loras descansaba espatarrada en los bancos de madera. Con desinterés alzaron la mirada, nos estudiaron y dedujeron muy hábilmente —«Tres años de mesón, seis de Salamanca son»— que no veníamos sobrados de dineros, pues ninguna de ellas hizo por venir a embobarnos con su cuerpo. También al fondo, pero a la izquierda, se abría un apartado con mesas y taburetes donde varios hombres cuchicheaban conspirando en voz baja. La mayoría de ellos ignoró nuestra presencia y solo unos pocos escurrieron ligeramente un rápido vistazo de soslayo. En esta parte encontré una mesa libre, le di un toque a Cucha en el brazo, fuimos a sentarnos y al tabernero le faltó tiempo para venir a nuestra mesa.

—¿Qué desean? —nos dijo secándose las manos en un mandil que tenía más mugre que el ombligo de un arriero.

—Vino seco, dos jarras —dijo Cucha colocándose el agujón.

—Muy bien —respondió el mozo dirigiéndose hacia los toneles «herejes». No era tonto.

—Gracias, ya sabes que en cuanto veo mujeres ya no me acuerdo ni de cómo me llamo —dijo Cucha mirando hacia todas partes, buscando alguna prójima que le hiciera ojos.

—¿Ves alguna que te guste? —me preguntó.

—No, tengo el cuerpo destemplado del camino y el ánimo roto por mi madre. Quizás otro día, yo hoy prefiero beber.

—Querido amigo Aníbal, ni el vino ni las mujeres te van a devolver a tu madre, pero al menos te alegrarán el espíritu.

Se acercó el tabernero portando dos grandes jarras de barro. Tomé la mía, la olí, le di un beso y certifiqué que el vino era bueno, lo que corroboró Cucha asintiendo.

—Discúlpenme vuestras mercedes que les interrumpa —dijo a mi espalda un hombre.

—Disculpado queda «usarcé» —dije girándome mientras Longina hacía tiritar al suelo con la caricia de su punta. El hombre se quedó boquiabierto y yo aproveché su pasmo para calcular que tendríamos más o menos los mismos años y una estatura aproximada; iba dignamente vestido, sin florituras pero tampoco con harapos. Lo que más llamó mi atención es que no portaba ningún arma visible en el cuerpo y tampoco se advertían bultos sospechosos de cobijar algo con lo que dañar al prójimo.

—Por favor, dígame algo, no se quede así como si le hubiera dado un aire —le apremié.

—Sí —dijo saliendo de su pasmo—. Disculpe si parezco entrometido, no quisiera que me tomasen por una vieja alcahueta que va poniendo la oreja por las esquinas… —divagaba el hombre de puro nervioso.

—Al grano por favor, que queremos beber y el vino está perdiendo ya sustancia— le apremió Cucha.

—El caso es que antes vuesa merced —señaló a Cucha— nombró a su amigo como Aníbal y dicho nombre... mi amigo y yo... —señaló a un hombre que estaba sentado en la mesa de al lado— hacía mucho tiempo que no escuchábamos ese nombre, ¿es su apellido Rosanegra?

—¿Quiénes son ustedes? —pregunté presto a tomar a Longina.

—Me llamo Quijón, Quijón Robles. Y mi compañero es Fausto Muñoz, el hijo del molinero.

—¡Por los clavos de Cristo! —grité lleno de alegría dándole un abrazo al hombre. La mitad de las cabezas del berreadero alzaron la mirada al oír la efusividad de mis palabras.

—¡Son Quijón y Fausto! Mis amigos de la infancia —le dije a Cucha, quien les saludó haciendo un guiño de cortesía: pellizcando el ala de un chambergo que no llevaba puesto.

—¡Sentaos, sentaos con nosotros, amigos míos! Bendita sea la dicha de los ojos que os ven. ¡Mozo, dos jarras más del vino bueno!

Llenos de alegría bebimos, charlamos, reímos y nos contamos nuestras vidas sin parar de beber y reír; una acción llevaba a la otra. Quijón había continuado el oficio familiar de trabajar la madera. Su padre, ebanista desde que pudo manejar una garlopa, quedó impedido para el oficio tras tener un percance con una sierra, por lo cual a Quijón no le quedó otra que hacerse cargo del negocio y renunciar a sus sueños, porque recuerdo que cuando yo terminaba las lecciones en casa del bachiller Villarroel, Quijón venía corriendo a mí para que le contase las historias que había leído sobre los barcos de piratas. Siempre había querido ser marino.

Fausto vivía sin grandes estrecheces: redondeaba lo ganado elaborando velas y hachones en el obrador familiar cosiendo para el cabildo catedralicio, pues un arcediano acertó a advertir y apreciar la maña que se daba para remendar los harapos que vestía. «Les he quitado el monopolio a las carmelitas teresianas» comentaba jocoso. Pronto añoré a Marco, el hermano de Quijón. Al preguntar por él, me contó este que una crecida del Tormes se lo llevó mientras se estaba bañando; que él trató de hacer algo, pero que la corriente era demasiado fuerte y no pudo hacer nada más que llorar y gritar. En su recuerdo derramamos algo de vino en silencio. Cucha, aburrido de escuchar anécdotas ajenas y lejanas, se disculpó y se levantó de la mesa en busca de alguna pencuria de ojos bonitos que le alegrase mientras nosotros seguíamos con nuestra charla.

Salamanca bullía como una colmena golpeada. Se rumoreaba que el Ilustrísimo Señor Rodrigo Caballero, corregidor de la ciudad, estaba presionando al concejo para alzar una plaza digna de la localidad en la campa donde tradicionalmente se venía celebrando el mercado y donde tantos ratos pasé mendigando con mi difunta madre y jugando con los que ahora eran mis compañeros de vino. La noticia trajo a mi mente retazos de la algarabía y jaleo que se vivían en tan animado lugar; recuerdos de palomas y carnes rancias; de cabezas en picas y sepelios; de corridas y encierros; de limosnas y carreras entre puestos. Esta campa era conocida como la Plaza de San Martín por hallarse en las proximidades de la iglesia de tal advocación. Los charros, orgullosos, la llamábamos «la plaza más grande de toda la Cristiandad», pues además del mercado comprendía la parte del Corrillo, ocupando unas buenas cuatro fanegas de terreno.

También me informaron de que el Duque de Alba gustaba de venir con frecuencia a la villa para entretener el espíritu y el cuerpo, a ser posible sin la compañía de su esposa. Me aseguraron que no era extraño que residiese largas temporadas en su palacio de Monterrey, que acudiese a cacerías dispuestas por la nobleza local o que frecuentase los corrales de comedias y otros corrales, como en el que nos encontrábamos. Se decía que le cansaban las componendas de la Corte: las intrigas y conspiraciones estaban a la orden del día y esto lo desmoralizaba, obligándole a ausentarse.

Reconozco que la política es buen tema de charla y fantasía, pero a mí no me gusta en exceso: es malgastar saliva y sale cara, pero siempre viene bien estar enterado de lo que se cuece. Nuestro animoso rey había vuelto a tener descendencia —«cómo se nota que no le cuesta sacrificio alimentarlos», pensé— con la íntima colaboración de su segunda esposa: Isabel de Farnesio, «La Parmesana». Al nuevo infante le pusieron por nombre de pila Luis Antonio Jaime.

Es caprichoso el destino. Como digo y me reafirmo ante vuestras mercedes: a mí siempre me habían importado una higa los temas de la Corte, únicamente me mantenía informado de lo imprescindible para saber quién nos manejaba y de qué pie cojeaba, pero bastó que no quisiera involucrarme en sus enredos y seguir en mi *aurea mediocritas* para que tiempo después, sin yo buscarlo, me viera implicado hasta los ojos en sus turbiedades. Pero bueno, no quiero avanzarles acontecimientos, ya trataremos ese tema más adelante.

Como les decía, La Parmesana había alumbrado otro infante. En total trajo al mundo siete hijos, muriéndosele solo uno al poco de nacer. El cardenal Alberoni, influyente consejero del Animoso —hasta el punto de lograr que se casara en segundas nupcias con la citada—, la describió de esta manera: «Se trata de una buena muchacha de veintidós años, feúcha, insignificante, que se atiborra de mantequilla y de queso parmesano y que jamás ha oído hablar de nada que no sea coser o bordar». Pese a esta fama de sencilla —digo esto con mucha ironía—, la codicia que mostraba por el futuro de sus hijos rozaba lo inmoral, al mismo tiempo que no dudaba en manifestar públicamente la repulsa que sentía por los hijos del rey habidos con María Luisa Gabriela de Saboya. Sus celos hacia los hijos del primer matrimonio podían entenderse fácilmente: a fin de cuentas ella era la segundona y, salvo gran tragedia, los hijos que tuviera con el Rey nunca se sentarían en el trono.

—¡Yo ya estoy servido! —dijo alegre Cucha, interrumpiendo nuestra charla con los ropajes a medio ajustar y sacando la polvera para tomar un poco de rapé, amasarlo en forma de bolita y aplastarlo entre el diente y la encía, como acostumbraban a hacer los mendigos de mar que arribaban a los puertos vascos.

—¿Quién ha sido la afortunada?

—La del pelo cardado. ¡Qué muslos más hermosos, qué carnes más prietas! Creo que le ha gustado —dijo señalando a sus espaldas con la cabeza.

—Cucha, que son salpimentadas, hombre... —Le desengañé, burlón.

—Además, esa tiene fama de embaucadora. ¿No le habrá jurado amor eterno? —añadió Quijón.

—¿Cómo osas decir eso de mi amada, bobarrón? —dijo llevándose la mano a la espada. Apenas desenvainó medio dedo del filo y La Perdición, al unísono, corrió sus taburetes preparándose para la gresca.

—¡Anda, Cucha, no montes escándalos! Enváinate la joyosa y vámonos, que no tengo cuerpo de fiesta.

—Da gracias a que mi amigo tiene el temple que a mí me falta —amenazó Cucha a Quijón.

—No le hagáis caso, es perro ladrador. Cree que sólo por pagar por estar un rato hurgando en un broquel este pasa a ser de su propiedad —dije relajando el ambiente.

—¿Dónde podemos encontrarte, Aníbal? —preguntó Quijón.

—Estoy en la casa de mi difunta madre —respondí, tirando de Cucha para salir del lupanar.

Dos días después, al mediodía, me encontraba tirado en el catre reposando la comida. A un par de pasos de mí, Villarroel estaba enfrascado en la lectura de unos legajos.

—¡Menos mal que este ya está muerto, inglés malparido, que no sale cosa buena de esa inmunda isla de luteranos! Leer estas obscenidades y atrevimientos hace que me salgan llagas en los ojos —se indignó con vehemencia Villarroel.

—¿Qué lee que le sobresalta hasta el punto de mentar a la madre del autor? —inquirí entre bostezos.

—Desvaríos, amigo Aníbal, solo leo desvaríos — tomó uno de los legajos para mostrármelo—. Un loco inglés que afirma, o mejor dicho afirmaba, que los cuerpos se atraen entre sí. ¡Locuras y aberraciones! Que existe un éter que nos rodea y que hace que las cosas, cuando son arrojadas hacia arriba, caigan hacia el centro de la Tierra —señaló con saña el texto—. Estoy seguro de que la historia no recordará jamás el nombre de este tipo y sí el de nuestro sabio Benito Jerónimo Feijoo, verdadero hombre de ciencia; una línea suya vale más que cien obras de este inglés.

—¿Y cómo se llama el hereje?

—Dice llamarse Isaac Newton; a saber cuál será su verdadero nombre —dijo indignado, tirando los legajos.

—No recordaba haberle visto antes tan enfrascado en

lecturas serias —comenté observando la pila de libros que en la mesa se amontonaban.

—Una cátedra de matemáticas tiene la culpa; a ver si con suerte y gracias a ella dejo de comer inmundicias; aunque de poco sirve que estudie y repase; en este país de estultos y rameras las matemáticas han quedado postergadas. Una gran pena —dijo volviendo a sus papeles.

—¡Los hombres no leemos, los hombres actuamos! —gritó Cucha desde otra pieza al escuchar nuestra conversación.

—¡Tú, cállate, que en buena ruina nos has metido! ¿Puede creer, maestro, que este gordo majadero vendió todos nuestros bienes para embarcarnos en una excéntrica aventura en Gibraltar?

—Te recuerdo que tú estuviste conforme —gritó Cucha.

—¡Una mierda conforme! Que cuando viniste a convencerme, sin haberme preguntado nada antes, ya habías vendido todo. Solo me quedaba seguirte o volver a mendigar con cara de pena.

—¡Serás insolente! Porque me hallo muy cómodamente tumbado después de tan espléndida comida, que de buen gusto iría hierro en mano a sacarte de la tripa el tostón que has engullido.

Entonces un fuerte golpe sonó en la puerta, interrumpiendo nuestra discusión.

—¡Ya voy yo a ver qué ofrecen! —dije tirándome del catre.

Abrí la puerta y un cuerpo cayó a mis pies.

—¡Quijón! ¿Qué te han hecho? Estás averdugado.

Su cara estaba hinchada y llena de golpes. Tenía los ojos morados y de la oreja izquierda le salía un hilo de sangre.

—¿Qué ha pasado aquí? —dijo Cucha apareciendo por la retaguardia del pobre Quijón.

Entre los dos lo incorporamos, ayudándole a que se sentara en una bala de paja.

—¡El puto cabrón del Josefo, el vaquero! ¿Quién me mandaría a mí trabajar para él, sabiendo la fama de animal de bellota que se gasta? —Se lamentaba—. Hace medio año me pidió un mueble para su casa. Quería algo exótico y rimbombante, algo digno de un palacio. Tenía que haberle dicho que no, pero el trabajo no abunda y me fue imposible negarme. Tuve que empeñar la ebanistería de mi padre para poder comprar las maderas que necesitaba, caobas y ébanos no son baratos —tragó saliva y un poco de sangre—. Y ahora el muy hideputa, después de quedarse el mueble, dice que no quiere pagarme el trabajo. ¡Me voy a la calle, Aníbal, me van a quitar la ebanistería! —dijo agarrándome, llorando desesperado.

Me levanté y volví a mi habitación, tomé el chambergo, me lo enrosqué en el tejado y me enganché a Longina al cinto.

—¿Dónde vas? —preguntó Cucha al verme salir.

—A cobrar lo debido.

—¡Voto a tal! Espérame, que esto no me lo pierdo.

Al poco llegamos a la casa del vaquero, sirviendo la corta caminata para templar un poco el ánimo y aplacar las ganas de gresca. Solo quería cobrar lo que en justicia era de mi amigo.

—¿Qué queréis? —preguntó arisco el dueño de la casa al vernos a la puerta.

—Buenas tardes, señor Josefo; me llamo Aníbal Rosanegra y mi amigo es Aritza Cucha. Venimos de parte de Quijón Robles, a cobrar un mueble que él manifiesta haberle fabricado. —dije con buenos modales y amable expresión.

—¿Sois cobradores? —dijo, amparándose con la puerta.

—No, Quijón es mi amigo. Solo queremos arreglar este asunto como buenos cristianos.

El ganadero dudaba, pero se ve que nuestros modales le convencieron: abrió la puerta y nos hizo pasar al interior.

—Pasad, pasad y ved la mierda que ha hecho vuestro amigo —dijo mostrándonos el mueble—. ¡Mirad! —Señaló—: ¿Veis este madero? Le dije muy claramente que el frente lo quería de madera de caoba... y esto, como mucho, es olivo. Y eso no es todo, la puertecilla no cierra —dijo maniobrando la llave— y para colmo de males, el mueble está cojo —se apoyó en él y empezó a cimbrearlo para demostrarlo—. ¡Esto no es un mueble, esto es una chapuza! —remató enfadado.

—¿Y acaso existe chapuza tan grande que merezca ser reprendida con una paliza salvaje? —le reprendí, manteniendo el sosiego en todo momento.

El vaquero torció el gesto, gruñó y miró de reojo a Cucha. Me incliné y comencé a examinar el mueble.

—La caoba es buena. No es de la misma calidad que pudiéramos encontrar en los artesonados y coros de El Escorial, pero tampoco tiene mucho que envidiarle. Y olivo no es, desde luego, que bien harto estoy de ver ese árbol. Una cosa es cierta: la portezuela no cierra como debería, pero esto no es culpa del hacer de mi amigo. Su suelo, señor Josefo, es de tierra desnuda y la humedad de esta ha hinchado la madera. También por culpa del suelo el mueble cojea. Mande nivelarlo y los problemas que han aparecido en el mueble desaparecerán; igual que nosotros, en cuanto nos abone lo que le debe a mi amigo.

—¿Pagar? ¿Por esta cagada de vaca? No, no pienso

pagar ni un mísero carlinje a ese maldito carpintero por estas putas astillas —dijo envalentonado.

—Señor, no empañe el buen nombre de mi amigo; que no es carpintero sino ebanista, que lo conozco de toda la vida, a él y a su padre, también ebanista. Puedo garantizar la excelente factura de todos sus trabajos, incluido este —dije acariciando la madera—. Creo, más bien, que como usted es leído y conoce las leyes, quiere encontrarle pegas a la obra para librarse del pago.

—¡No pienso pagar esta mierda! Ni a tu amigo ni a vosotros, hideputas —amenazó señalándonos con el dedo.

—¡Ya basta de hablar! —gritó Cucha tomando al ganadero por las piernas, volteándolo y sujetándolo por los tobillos.

—¡Soltadme, cornudos! —gritaba el rollizo deudor, tratando de zafarse de los brazos de Cucha.

—¡Aníbal! ¿Has visto al vaquero qué hermoso está? Tiene buena testa, y la casa es bonita. Yo únicamente le añadiría una bodega.

Cucha empezó a subir y a bajar al moroso, haciendo que su cabeza golpease repetidamente contra el suelo. Este gritaba, maldecía y se lamentaba. Después de un rato de martilleo, y al ver que el suelo se embarraba con la sangre del rabioso pisón, Cucha paró.

—Mi amigo es fuerte y no sabe qué es el cansancio —dije divertido—. Ahórrese las penurias y costee el trabajo, pero no por miedo, sino por hijo de Cristo. Recuerde las palabras de Nuestro Señor; de justos es pagarle el jornal al que lo trabaja y el proverbio nos dice: «Paga lo que debes, sanarás del mal que tienes».

El vaquero era cabezón como él solo y aún necesitó un par de meneos más para convencerse. Recuperamos el dinero de Quijón; él pudo desempeñar la ebanistería, tener beneficios y a nosotros, en gratificación, nos pagó con un real de plata. Que conste que nosotros no se lo pedimos, fue él quien *motu proprio* nos lo dio. Al día siguiente la puerta de mi casa volvió a sonar. Abrí y me encontré a una anciana llorosa e incapaz de articular palabra. Yo la reconocí porque era amiga de mi difunta madre. La hice pasar y le ofrecí algo de caldo de gallina que el maestro Villarroel había dejado preparado y un poco de vino que había escapado del olfato de Cucha.

—Cuénteme, doña Engracia ¿Qué le aflige el alma?

—Mi marido, el pobre Ángel... —dijo tragando un bolo de dolor— murió hace un mes y medio.

—Cuánto lo siento, le doy mi pésame. Era un buen hombre.

—Gracias, pero no vengo a por tu pésame, hijo.

—Pues usted me dirá, señora Engracia.

—¿Te acuerdas de Quijón? Ese amiguito tuyo con el que jugabas cuando eras niño y cuya prima era vecina mía...

—Sí, precisamente hace unos días estuve con él —dije alegre.

—Me ha comentado Quijón que... —se acercó a mí y bajó la voz para murmurarme al oído— me ha comentado que te dedicas a solucionar problemas... Ya sabes... —miró a Longina.

—Dios mío... —masculle. El bocazas de Quijón había contado por toda la ciudad lo que había hecho por él— señora Engracia —dije tomándole las manos—, me honra que piense en mí, pero creo que se ha confundido de puerta; nosotros estos trabajos no los hacemos...

—Hijo mío, por favor, no me despaches así, es un judío avaricioso. Mi marido, antes de morir, contrajo una deuda con él, yo no tengo plata ni joyas para pagarle y nos quiere quitar hasta el tuétano de los huesos... —se explicaba la mujer.

—Pues mire, señora Engracia, denúncielo a la Inquisición —dije sacándola de casa y cerrando la puerta a sus espaldas.

A la noche le comenté a Cucha lo que había ocurrido.

—La mujer quería que Longina presentara sus respetos al judío...

—Qué hígados, la anciana... —dijo Cucha pensativo al mismo tiempo que se rascaba su pelado cráneo.

—¿Qué estás ideando, desgraciado?

—¿Yo? Nada... —respondió desviando la mirada.

—No, «na-da», no. Te conozco demasiado bien como para saber que estás pensando en algo... y ese algo no es bueno ¿qué tramas? —dije levantándome de la mesa.

—Aníbal, estamos flacos de dineros: tú no trabajas, yo tampoco y aquí el Villarroel todavía no cobra, pero todos yantamos. Algo habrá que hacer.

—¿Trabajos sucios? ¿Es así como quieres ganarte la vida? Amenazando gentes, cobrando deudas... ¿Asesinando por encargo también?

—Es justicia devolverle a cada uno lo que es suyo... —murmuró entre dientes Villarroel, justificando a Cucha.

—¡No me lo puedo creer! ¡Os habéis vuelto locos! ¡Los dos! —Bramía y maldecía mientras caminaba indignado de un lado para otro. No podía creerme lo que estaba oyendo. Un animal me proponía algo y el único que se suponía cuerdo de los tres, apoyaba al animal.

—¡Aníbal, que tenemos que comer, hombre! Hagamos una cosa; no seamos unos matarifes, aceptemos solo ayudar en las ocasiones que sea menester hacer justicia.

—A mí no me parece mala idea —dijo Villarroel abriendo las manos y fingiendo observar unos libros, sin querer dirigirme la mirada—. Aunque no hubiera Dios, caridad, mérito ni premio, de vergüenza de ver la compasión, fraternidad y cariño que se tienen las bestias unas a otras...

—¡Usted, cállese! —le reprendí, escupí al suelo y maldije mi suerte—. De acuerdo, pero sin sangres ¡eh! Yo no soy un asesino. Solo acuchillo si me tengo que defender.

Velis nolis pronto se hizo habitual una discreta cola de pedigüeños de justicia en la puerta de mi casa. Eran agravios pequeños, cosas de poca monta, pero las gentes que lo reclamaban sentían que les iba la vida en ello: ajustes de cuentas, una herencia mal cobrada, un desaire con un bodeguero, una balanza de tendero más mentirosa de lo acostumbrado, un hijo irrespetuoso... No teníamos tarifa fija: cobrábamos según la voluntad y esta muchas veces era magra, por no decir inexistente. Huelga decir que la primera en ser auxiliada fue la señora Engracia.

Entre los encargos tuvimos algunos que rozaban lo ridículo. Por ejemplo, hubo un enredo muy gracioso que nunca olvidaré y que buenas risas me ha dado todos estos años: un domingo llamó a la puerta un grupo de mujeres indignadas, serían quince o veinte y no todas de Salamanca, sino también de los pueblos del alfoz. Por lo visto un joven bachiller, que según decían había venido de Extremadura para cursar Leyes, se dedicó a robarles la honra a las hijas de aquellas buenas mujeres. El bachiller tenía elocuencia, buena facha y mejor bolsa; afirmaba ser el primogénito del marqués de Llerena y que estaba deseoso de encontrar consorte. Las ingenuas niñas se tragaron los embustes del extremeño, quien las despachaba airado cuando había satisfecho su hambre de carne. Si algún padre acudía a él para reclamar la honra perdida, se encontraba con un apuesto joven de exquisitos modales que no solo lo invitaba a comer y beber, sino que candorosamente alegaba que no había conocido a la chica. El padre, deslumbrado por las apariencias y apaciguado por el vino, volvía a casa arrobado como si hubiese acabado de comulgar.

Lo pillamos en una callejuela cerca del Corrillo. El gorrón, porque no tenía otro oficio, venía de embaucar a su última víctima. Andaba él risueño por la calle, feliz por haber machacado a otra doncella, todo un virote: presumiendo de ropajes blancos, jubón reluciente, calcos limpios, medias impolutas y hojarasca envainada dejando ver su cazoleta de oro... Cucha lo agarró por el pescuezo y lo metió en el callejón, donde las sombras prevenían de miradas inoportunas.

—¿Qué hacéis, insensatos? ¡No sabéis quién soy yo! — dijo indignado, pero con la mandíbula tiritona.

—¿Y quién eres? Hay que enseñar al que no sabe.

—¡Soy el legítimo heredero del marqués de Llerena! —proclamó intentando aparentar una dignidad que sus temblores desmentían.

—¡Toma ya! —dijo Cucha con sorna—. Si tenemos aquí a un marquesito —lo acobardó aún más acercándoselo a la cara—. ¿Llerena? Aníbal, tú que eres entendido en realezas, ¿alguna vez has oído algo sobre tal linaje?

—Voto a tal que no, mi querido amigo, y añado que no solo nunca he oído nombrar a tal casa sino que tampoco he leído nunca nada de ella. Es extraña la espada del heredero... ¿Me permite vueseñoría cogerla?

—¡No oséis tocar mi espada, que como la desenvaine

sabréis lo que es el dolor! —gritó él, a punto de llorar de miedo.

—Baje la voz, que no queremos alarmar a nadie —sonreí con picardía—. Y no se preocupe, solo quiero verla, parece una bella labor de forja —dije arrancándola de su cinturón, descubriendo así que la pretendida espada solo era un palo tallado y cubierto con pan de oro.

—¿Cucha, has visto muchas espadas de madera? —dije mostrándosela, y él rio a carcajadas.

—Sí, a los niños les encanta jugar con ellas —dijo alzando al protomarqués.

—¿Qué quieren? ¡Por Dios, no me hagan daño! No tengo dinero ¿Quieren mis ropas? Llévenselas...

De pronto Cucha lo bajó un poco y me miró intrigado. Luego miró a sus pies y vio cómo el sinvergüenza, muerto de pánico, estaba vaciando sus entrañas de todo lo que llevaba dentro, salpicando las piernas de mi forzudo amigo.

—¡Pero serás...! —gritó Cucha iracundo, golpeándolo contra la pared como si fuera un pelele mientras yo me hartaba a reír.

Aparte de un par de sopapos, no le hicimos nada más. Preferimos entregarlo a la justicia de aquellas buenas madres, y puedo garantizarles a vuestras mercedes que su venganza fue terrorífica: después de cortar el pelo y los finos ropajes del farsante con unas tijeras de esquilar y de bañarlo con una buena lluvia de garrotazos, le obligaron a contraer matrimonio con una de las muchachas a las que había despojado de su virtud y en cuyo vientre ya se formaba el fruto de aquella rapiña. Respeto mucho a las mujeres y no me gusta juzgar su gracia, pero aquella con la que se desposó muy agraciada no era; para que se hagan una idea, era más agradable mirar un rato directamente al sol. Recuerdo con mucho afecto aquel ajuste de cuentas. Por cierto, las madres no nos pagaron con dinero pero sí con buenas perdices, torcaces, faisanes, pavos, cochinillos y cabritos.

De esta manera fuimos subsistiendo algún tiempo. Comíamos y ganábamos algún dinero, poca cosa: mucho vellón, poca plata y ningún oro. Para mí, empero, el mejor pago era ver el brillo de agradecimiento en los ojos en la gente cuando les librábamos de sus pequeñas cuitas. Durante ese tiempo no nos faltó trabajo, porque nuestra fama se extendió rápidamente más allá del término de Salamanca. La gente venía a todas horas; de noche y de día; del norte, del sur, del este y del oeste a buscar solución a sus problemas: a que le ayudásemos a cobrar aquel préstamo que llevaba tantos años devengando intereses insatisfechos, a recuperar la dignidad de los humillados, a mediar en algún conflicto de linderos... insustancialidades. Simplemente soplábamos para quitarles la paja del ojo y ellos nos agradecían haberles liberado del peso de la viga.

«Para verdades, el tiempo y para justicias, Dios». Aunque en aquel momento actuábamos más como mercenarios que como justicieros, sin pararnos a pensar más allá de la recompensa ni en las sabias palabras sobre las bestias de mi maestro Villarroel, que posteriormente puso por escrito, hoy me doy cuenta que estábamos empezando a sembrar «la semilla de la limosna», como también dejó apuntado mi querido instructor. Quién sabe cuántas de nuestras pequeñas escaramuzas fueron simiente que prendió en tierra fértil, como dice el Evangelio y mejoró las vidas de los socorridos, convirtiéndolos en socorredores.

Si he de ser sincero a vuestras mercedes, durante el tiempo que habíamos sido guardeses del tabaco apenas cumplimos los Mandamientos —huelga decir que el sexto y el noveno los desconocíamos por completo— y eso de amar al prójimo como a uno mismo nos sonaba tan exótico como los nombres de las tierras de Indias; nuestro oficio obligaba a recelar y el recelo transmutó en egoísmo... Puede que la única vez que ayudamos a alguien fuese cuando auxiliamos a la pobre Romana: Nuestro destino era Mérida y nuestras provisiones suficientes, pero Cucha estaba sufriendo un ataque de mal de amores y por eso de «barriga llena no siente pena» decidió curarse devorando en una sola jornada y a escondidas toda la comida de ambos. Lejos de venta, villa o aldea donde aprovisionarnos, no nos quedó más remedio que roer el hueso de lo que había sido suculento jamón y cuando nuestros limaderos ya estaban romos tras tan grande como infructuosa pugna, lo partimos con una piedra y tratamos de rebañar su tuétano con la punta de nuestras filosas y chupando como flautistas, pero poca enjundia nos dio, así que continuamos viaje con las tripas ronroneando a coro. Triste madrigal que sobrellevábamos con bromas y algún puñetazo que nos soltábamos, quizás por jugar o quizás por aturdirnos el hambre.

Cuando vislumbramos la primera venta, Cucha aprovechó para decirme, como quien comenta la belleza de un atardecer, que se había gastado la noche anterior a nuestra partida absolutamente todo el dinero previsto para el viaje, hasta el último ochavo. «Amor con amor se cura, Aníbal, pero amor de puta y convite de mesonero, siempre cuestan dinero», gorjeaba el muy esguízaro. Maldije en voz baja a todas las mujeres de su familia desde Eva por haber engendrado a ese desbrasador y arreé a los caballos para seguir camino.

Intentamos mendigar, pero nadie quería atendernos, ni los conventos a los que llamamos; mucha boca de atender al desvalido pero luego, agua de borrajas. Llegamos al fin a una venta que parecía haber sido construida aprovechando las ruinas de una vieja ermita, pues pocas casas conozco con espadaña. Sus paredes eran de adobe bruto de muchos codos de grosor en la base; si bien alguien había intentado disfrazar el alma de los muros cubriéndolos aquí y allá con esos azulejos azules tan propios del cercano Portugal.

Una ráfaga de viento nos trajo un aroma a cocido y Cucha, ofuscado por el hambre y el ansia, bajó del carro antes de que este se hubiese detenido y fue corriendo a golpear la puerta, que se abrió de par en par tras su puñetazo desesperado. Entramos.

No cabía duda de que estábamos en una ermita abandonada o execrada: La luz del sol era tamizada por los restos de vidrieras de las ventanas, coloreando suelos y paredes. Bancos y reclinatorios estaban dispuestos alrededor de toscas mesas de tabla y caballetes. El altar reposaba sobre dos columnas y entre ellas ardía un fuego que entonaba el guiso cuyo olor nos había trastornado.

—¡Son callos, Aníbal! —me acerqué a su lado y observé el interior—. Y con todo: pata de ternera, manitas de cerdo y jamón en dados...

Cucha y yo nos miramos y sin pensarlo dos veces comenzamos a meter las manos con gula en la olla para embaular como sabañones de mesa ajena. Teníamos tanta hambre que ni sentíamos las quemaduras que el potaje nos hacía en la piel.

—¿Quién va? —dijo la cansada voz de una anciana que acarreaba dos pesados cubos llenos de agua—. ¡Bonifacio! ¿Eres tú?

La mujer soltó los cubos y se dirigió torpemente a Cucha con alegría desbordante. Paramos de comer y nos quedamos en silencio. Llegó a la altura de Cucha y acercó su mano callosa y estremecida a la cara de este.

—Bonifacio...

Cucha tragó el bocado y se dejó acariciar sin comprender nada. La mujer arrancó a llorar de júbilo. Perlas de dicha florecían en sus ojos sin cesar. Cucha, conmovido, se agachó y la abrazó con un cariño que yo jamás le habría supuesto; creo que aquella anciana le recordó a su madre.

—¿Dónde has estado todos estos años, so chuzo? —lloraba la anciana emocionada, empapando el pecho de mi amigo.

—Síganle el juego.

Quien había hablado era un hombre negro, muy anciano y letuario; con una nube en un ojo, nariz chata y ancha llena de pecas y fuertes ojeras violetas; la piel, brillante como carbón de hulla, le colgaba por el cuello y la barbilla y el pelo cano de su cabeza contrastaba ásperamente con su tez. Vestía una vieja sotana llena de lamparones y descosidos pero por sus maneras no parecía ser clérigo.

—Se llama Romana. Perdió el juicio hace muchos años, no hace más que decir incoherencias —torció el gesto—. No recuerda a nada ni a nadie, incluso tengo que recordarle que beba agua, pues puede tirarse días sin piar.

Se acercó a uno de los cubos, introdujo su mano haciendo cuenco y se acercó a ella para obligarla a beber.

—¡No quiero! —Se quejó Romana con mohín de niña.

—¡He dicho que bebas! —le ordenó él con marcialidad y la mujer obedeció con desgana—. Es mejor que no la saquen de su locura, pues algún instante de razón le despeja de cuando en cuando la mente y entonces comienza a llorar sin parar... y sin saber por qué, angelita mía.

Cucha empezó a acariciarla y a hablarle tiernamente.

—Por los caminos de Dios, Romana; ya sabes, malviviendo.

—¿Cómo no has vuelto por aquí, maldito desgarrado? Ya te daba por muerto.

—Me cambié de ruta, gano más llevando el tabaco a Madrid que telas desde La Coruña, ya sabes que esos gallegos mariscan mucho en los barcos que hacen escala en sus puertos.

La pobre fijó entonces sus ojos en mí.

—Tú... —entornó los ojos— ¿eres Domingo? —dijo asombrada, caminando pasito a pasito hacia mí con la mano derecha extendida para acariciarme con cariño la cara, el recuerdo de mi madre fue inevitable y si no lloré fue porque algo de milagroso debía de flotar aún en aquella ermita venida a venta.

—El tiempo te ha tratado bien, la última vez que te vi se te estaban ensanchando los hombros... y mírate ahora, qué bien parecido.

Estiré la mano para acariciarla y asentí.

—Sí, soy Domingo, ya pensaba que no te ibas a acordar de mí, Romana.

—¿Qué les trae por aquí? —Nos preguntó Ebenezer, pues así se llamaba el hombre de piel de ébano, en cuanto terminamos de rebañar el último plato de callos.

—Somos guardeses del tabaco —comencé a explicar—, venimos de Sevilla y nuestro destino es Mérida, pero hemos calculado mal las provisiones, no tenemos ni una mala moneda y hemos ido parando de puerta en puerta suplicando un bocado... y, bueno, esta puerta —la señalé con un movimiento de cabeza— estaba abierta, así que entramos.

Mientras yo hablaba, Ebenezer miraba nuestras guadras prendidas de las tachonadas y cómo sus puntas rayaban los carcomidos tablones del suelo.

—Descuide, padre, no somos hampos.

—Descuido con cierta pena. Quizás lo mejor que a esta anciana y a mí nos pudiera pasar sería que nos dieran muerte —dijo mirando a Romana, la cual estaba unos pasos más lejos, rezando arrodillada delante de los coloridos brillos que una vidriera proyectaba en el suelo.

—Esas no son formas de hablar para un sacerdote —le censuró Cucha, apartándose con la lengua uno de los bocados para poder hablar.

—El hábito no hace al monje, señor mío —rio el hombre enseñando sus grandes y blancos dientes—. Solo soy un viejo esclavo al que esta mujer, como a muchos otros, dio cobijo bajo esta techumbre.

Suspiró con pena y empezó a relatarnos la historia de aquel lugar: por lo visto Romana era una mujer sencilla, compasiva y misericordiosa de esas que, como decía el bachiller Villarroel, habían oído en su pecho tambores de divinidad. Siendo niña aún, sus padres, conocidos mercaderes, la entregaron con alegría y con buena dote a un convento. Cuando su cuerpo ya se había desarrollado y era una hermosa joven, un obispo —que según nos decía Ebenezer era hijo bastardo de un rey— le hizo un hijo que acabó malográndose. Fue expulsada del convento y repudiada por sus padres, pues estos, tan dignos, ya no querían hija que les enturbiase la facha.

Desde entonces fue dando tumbos por la vida y por las Españas, comiendo de desperdicios y vendiendo su broquel por cuenta de un jayán que decía protegerla, hasta que se armó de valor y se escapó. Pronto encontró la sombra de esa ruina en la que nos encontrábamos, que convertiría, a base de trabajo, en una venta de cierto renombre, pero otra sombra, la del mal fario, no la dejaba ni respirar y los males acabaron entrando por la puerta, invitados por la piedad.

A partir de su asentamiento en aquella ermita Romana, aparte de comer al hambriento y de beber al sediento, dio cobijo a las prostitutas desahuciadas; conocidas primero, recomendadas después y al final a todas las que lo necesitaran y tuvieran la suerte de llegar cuando hubiese un jergón libre. Todas llevaban la desgracia en la cara: algunas, pintada en sus ojeras; otras, en el miedo de su mirada; otras, las menos afortunadas, en una cicatriz. A casi todas les habían robado el pan ese con el que dicen que nacemos: hijas de campesinos que no podían mantenerlas y por eso las malvendían; niñas abandonadas por ser fruto de amores prohibidos; mujeres forzadas o repudiadas por sus maridos... Flores ajadas antes de tiempo por haber tenido la desventura de nacer entre espinos.

Romana no obligaba a sus inquilinas a venderse, pero también sabía que tenían que comer y mientras aquellas se abrían de piernas bajo su techo, ella se limitaba a girar la cabeza y atender a otros quehaceres. De esta manera la posada empezó a servir a los viajeros entretenimientos que dejaban unos dineros vitales. Las refugiadas, con la dignidad por fin reconquistada, solo se entregaban si aquel que las quería alquilar no era un cerdo de dos patas o uno de esos que se sentía más hombre ensartándoles el ojo sin niña con un palo. Aquella casa estaba más cerca de una casa de acogida que de una de trato.

La caridad se extendía a los esclavos fugados, otra mercancía humana. Su estancia en la venta solía ser breve: con una buena comida, mejor bebida y el «entretenimiento» era fácil convencer a cualquier cliente de la conveniencia de acudir ante un juez para manumitir a un esclavo que nunca había sido suyo.

Todo iba más o menos bien en la casa, pero la fama

vuela y la de Romana llegó a conocimiento de un negrero gaditano al poco de haberse refugiado Ebenezer allí. Dispuesto a recobrar su mercancía, cabalgó con tres de sus hombres hasta la fonda y esperó a que el último cliente de la noche se hubiese ido para hacer una entrada propia de matante: Blasfemó horriblemente mientras blandía un documento que parecía acreditar que Ebenezer era suyo y comenzó a exigir tanto su propiedad como resarcimientos por los perjuicios causados. En resumidas cuentas: quería darse un festín con sus hombres. Pero las mujeres allí presentes ya estaban hartas de injusticias, de humillaciones y de vejámenes en carne propia o ajena y descargaron sobre los cuatro gaditanos lo que debió ser algo parecido al diluvio universal, pero con golpes y arañazos en vez de agua. Y si los explotadores conservaron sus respectivos doses no fue por falta de ganas o de filos, sino por intercesión de Romana.

El gaditano, con más dolor en su infame alma que en su cuerpo, acudió una vez restablecido el segundo a un primo suyo; oscuro escribano de la Inquisición. El resto se lo pueden imaginar fácilmente vuestras mercedes. Las mujeres y los esclavos huyeron o fueron apresados; la pobre Romana perdió la salud y la cabeza y Ebenezer se consagró, sin necesidad de imposición episcopal de manos, a cuidarla.

El anciano terminó su relató y murmuró algo sobre la noche y lo tarde que era, así que se levantó para acostar a Romana. Miré a Cucha y les juro a vuestras mercedes por Dios Nuestro Señor que vi rodar lágrimas por sus mejillas. Me abstuve de comentarlo para no enfrentarme a una muerte segura, así que me limité a indicar que sería buena idea dormir junto a los rescoldos.

Despertamos antes del amanecer, pero antes que nosotros ya lo habían hecho nuestros caseros. Almorzamos los cuatro en silencio y a la hora de partir, cuando yo ya me había despedido, Cucha dio dos besos de hijo a Romana, un abrazo de hermano a Ebenezer y se quitó del cuello la cadena de oro y el colgante de la Virgen de Begoña de los que jamás se desprendía. Besó la imagen y le entregó el conjunto al hombre diciendo:

—Creo que esto pagará nuestro hospedaje.

Durante el resto del camino no abrimos la boca.

Una noche de luna nueva que siguió a un día particularmente ocioso, estaba yo leyendo el último soneto de Villarroel cuando un ruido de carrera en la calle me puso en alerta.

—¡Apaga el candil! —dijo Cucha entrando como un alud en casa y tirándose al suelo. Obedecí y me tiré a su lado.

—¿Qué pasa? —le pregunté en la oscuridad. Él me respondió con un chasqueo de la lengua mientras me candaba las boceras con los dedos. Fuera se iba haciendo más intenso el tintineo de los hierros que varios hombres portaban. Alcé un ojo y vi pasar las antorchas con las que se iluminaban.

—¿Dónde está?

—Ha desaparecido.

—¿Lo habéis visto bien?

—No, pero era enorme.

—¿Y la cara?

—Imposible.

—Son alguaciles —le murmuré entre dientes a Cucha. Sus ojos grandes y brillantes afirmaron en la oscuridad.

Los corchetes, frustrados al no encontrar a su fugitivo, se marcharon. Seguimos tumbados en el suelo hasta quedarnos fríos. Como más diestra es la prudencia que las armas, dejé pasar mucho tiempo antes de levantarme y encender de nuevo el candil.

—¡Por la Santísima Trinidad! —exclamé al ver a Cucha cubierto de sangre—. ¿Te han herido?

—Me encuentro bien, tranquilo, no es mi sangre — dijo tomando un trapo y quitándose la líquida rojez que le cubría las manos.

—¿Qué ha pasado?

—Nada —remoloneó mirando al suelo.

—¿Qué ha pasado? —le insistí en vano.

Pasada una hora, recobrado el aliento y bebido bastante vino, accedió a contarme lo que había sucedido.

—Fue esta mañana, se presentó una mujer... ¡Una maldita mujer y su maldito hijo! —aulló tirando al suelo el trapo ensangrentado con el que se había limpiado—. Tú no estabas, si hubieras estado no me habrías dejado aceptar el encargo. La muy jareta se venía quejando de que uno de los alguaciles había... —Cucha retuvo con dolor las palabras.

—¿Qué? —le apremié.

—Que uno de los alguaciles le había hecho cosas a su hijo, cosas como forzarle el buz —dijo señalándose las posaderas— y la mujer quería venganza. No quería justicia, no: quería venganza. Le dije que nosotros no hacíamos ese tipo de trabajos. Ella insistía, lloraba y suplicaba pero yo me mantuve firme y le dije que ni por todo el oro del mundo faltaría a mi palabra. Entonces le quitó la ropa al niño... Tenía el cuerpo lleno de cardenales, llagas y cortes, nuevos y viejos. El malnacido del borce llevaba tiempo torturando al zagal y ver esas heridas me recomió las entrañas. Al caer la noche me fui en busca de

ese malparido y en un descuido suyo lo abrí en canal…
¡Lo siento, Aníbal, no pude por menos…! —se lamentaba hipando.

—Eso es de cadalso —le susurré mirándolo a los ojos.

—Lo sé.

—¿Te vio alguien la cara?

—Creo que no.

—Te dije que esto no nos traería nada bueno —un incómodo silencio se hizo en la estancia—, pero si nadie te ha reconocido no creo que tengamos problemas. Además, creo que todos habríamos obrado igual —dije dándole una palmada en el hombro.

Me retiré a mi aposento y traté de conciliar el sueño mientras escuchaba el lloro ahogado de Cucha, que me recordó con crudeza los quejidos que de niño le oía a mi madre en aquella misma casa; parecía que entre sus muros habían anidado la pena y el llanto y que ambos eran reacios a volar a otras tierras.

A la mañana siguiente, al levantarme, vi a Cucha preparando un hatillo con ropa y algo de comida.

—¿Dónde vas?

—He estado toda la noche sin dormir, pensando —respondió con los ojos rojos—. Esto no es vida, Aníbal.

—Comemos caliente, ¿no? ¿Qué más quiere vuestra majestad? —le espeté con sorna mañanera.

—Comemos caliente, Aníbal, cuando cobramos y eso ocurre pocas veces. No tenemos dinero, mis ropas ya se está enmoheciendo y rasgando. Tenemos las espadas oxidadas y embotadas porque no tenemos para pagar a un maldito herrero que nos las afile y hace meses que no dispongo de unas monedas para permitirme una apasionada —explotó iracundo dándole una patada a un orinal—. ¿Y sabes qué es lo que más me enoja?

—¿El qué?

169

—Tu indiferencia. Parece como si nuestras penurias no te incumbieran ni preocuparan. Me parece maravilloso que tú seas feliz cobrando poco, mal, o nada y cuando se cobra que aceptes gallinas por pago. Yo soy un hombre, no un cura; no me alimento de buenas intenciones y de la sonrisa de las gentes. Quizás te hayas confundido de vida y tengas que meterte al clero, pero a mí no me arrastres contigo.

—No soy de hábitos... Siento que tuvieras que pasar por lo de ayer.

—Para colmo —rechinó los dientes—, jugarme el pellejo con unos alguaciles hideputas... ¿En qué estaría pensando? ¿Por qué no me habría sacado este corazón mío tan putero y entonado, pero tan justo y bien parido? —dijo golpeándose el pecho.

—¿Y qué proyecto tienes?

—¿Te acuerdas de Antúnez, el comisionado real?

—Creo que sí. ¿Es el que certificaba las sacas de tabaco en Madrid? —le pregunté pellizcándome la ceja.

—El mismo. Nos debe unos cuantos favores; voy a ir a sacarle una cédula para vender tabaco.

—¿Dónde? ¿En Madrid?

—No, Madrid esta atestado de comercios de tabaco, no venderíamos ni media libra. Aquí, en Salamanca; podemos venderlo en esta misma casa, la cuadra parece un buen lugar. Además tenemos al lado el puente, pasa más gente por aquí que por la plaza; clientes no nos faltarán. Además —continuó—, después de lo de ayer será bueno para los dos que me aleje un poco hasta que se calmen las aguas —dijo anudando el hatillo.

—Te voy a echar de menos —le golpeé en el hombro.

—Tranquilo, no pienses que te vas a librar de mí, pardal —dijo saliendo por la puerta.

Capítulo VI
LA CASA DE ALBA

Durante la ausencia de Cucha yo continué con tan peculiar trabajo, si bien cada día venía gente con encargos más complejos de resolver y deudas más fuertes que saldar. Como les dije a vuestras mercedes unas líneas más arriba, mi única condición al aceptar un encargo seguía siendo no matar a sangre fría. Normalmente los pequeños problemas se solucionaban con unos cuantos tortazos o un par de tajos no mortales; otros con algún lance de esgrima un poco más atrevido y algún puñetazo dado un poco más fuertemente. A Cucha no le hubiera importado aceptar otros trabajos mejor pagados, pero estos habrían exigido derramamiento de sangre. Lo que pasó con la mujer y su hijo no fue un trabajo, aquello fue un arrebato temperamental de mi amigo. No pude recriminarle nada, dado que si yo hubiese estado en su lugar habría hecho lo mismo, y puede acaso que más despacio.

Unos quince días después de que Cucha partiera hacia Madrid, decidí salir a sosegar el espíritu con un poco de vino. Salamanca, por su cariz estudiantil, contaba con más tabernas que otras urbes con muchas más almas. Aquella noche me acerqué a una de las tascas que rodean la plaza: «La Rubí», en el Callejón del Sordo. Mi intención únicamente era beber un poco y recogerme pronto, pero la casualidad quiso que me encontrase a Quijón y que acabásemos pegando la hebra hasta altas horas de la madrugada. No hablamos de nada relevante: que si hacía buen tiempo para salir de caza, que si tal o cual moza se había quedado preñada y no se sabía de quién, que si el obispo Escalona tenía otra vez cólicos y por eso había empezado una fiera cruzada contra las casas de trato, que se había encontrado a tal duque tirado en pleno centro de Madrid con una estocada en el pecho por deudas... En resumen: minucias.

Apaciguada la conversación por el sueño y el vino, nos despedimos hasta «la próxima». Debía ser ya muy tarde, porque las calles estaban desiertas y mudas. Siempre me había gustado disfrutar de un poco de silencio, pues me ayudaba a pensar; por ese motivo y para despejar un poco los efectos del vino, decidí dar un rodeo para volver a casa. En mi camino pasé al lado del palacio de Monterrey, residencia del Duque de Alba, y precisamente allí, en una esquina de su fachada, tuve que aliviar la vejiga.

Estaba yo haciendo lo que nadie podía hacer por mí, como diría el inmortal Complutense, cuando oí voces en el interior del palacio. En un principio no le di importancia; pensé que los guardeses estarían celebrando alguna caramesa en ausencia de sus señores y amos, pero al oír el estrépito de una vajilla rompiéndose, me escondí el frojolón en la bragueta y me acerqué a una ventana para oír mejor lo que pasaba. Las voces no eran de alegría ni de fiesta, sino de gritos y amenazas y pertenecían al menos a dos hombres. También escuché la voz de un tercero, pero este solo suplicaba misericordia. Al oírlo desenvainé a Longina y me previne el costado con la vizcaína. Me dirigí hacia la entrada principal caminando despacio y con tiento para evitar que el sonido de mis calcos levantase las piezas. Al llegar a la esquina me pegué a la pared, asomé un poco el ojo y vi que la entrada y el resto de la calle estaban despejadas; aun así seguí avanzando sigiloso —«Al peligro, con tiento»—. Ya en el pórtico miré al suelo y vi que un líquido manaba desde el interior. Me agaché y lo toqué, pensando que quizás algún candil habría derramado el aceite. En la oscuridad todos los gatos son pardos y aquello que se derramaba del interior no era aceite sino sangre. Me asomé al interior aguantando la respiración; en el portal yacían los cuerpos de cuatro hombres bien vestidos: calcos negros de piel, cascos de acero bruñido en sus cabezas y jubones de lana ahora roja. Me levanté y con muchísima prudencia caminé entre los cadáveres. Advertí que en el pecho llevaban bordado un escudo, me agaché a examinarlo y reconocí las armas de la Casa de Álvarez de Toledo: un ajedrezado blanco y azul. Aquellos cuatro desdichados eran escoltas del Duque de Alba. Quienes los hubieran asaltado habían actuado con precisión y sangre fría; los escoltas habían sido degollados de manera limpia y cruel: cortes de oreja a oreja trazados con mano firme. Sin duda habían sido atacados no por vulgares robaperas sino por mercenarios curtidos: al Duque no le guardaba las espaldas cualquier harbalador sacado del arroyo. No tuvieron tiempo ni de desenvainar.

Un nuevo estruendo hizo que me levantara y aferrara los hierros con más fuerza. Subí las escaleras hasta el primer piso y un largo corredor se abrió ante mí. Al fondo del mismo vi en una estancia una débil luz eclipsada frecuentemente por el deambular de varios hombres. Las sombras se movían erráticas, como fantasmas. Me acerqué a la luz mirando de reojo en mi avance las caras de los anteriores duques de Alba inmortalizadas en los cua-

173

dros que colgaban en las paredes y que con indiferencia me miraban. Intercalados con los retratos, tapices de escenas de caza y jarrones de fina factura también custodiaban los espacios entre las puertas que se abrían en la pared. De repente oí el sonido de un puñetazo.

—¿Dónde guardas el oro? ¡Habla, hideputa! —gritó un hombre de voz áspera antes de que se oyera otro puñetazo.

—No tenemos mucho tiempo, pronto vendrá el relevo de la escolta —dijo otra voz con acento nervioso.

Cuando por fin llegué a la sala, me detuve en el umbral y vi una cruel escena: en una esquina un nombre de pelo cano, frente despejada y grandes ojos permanecía amarrado de pies y manos a una silla; su cara estaba llena de moratones y heridas sangrantes. Mientras tanto cinco hombres revolvían nerviosos las vitrinas, arcones y cajas. Todos vestían de negro y pañuelos del mismo color les cubrían las caras. Al estar sentado mirando a la puerta, el rehén enseguida advirtió mi llegada.

—Auxilio... —musitó, desvelando involuntariamente mi presencia.

Uno de los hombres que estaba más cerca de él oyó la petición de socorro, tomó un jarrón y me lo lanzó, haciéndose pedazos contra el marco de la puerta.

—¡Nos han descubierto!

Los demás desenvainaron sus espadas y se lanzaron sobre mí. El que estaba más cerca de mi posición alzó su hierro por encima de su cabeza con la intención de partirme en dos el cráneo. Detuve el filo con Longina y aprovechando su torpe acometida le rajé el vientre con una certera mojada de la vizcaína. Sin darme tiempo a recuperar la posición de ataque, otros dos hombres se abalanzaron sobre mí. Aprovechando que el filo de mi vizcaína aún sostenía el cuerpo del primer fulano hice un quiebro para cubrirme la espalda con su cuerpo; noté cómo las joyosas de los asaltantes atravesaban el cuerpo de su compañero hasta detenerse en mi cofradía —después de tantos años trabajando como guardés, la cota de malla ya era parte de mi ser y nunca salía de casa sin ella bajo las ropas; si no la hubiera llevado puesta, ahora no estaría contando esto a vuestras mercedes y si sus espadas hubieran sido medio jeme más largas, tampoco—. Por fortuna el pobre desgraciado que utilicé a modo de caparazón de tortuga era de fornida constitución y los estoques apenas pudieron raspar mi coraza. Me revolví agitando su cuerpo y las filosas ensartadas en él se encresparon, saltando de las manos que aún las empuñaban; hice una finta y estiré los brazos, alcanzando mortalmente a dos de aquellos infames.

—¿Ninguno de vosotros sabe luchar en condiciones? ¡Que ya estoy caliente y si me enfrío me puedo resfriar! —grité envalentonado a los dos que quedaban aún en pie, mientras agitaba mis armas para intentar salpicarlos con la sangre que cubría los filos.

—¡A él, mátalo! —Ordenó el que me había lanzado el jarrón a la vez que se protegía tras el cuerpo del anciano.

El mandado desenvainó, se giró y cogió la espada del parapetado; con un hierro en cada mano y lanzando un grito aterrador se arrojó sobre mí con furia batiendo los brazos. Una tras otra sus cuchilladas eran detenidas y desviadas por el filo de Longina y la aguja de mi vizcaína. Desesperado, comenzó a lanzarme patadas al mismo tiempo que seguía intentando meterme algún tajo. En una de estas patadas adelantó la zanca más de lo debido, lo que aproveché para coserle el pie a la madera con Longina mientras le cerraba la boca ensartándole la vizcaína en el cuello. La desclavé y un salpicón de sangre me manchó la cara. Su cuerpo cayó a plomo; de la arteria seccionada no dejaba de manar sangre en abundancia, formando enseguida un gran charco bermellón en el suelo.

—¡Detente, no des ni un paso más o lo degüello! —advirtió nervioso el jefe de la escuadra, apoyando el filo de su desmallador en el cuello del anciano. Este último me miraba con los ojos saliéndose de las órbitas, atenazado por el miedo, incapaz de decir una sola palabra. Ignoré la orden, desclavé a Longina y continué avanzando hacia el criminal despacio, evitando ponerlo nervioso.

—Tira las armas, ya se ha derramado demasiada sangre.

—No sabes dónde te estás metiendo, mamarracho. Vas a dar al traste con todo. Este hombre es muy rico, tiene muchísimo calé, toma algo que te plazca y desaparece o...

—¿O qué? —le interrumpí.

—O le mato a él y después a ti. ¡Detente, he dicho! —ordenó apretando el filo de su cuchillo contra el cuello del anciano.

—Lo que no me place es morir hoy —dije girando sobre mí y haciendo un molinete con el brazo para cubrir con Longina la distancia que faltaba hasta su cara. La punta se clavó entre sus cejas. Di un paso más hacia él, aferrando el puño con fuerza; la hoja se hundió con facilidad en sus sesos. La muerte fue instantánea.

Recuperé de un tirón mi arma y de un rápido movimiento corté las ataduras del anciano.

—Hijo mío, eres un ángel —balbuceó el hombre, escupiendo sangre.

—Me temo, excelencia, que os equivocáis. Solo soy un hombre y de tener naturaleza espiritual sería de ángel caído —le respondí.

—¿Sabes acaso a quién le has salvado la vida? —dijo quitándose los restos de las cuerdas.

—Supongo que al legítimo dueño de este palacio: Su Excelencia Francisco Álvarez de Toledo y Silva, décimo Duque de Alba entre otros muchos títulos — dije hincando con esfuerzo la rodilla en el suelo al mismo tiempo que apoyaba el puño de Longina contra mi frente, ceremonial que me sonaba de alguno de los libros leídos en casa de Villarroel.

—¡Excelencia, excelencia! ¡Apártate del Duque, bellaco! —gritó el relevo de la escolta a mis espaldas, amenazándome con las pistolas.

—¡No disparéis! Este hombre me ha salvado la vida; si no fuera por él ahora estaría muerto, hatajo de inútiles —se volvió hacia mí—. ¡Te han herido! —Advirtió al ver cómo manaba sangre por los agujeros de mi capa.

—No es nada, excelencia.

—¡Palurdos, no os quedéis ahí mirando como viejas chismosas! Llamad a un cirujano —reprendió el Duque a sus guardas, con tal autoridad en su voz que no dejaba lugar a dudas de su linaje.

—Con la venia de vuecencia, voy a desmayarme un poco; parece que alguno de esos fulanos tocó en vena —dije separándome la capa y viendo cómo mi jubón comenzaba a teñirse de rojo por el costado—. Caí al suelo y todo fue silencio y oscuridad.

—Parece que recobra el conocimiento —dijo una voz suave y agradable.

Entreabrí los ojos y miré al techo, sobre mi cabeza había

un artesonado de madera y pan de oro. Traté de incorporarme y un fuerte dolor en la espalda me hizo gritar.

—¡Por Dios, quédese quieto, que va a reventar la sutura! —me reprendió la misma voz, que provenía de un hombre bajo, de bigote cano, sombrero de ala corta y anteojos apoyados en narices aguileñas.

—¿Dónde estoy? —dije tragando saliva.

—En el palacio de Monterrey, mi querido amigo —dijo el Duque sosteniendo en la mano izquierda a Longina y en la derecha una copa de vino—. ¿Qué tal esta mi bienhechor? —le preguntó al cirujano.

—Está vivo de milagro, excelencia —a continuación se dirigió a mí—. No sé de qué virgen o santo será usted devoto, pero no deje de rezarle. Si el hierro llega a entrar en su carne el canto de un real más, le habría alcanzado el corazón.

—Sus palabras no son muy reconfortantes, matasanos —dije incorporándome con gran dolor.

—¡Está usted loco! Guarde reposo y quédese tumbado.

—En peores me las he visto, gastapotras... —dije alargando el brazo para pedir la copa que el Duque calentaba en la mano. Este, al ver mi gesto, me la acercó—. Ahora lo que tengo es sed —Vacié de un trago la copa de vino y el Duque sonrió—. Buen vino, ni pizca de agua.

—Señor galeno, creo que ya no lo vamos a necesitar más, ya que me da la impresión de que mi buen amigo no se cura con purgas y remiendos, sino con buen vino y buen yantar. Cierre la puerta, si tiene la amabilidad: quiero estar a solas con mi salvador.

—Como guste vuecencia —dijo el aludido haciendo una reverencia y abandonando la habitación.

El Duque se acercó a la cama y se sentó a mi lado. Miré su cara, llena de moratones, bultos y heridas y una sonrisa se me escapó.

—¿Qué te parece tan divertido?

—Va a tener que mandar repintar todos sus retratos, excelencia, le han hecho una cara nueva. Al Duque le hizo gracia mi salida, porque comenzó a reír animadamente.

—Fue muy heroico lo que hiciste anoche.

—Cualquier hombre lo haría —dije intentando parecer humilde mientras me pellizcaba el caracol del bigote.

—No, no seas falsamente modesto. Ambos sabemos que en los tiempos que corren si hubiera aparecido otro, ahora yo estaría muerto. Por cierto, no me has dicho tu nombre.

—Aníbal Rosanegra.

—Rosanegra... curioso apellido, ¿eres de aquí, Aníbal?

—Tan de aquí como las tierras de vuecencia.

—¿Y de qué vives, Aníbal? Y no me digas que eres sacristán; ese manejo de la espada y ese arrojo en el combate cuerpo a cuerpo no revelan una vida reposada, precisamente.

—De todo un poco. Hasta hace unos meses estuve trabajando como guardés del tabaco. Ahora sobrevivo cobrando deudas.

—¡Espero no encontrarme nunca en deuda contigo! —dijo tomando a Longina y observando su filo. La apoyó contra la madera del suelo y con su punta comenzó a tallar pequeños surcos—. Dime... ¿En cuánto valoras la vida que ayer salvaste?

—¿Valorar? No entiendo a vuecencia —dije desconcertado.

—Dinero, una finca, un trabajo, mujeres... Dime qué deseas y yo te lo daré. Me has salvado la vida arriesgando la tuya. No esperarás irte de aquí sin recibir una justa recompensa, ¿verdad?

—Excelencia, no piense que no soy agradecido, pero yo solo le salvé la vida a un hombre.

—Ahora soy yo el que no entiende —dijo apoyando las manos en el pomo de Longina.

—Quiero decir que al prójimo se le ayuda sin esperar nada a cambio. Si se espera algo no es auxilio, es negocio, y Nuestro Señor nos dice que hay que amar al prójimo como a uno mismo.

—Bien —dijo asintiendo con la cabeza mientras perdía la mirada en el suelo—, pero también es justo que agradezca de alguna manera el que me hayas salvado la vida. ¿Sería mucho pedir que, para sosegar un poco mi conciencia, aceptases cenar esta noche en el palacio?

—A un plato caliente nunca haré ascos.

—¿Quieres que mande avisar a tu esposa para que venga a acompañarnos?

—No estoy casado, pero en su lugar podría vuecencia hacer llamar a un buen amigo al que bien le gusta yantar.

—Faltaría más. ¿Cómo se llama tu amigo?

—Diego de Torres Villarroel.

—¿El matemático? —preguntó con asombro.

—Matemático, sacerdote, literato, gastapotras, embaucador, metomentodo, bocazas... —sonreí.

—Será un orgullo compartir mesa con quien me ha salvado la vida y con el hombre al que esta ciudad tiene tanta simpatía. —Se ahuecó el cuello de la camisa, dejando ver el recuerdo de la noche en su piel—. Es un placer charlar contigo, Aníbal, pero ahora mismo hay asuntos urgentes que reclaman mi presencia. Si me disculpas... —dijo poniéndose en pie— esta noche continuaremos nuestra conversación, ardo en deseos de saber más de tu vida —dijo apretándome la mano y saliendo de la habitación.

—Excelencia...

—¿Sí? —Se giró ligeramente hacia mí.

—La espada… —miré su mano—. Es una vieja manía, pero no logro dormir sin ella a mi vera —dije alzando el brazo con dolor y abriendo mi mano.

—¡Claro, la espada! —dijo mirándola para acto seguido batirla en el aire dibujando una filigrana. La detuvo cerca de sus ojos y observó el filo con detenimiento—. Es una buena espada. Después de los lances de ayer el filo permanece inmaculado y su compensación es perfecta. ¿Cuánto quieres por ella?

—Excelencia, no está en venta: es una herencia familiar; era de mi padre, muerto en Rande.

—Rande… —tomó a Longina por la hoja y me la entregó—. Magnífica arma, amigo Rosanegra —dijo a modo de despedida.

La coloqué a mi diestra y procuré dormir, pues estaba más débil de lo que intenté aparentar ante el Duque.

Me despertó Villarroel cuando ya había oscurecido. Me ayudó a incorporarme y a mal vestirme para la cena mientras censuraba jocosamente mi ociosidad con citas de las Sagradas Escrituras y otras de su cosecha; era su forma de confortarme en mi debilidad.

Un criado nos advirtió de que el Duque estaba atendiendo asuntos inaplazables y que llegaría más tarde de lo previsto, pero que había prevenido que distrajéramos el hambre con unas jícaras de chocolate, y fue así como por primera vez en mi vida probé lo que tenía fama de gollería suprema: una bebida espumosa pero densa, de sabor recio pese al azúcar; me parecía estar bebiendo barro con arena dulce. Un criado anunció la entrada del amo de la casa mientras otros disponían la mesa para la cena.

—Siéntense, por favor. Disculpen que no haya venido mi esposa —dijo feliz al aparecer—. Ella es de gustos más refinados que los míos, por suerte. Desconfío cuando quiere venir conmigo a alguna cacería, creo que cuando lo hace no es más que para tenerme vigilado y que no me pierda entre las faldas de alguna cortesana —dijo mientras se sentaba y seccionaba el muslo de una codorniz con el filo de su daga.

—No se preocupe vuecencia, de todos los misterios de la Creación sin duda aquel que más secretos encierra es la mujer —respondió Villarroel sin levantar la cabeza del plato.

—Maestro... —me señalé el pecho, advirtiéndole de que unas gotas de aceite le manchaban el hábito.

—¡Oh! Discúlpenme —dijo ruborizado al darse cuenta de su falta de educación.

—No se preocupen—dijo el Duque—. También agradezco rodearme de hombres de verdad de vez en cuando. Uno acaba harto de tanto afeminado como los que mangonean en la Corte.

—Tengo que confesar que cuando sus hombres llamaron a la puerta para decirme que viniese al palacio de Monterrey por requerimiento de vuecencia dudé. En un principio pensé que se trataba de alguna artimaña de mis enemigos de Madrid para darme un escarmiento. Y héteme aquí, saboreando maná y libando ambrosía, por cortesía de nuestro anfitrión —dijo Villarroel alzando la copa—, pero aún nadie me ha explicado qué es lo que ha sucedido, lo único que sé es que mi buen amigo Aníbal parece haber pasado por el potro de tortura.

—Unos bandoleros mataron a la guardia personal del Duque y tomaron el palacio. Por suerte para su excelencia yo pasaba en ese momento por la calle y oí el alboroto. Lo demás es harto comprensible.

—Su amigo, padre, peca de modesto —dijo el Duque.

—¿Modesto? Aníbal, desconocía por completo que tú tuvieras esa virtud; ha de invitarme a cenar el mismísimo Duque de Alba para informarme —dijo Villarroel socarrón.

—Mi querido amigo Aníbal, realmente no eres consciente del valor de tu hazaña —dijo el Duque señalándome con la daga.

—Solamente me interpuse entre unos asaltantes y su víctima —dije sin saber adónde quería llegar el Duque.

—Dejadnos solos y cerrad las puertas —ordenó el Duque a sus lacayos. Cuando estos abandonaron la estancia comenzó a hablar—. Esos… *asaltantes* —dijo haciendo énfasis en la palabra—, como tú los llamas, no venían a por oro, ni a por plata, ni tampoco venían a por mi vida: el robo era una comedia; aunque tengo mi vida en alta estima ya no vale mucho. No, ellos venían a cobrarse otra vida. Una vida mucho más importante para España que la mía —el Duque se recostó en la silla y eructó disimuladamente—. La fortuna, o la Divina Providencia quiso que esa noche no se hallara en este palacio —Villarroel y yo nos miramos en silencio.

—Siento si mi pregunta parece impertinente, pero ¿quién…?

—Padre, esa pregunta sí es impertinente y no es de su incumbencia. Además, por su bien, es mejor que ni la formule ni se la responda —cortó tajante el Duque.

—Disculpe la indiscreción de mi amigo, excelencia. Mi maestro es hombre docto y avispado, pero por su propia inteligencia resulta demasiado curioso —dije censurando a Villarroel con la mirada.

—España tiene muchos enemigos. Algunos de ellos anidados incluso entre nosotros. ¿Tiene pensado a qué dedicar su futuro, Aníbal?

—Un amigo está en Madrid intentando ganar una dispensa para vender tabaco.

—¡Ah! Un arriendo de tabaco, buena idea para

ganarse el pan. Ahora se estila eso de fumar, incluso Su Majestad la Reina, que Dios guarde, es aficionada a ello. Personalmente prefiero el rapé, es menos... oloroso —dijo arrugando la nariz—. La planta es buena fuente de ingresos para la Corona; el año pasado se recaudaron casi treinta millones de reales en Castilla. No son cifras baladíes.

—Veo que vuecencia está bien informado.

—Procuro estarlo. Debo estarlo.

—Vuecencia ha de tener en cuenta, no obstante, que el beneficio para los cincuenta mil arrendatarios que ya hay en Castilla no alcanza tal cantidad. No es negocio tan lucrativo como aparenta.

—Bien podrías lucrarte con tu manejo de las armas. Por cierto, tengo que preguntarte algo, Aníbal... —Hizo una pausa pensando las palabras con detenimiento—. Como bien sabrás, la Casa de Alba que encabezo siempre se ha distinguido en los campos de batalla donde hubiera ejércitos españoles, pues la milicia es el más digno y correspondiente empleo de la nobleza. No obstante —dijo haciendo una filigrana con el cuchillo—, a mí me ha tocado vivir unos tiempos de aparente calma donde las batallas se libran en despachos, las tropas son covachuelistas y subalternos dirigidos por personajillos que solo buscan medrar y ganarse el favor de Sus Majestades. España bien administrada es un monstruo desconocido, pero el egoísmo imperante en la Corte no augura nada bueno. Y yo no estoy hecho para esas lides. Sin embargo, la historia no me ha dado la oportunidad de ejercitarme con las armas salvo con buenos maestros de esgrima y tiro. Dime, amigo Aníbal, ¿qué se siente en el fragor de la batalla? —preguntó con vivo interés.

—Excelencia, mi práctica en la batalla es ínfima, apenas un escarceo en el sitio de Gibraltar. No soy hombre curtido en guerra, sino en emboscadas, refriegas y ataque en distancias cortas. Siempre por libre, nunca parte de un batallón; como mucho, subordinado a un jefe que ahora es amigo —respondí con honradez.

—¿Y qué se siente al quitar una vida?

Me quedé pensativo ante la pregunta.

—Dolor, excelencia —respondí en un siseo—, dolor y una sensación de estar en un sueño o viendo una representación en un corral de comedias; de vivir una alucinación.

El Duque me miró y asintió con los ojos, sin querer saber más. El resto de la velada transcurrió sin temas trascendentales que tratar. Terminada la cena, el Duque se despidió efusivamente de nosotros, recordándome que siempre estaría en deuda conmigo y que lo que necesitase lo tendría, fuese lo que fuese, que nunca dudase en acudir a él.

Parece que mi gesta hizo mella en la conciencia del Duque, pues desde ese día se volvió habitual el que solicitase mi presencia para su esparcimiento. Gustaba de que le contase historias, le acompañase a algunos convites o le expusiera mis pensamientos sobre las Castillas y las Españas.

A las tres semanas del incidente en el palacio, Cucha regresó a Salamanca:

—¡Ah del castillo! —vociferó desde la calle.

—¿Qué se os ofrece, gentil caballero andante? —Pregunté sonriendo tras abrirle la puerta.

—¡Traigo buenas y nuevas dichas! ¡Dame un abrazo, bellaco! ¿Me habéis echado de menos? Y, sobre todo, ¿me han buscado?

Blasfemé de dolor al sentir los brazos de Cucha removiéndome las heridas. Me soltó y se quedó mirándome extrañado.

—Una pelaza hace días, nada importante, ya te contaré —dije rehaciéndome—. Lo del corchete cayó en el olvido; por lo visto el hideputa no era santo de la devoción de nadie y no han querido indagar más. Vienes contento —acerté a decir en un suspiro mientras mis cicatrices volvían a asentarse—, supongo que todo ha ido muy bien por Madrid.

—¿Bien? ¡Ha ido más que bien, pero no me dejes a la puerta, cabrón, que tengo sed! —dijo entrando, tras apartarme de un empujón tal que me tentó a desenvainar.

—Veo que no has perdido los modales en Madrid —dije irónico.

Cucha me ignoró, buscó la jarra de vino, olió su interior para asegurarse de que no era vinagre y de dos besos la vació.

—También veo que no has perdido la sed. Y dime, ¿traes de Madrid algo más de lo que ya tenías? —Cucha sonrió, se abrió el jubón y sacó un papel que me entregó con una reverencia. La abrí y la leí remedando la lectura de un pregonero—: Por la presente... Su Majestad el Rey...

—¡Déjate de discursos y vete al grano! —yo seguía leyendo todo el texto en silencio—. Me pones nervioso: dice que por fin somos arrendatarios de tabaco. Recibiremos la primera saca dentro de una semana. ¿Estás contento? —dijo henchido de orgullo.

—Como para no estarlo. ¿De dónde has sacado el dinero para la fianza?

—Bueno... —Cucha sonrió con un toque de maldad—, digamos que he tenido que recurrir a prestamistas forzados.

En aquel momento Cucha no quiso decirme como había conseguido el dinero, pero aquella noche, después de unas cuantas jarras de vino y de un encuentro con una corderilla, me confesó que para conseguir la real cédula tuvo que visitar de malas maneras al prestamista que tenía cogido por el gañote al funcionario encargado de dar las dispensas de los arriendos. Y que, una vez puestos en faena, obligó al mismo prestamista a que le fiase unos cuantos reales a fondo perdido. No pude reprimir una larga carcajada.

Una semana más tarde un carro custodiado por dos antiguos compañeros guardeses se detuvo a la puerta de mi casa. El carro venía cargado hasta arriba de tabaco, mitad rapé en corachas de arpillera y la otra mitad enrollado dentro de cajas de madera precintadas con el lacre de la Casa de Contratación sevillana. Entre uno y otro había allí cinco quintales de delicado tabaco. Por aquellas fechas, las mejoras en el transporte del tabaco y los nuevos tratamientos de este en las fábricas de Sevilla hicieron que empezara la costumbre de fumarlo.

Para despachar la mercancía habilitamos la cuadra y el corral de la casa; los limpiamos de paja vieja y estiércol y nos deshicimos de unos cuantos cacharros rotos y oxidados que allí se amontonaban inútilmente. El suelo era de simple tierra, convirtiéndose en un barrizal en cuanto caían cuatro gotas; como ya teníamos experiencia en el manejo del tabaco, invertimos algo de dinero en darle una gruesa lechada de cal al piso para evitar que la humedad enmoheciese las sacas y también encalamos las paredes y el techo. A Quijón le encargamos unos depósitos cuadrados de madera con flejes de hierro y portezuela reforzada para verter dentro el rapé. Como no era favorable errar los pesajes, pues podríamos perder mucho dinero vendiendo onzas de más, compramos un par de buenas balanzas de cruz y una romana, todas nuevas.

Parece que teníamos un don para abrir negocios en esta ciudad: si nada más empezar a trabajar como justicieros de pobres la cola de pedigüeños de favores llegaba a la esquina de Tentenecio, en cuanto se corrió la voz de que vendíamos tabaco, las filas de fumadores llegaban a la catedral. Siempre me han sorprendido las pasiones que el tabaco era capaz de levantar: primero en Sevilla, viendo cómo afanados estibadores descargaban al mes cientos de barcos cargados de tabaco, día y noche, sin descanso; el trajín de los funcionarios trabajando a toda prisa en la Casa de Contratación, quemando lacre constantemente para poner el sello real a las partidas tabaqueras apenas eran manufacturadas. Siendo guardés vi los riesgos que los salteadores eran capaces de correr, poniendo en juego sus vidas al enfrentarse a dos hombres armados hasta los dientes, con tal de hacerse con nuestra valiosa mercancía. Pero sin duda fue cuando lo vendíamos a la gente cuando me di cuenta de la fascinación que esta planta ejercía.

Apenas amanecía, me despejaba refrescándome la cara con un poco de agua y me reforzaba el ánimo con un poco de vino. Me vestía y me colgaba encima mis buenas arrobas de hierro, las manías nunca se pierden. Abría la puerta de la cuadra y más de doscientas almas, algunas de las cuales llevaban esperando toda la noche a la puerta, se ponían en pie al unísono esperando recibir su ración de tabaco. Para evitar confusiones con los clientes, para que no nos pudieran tildar de ladrones y a fin de tener siempre las cuentas claras, el tabaco lo vendíamos por libras enteras. La única excepción era cuando se trataba de algún cliente que sabíamos no iba desahogado de fondos; en estos casos separábamos pequeñas cantidades de tabaco: una onza para los menos pudientes y un cuarterón para aquellos que podían pagar un poco más. Por libras o por onzas, el negocio fue un éxito tal que los pedidos de cinco quintales se agotaban en un par de días. Dos semanas más tarde de empezar con el arriendo de tabaco empezamos a pedir tabaco a Madrid de dos en dos toneladas.

Pero no todo era jauja. Una noche, después de haber recibido un carro desbordado de tabaco, tres atolondrados zarpillas decidieron asaltar nuestra morada para hacerse con la mercancía. Cargaron contra la puerta del establo mientras nosotros estábamos durmiendo. Para su desgracia, lo que bien se aprende tarde se olvida y nosotros teníamos por costumbre dormir con un ojo abierto y otro cerrado. Nada más escuchar el primer golpe lanzamos nuestras manos a por las espadas y pistolas.

—¡Esta casa la cuida Dios y una espada, entrad y os presentaré a los dos! —le grité a los ladrones mientras me ajustaba la cofradía.

Los asaltantes no atendieron a razones —*Quod natura non dat...*— y no quedó otra que defendernos. Eran tres mequetrefes armados con pistolas y cuchillos. Habían seguido el cargamento de tabaco desde que entró en tierras salmantinas. Pese a su cortedad habían deducido que enfrentarse con los fusiles de los guardeses era muerte segura, por lo que decidieron seguirlos para atacar a quienes recibieran la mercancía. Lo que ellos no esperaban es que, si los guardeses eran fieros, nosotros éramos leones. Uno recibió una buena mojada de Cucha que le desgració los bajos, otro paró con los hígados mi Longina y el último, herido de muerte en el cuello, corrió hasta que se quedó sin sangre, muriendo un poco más allá de la otra orilla del río.

Sospecho que fue esta peripecia la que reavivó el ansia de Cucha por la acción y la aventura. Sin yo saberlo, mi compañero compaginaba el trabajo tabacalero con el de vengador: por el día vendíamos tabaco y llegada la noche Cucha impartía justicia. Y fue de noche y en La Perdición cuando Cucha, bastante borracho, me confesó lo que estaba haciendo.

—Aníbal, tengo que informarte de algo —dijo con tiento y lengua de trapo.

—Habla. Miedo me das —dije escudriñando su mirada.

—Verás, tú me conoces, sabes que soy bastante esclavo del dinero; por no mencionar que tras tantos años dedicado a la vida del combate y después a recorrer caminos me medró en el alma cierto deseo por buscar la aventura... —decía nervioso, tratando de excusarse.

—Vete al grano, amigo mío, que lo tuyo no son los discursos y me estás dando escalofríos —dije tratando de ayudarle a pasar el trance.

—Aníbal, debes saber que sigo trabajando como...

—¿Rufián de putas viejas?

—Justiciero.

—Cucha, ¿crees que soy un bobo carirredondo, que no tengo orejas, que no tengo ojos en la cara? Sé de sobra a lo que te dedicas. Ya he visto tus ropas llenas de salpicones de sangre. He visto cómo tratas de ocultar los jubones ensangrentados en las cubas del tabaco —le dije compasivo.

—¿Y por qué no me has dicho nada? Podías haberme evitado la vergüenza de tener que buscar las palabras para...

—Pensé que tendrías confianza para contármelo —le interrumpí—. Además, ¿de qué sirve lo que yo te diga si nunca me haces caso? Hablar contigo y hacerlo contra un muro es lo mismo. Solo que el muro tiene más palique.

—¿Y acaso no lo estoy haciendo?

—Tarde, lo estás haciendo pero tarde. Y no lo estás haciendo por que quieras contármelo, ¿verdad? —dije alzando una ceja. Cucha se revolvió incómodo.

—Aníbal, sabes que soy de naturaleza nerviosa. En ocasiones se me ofusca la cabeza... —decía angustiado, tratando de contener las manos.

—¿Se puede saber qué has hecho ahora? —Al verlo tan perturbado me di cuenta de que ocultaba algo importante.

—Hace unos días escuché un rumor. Por lo visto alguien anda buscando gente a la que no le tiemble el pulso; gente de confianza que sepa desenvolverse con el hierro y guardar un secreto al mismo tiempo.

—¿De qué trata el trabajo?

—No lo sé.

—¿Cuánto pagan?

—Mucho, por lo que he oído.

—¿Y dónde lo has oído?

—Rumores que pasan de boca en boca —dijo encogiéndose de hombros—. ¡Qué más da!

—¿Y cuándo es?

—Esta medianoche. En el patio de las Escuelas Menores.

—No cuentes conmigo —dije corriendo el taburete con ímpetu y levantándome de la mesa.

—¡Aníbal, por Dios! —rogó cogiéndome de la manga—. Siéntate, por favor, no quiero meterme en más líos.

—Pues entonces no vayas.

—Sabes que voy a ir; además, he dado mi palabra. —dijo avergonzado, tapándose la boca con la jarra de vino—. Te ruego, como amigo, que vengas conmigo.

Lo miré y maldije a su madre entre dientes. Me aclaré el gargajo, tomé la jarra de vino, la choqué contra la suya y la bebí de un solo trago con más rabia que gusto. El vino me supo a hiel.

—Por los amigos, por los que te llevan a la tumba —dije enfadado, y Cucha me miró con complicidad.

—Gracias.

—Vete a la mierda.

Un par de jarras después fuimos hasta el lugar de la reunión. El verano ya era un recuerdo lejano, el otoño estaba finalizando y la proximidad de diciembre se anunciaba con alguna nevada acompañada de las famosas heladas nocturnas de Salamanca. Incluso con el cotón doble, el jubón tupido, la agüela, el chambergo y la capa encima, el frío se metía en los huesos. El ambiente olía a piedra húmeda y sabiduría. Las gárgolas nos miraban con sus ojos de piedra de Villamayor mientras entre sus manos sostenían grandes falos, recordándonos las adversidades que traía el pecado de la carne. Los bachilleres ya se habían recogido en sus celdas y solo cuatro almas de costumbres nada recomendables deambulaban por la calle a esas horas. El patio de Escuelas Mayores, sin el ajetreo de bachilleres y profesores, estaba sombrío y triste, casi apenado. Cuatro faroles de aceite iluminaban con suave dulzura y melancólica parsimonia las esquinas de tan inmemorial e ilustre sitio.

—Aníbal, ¿has oído eso? —Siseó Cucha.

—¿El qué?

—Un susurro de palmas y taconeos que ha traído el aire... Como si estuviera por aquí algún grupo de gitanos andaluces de jarana.

—Será La Múcheres y sus fantasmales amigos haciendo de las suyas —dije sin darle importancia. Cucha se santiguó y terminamos de cruzar la plazoleta accediendo al patio de las Escuelas Menores a través de dos arcos de medio punto.

Varias antorchas silueteaban las sombras de las columnas. Vimos la figura de un hombre en la esquina opuesta a donde nosotros estábamos.

La agüela, de cuero negro, le caía hasta el suelo cubriendo todo su cuerpo, dejando intuir bultos de armas y empuñaduras de hierros. El chambergo de ala ancha y pluma roja le ocultaba la cara, dejando ver algo de sus gruesas narices y de su barba boscosa y morena, que le ensombrecía la cara. El hombre, al sentir el sonido de nuestros pasos en el suelo, comenzó a caminar lentamente hacia nosotros. Alzó un poco la cabeza, lo justo para poder escudriñarnos con ojos tan brunos como su capa, tan oscuros como su alma y tan fríos como los de las gárgolas que nos vigilaban. Su rostro no esbozó ni la más mínima mueca. Imperturbable, con parsimonia fue desabrochando los botones que cerraban su capa. En un gesto la alzó al vuelo, dejando ver la cacha de la pistola que llevaba prendida en el costado izquierdo y el largo estoque de acero y puño damasquinado que le colgaba de la cintura por el lado derecho. Habiendo mostrado que iba armado se detuvo a unas pocas brazas de nosotros, nos miró y con dos dedos de su mano derecha alzo un par de pulgadas el ala de su sombrero, dándonos la cara. Nosotros hicimos lo mismo. En silencio, manteniendo las distancias, nos quedamos un rato observándonos, estudiando nuestras armas y sopesando nuestras envergaduras. No pasó mucho tiempo hasta que se encendió la luz de un candil en una de sus puertas, llamándonos a su presencia.

—Pasen, por favor —dijo el misterioso espadachín con ligero acento francés y voz desgarrada.

—Usted primero —respondí inclinándome un poco y abriéndole paso con la mano. El hombre miró a Cucha y luego a mí. Sereno, reposó su mano enguantada en el pomo de la espada y dijo:

—Insisto, ustedes son dos y yo solo soy uno.

Miré a Cucha y asentí con los ojos. Acepté pasar primero, mientras Cucha avanzaba detrás de mi pegando su espalda contra la mía, vigilando la retaguardia. El espadachín era prevenido y desconfiado a partes iguales. Sin duda tenía callo en estas labores.

Entramos en el aula y al fondo, bajo una bóveda de estrellas, una figura humana de talla media y esbelta se mantenía en pie como si fuera un alma errante. Sus piernas estaban guarecidas por calcos de montar, herreruelo de lana negra hasta las rodillas y cuello alto. Llevaba el herreruelo tan ceñido que revelaba que no portaba armas de ningún tipo. Esto me hizo desconfiar de que su seguridad no dependiera de él mismo, sino de otra persona. En su cabeza, embutido hasta las cejas, un chambergo negro de ala corta sin filigranas ni plumas. Un pañuelo de color turquesa serpenteado por filigranas bordadas en hilo rojo le hacía las veces de antifaz, ocultándole media cara, dejando ver solo sus ojos. Estos eran grandes y limpios, de un azul claro serpenteados por unos círculos del color de la miel, fuertes y mágicos, salvajes y embaucadores. De su frente caía un mechón rebelde de pelo rubio como la paja.

—¡Deteneos! —Ordenó la figura con suave y aterciopelada voz de mujer. Cucha y yo, de soslayo, intercambiamos una cómplice mirada al percatarnos del sexo de nuestra contratista—. Muchos son los llamados y pocos los elegidos —continuó—. En algún momento, aún sin determinar, un grupo de cinco hombres vendrá a Salamanca desde Madrid. Vuestro cometido es que ninguno de esos hombres llegue vivo a esta ciudad.

La mujer introdujo su mano en la capa, poniéndonos en guardia. Pero de su interior no sacó un arma sino una bolsa de cuero que lanzó a nuestros pies. La bolsa se abrió y diez piezas de oro corrieron por el suelo, tintineando en las piedras. Miré a la mujer y suavemente, para evitar confusiones, me agaché y tomé una de las monedas.

—Eso es un anticipo, recibiréis el doble por cabeza una vez el trabajo haya sido satisfecho a placer.

—Es mucho dinero. No hay hombres cuyas vidas valgan tanto. ¿De quiénes se trata?

—Eso es algo que no os incumbe.

Miré a Cucha y retomé la palabra.

—Lo siento, me temo que se equivoca de hombres — dije dejando la moneda en el suelo.

—Una lástima.

La mujer agitó varias veces su mano izquierda haciendo sonar una carraca. Rápidamente se abrió una portezuela, de la que salieron, rodeándonos, unos treinta fusileros también vestidos de negro. En un abrir y cerrar de ojos Cucha y yo desenvainamos nuestras espadas, preparados para la batalla; no así el misterioso espadachín que, cruzado de brazos, se mantenía sereno observando la escena.

—Desenvaina —le apremié.

—Yo ya estoy muerto —suspiró.

Estábamos perdidos: aquellos hombres mantenían las distancias con nuestras armas, sabían lo que tenían que hacer. Pensé que quizás me diera tiempo a lanzar una mojada a los pulmones de alguno y que quizás con suerte podría atinarle con Longina a otro en las tripas, pero antes de que hiciera mucho más ya me habrían llenado el cuerpo de plomo.

—Cucha, baja el hierro —le ordené.

—¿Qué dices? —respondió airado.

—Que envaines, no hay escapatoria

Cucha rechinó los dientes, miró a los hombres y, lleno de rabia, ensartó la espada en su tachonada.

—Saludable decisión —apuntó la misteriosa mujer—. O toman el oro y aceptan el trabajo o salen con los pies por delante. —El espadachín se agachó y recogió la bolsa con el dinero—. Quédense en sus moradas, cuando llegue el momento recibirán el aviso.

La mujer se dio la vuelta y salió por la portezuela por donde habían entrado los soldados. Estos, uno por uno, fueron abandonando el aula detrás de ella hasta dejarnos solos.

—Señores —dijo el espadachín—, me llamo Alphonse Gagnon, aunque me llaman «Gargantúa» y será un placer matar a su lado. —se quitó el sombrero dejando ver una cabellera que le llegaba hasta el cogote, morena y brillante por la grasa con la que se la había asentado.

Tendría que haber aprovechado ese momento, donde tan cerca lo había tenido y donde tan desprevenido lo podía haber pillado, para darle muerte, pero ¿cómo sabría yo lo que el destino nos depararía? Maldito Gargantúa y maldita la zorra que lo parió.

—Aníbal Rosanegra y él es mi amigo Aritza Cucha —dije desconfiado.

—Amigo... Es bueno tener amigos —dijo el tal Gargantúa con sorna. Alargó el brazo, ofreciéndome coger las monedas que nos pertenecían. En vez de corresponderle extendiendo la mano y tomándolas, me quedé quieto, mirándolo en silencio.

—Como gusten.

Esbozó una mueca de indiferencia y dejó la bolsa en el suelo. Acto seguido hizo una reverencia, sonrió, se volvió a enroscar el chambergo y se fue con andares postineros.

—¿En qué maldito jaleo me has metido ahora, gordo del demonio? —reprendí a Cucha dentro de casa.

—¿Qué está pasando? —preguntó Villarroel apareciendo por la puerta—. ¿Qué horas son estas de armar alboroto? Mañana tengo clase —nos reprendió hosco.

—Disculpe, maestro, pierda cuidado, vuélvase a dormir.

—Quizás es lo que deberíamos hacer todos —dijo Cucha dándole un patadón a uno de los cajones del tabaco para después retirarse a sus aposentos.

Al día siguiente, sobre el mediodía, alguien llamó a nuestra puerta. La abrí con cuidado y vi que era un joven gitanillo.

—¿Qué buscas? —Le pregunté desconfiado.

—Me han dado esto para usted —dijo entregándome un sobre para después salir corriendo a toda prisa, perdiéndose entre la gente. Abrí el sobre cerrado con lacre, pero sin sello y leí en silencio la escueta carta, pues solo contenía tres indicaciones:

San Pedro.
Calvarrasa Danaya.
Medianoche.

—¡Cucha!

—¿Qué?

—Prepárate, tenemos trabajo.

Al no saber con qué o quiénes nos hallaríamos, pero teniendo por cierto que no sería un encuentro apacible, nos pertrechamos hasta los dientes: jubón doble de paño grueso, que nos suavizaría la fuerza de los topetazos; sobre este nuestros antiguos petos y espaldares de acero; cota de malla al cuello, que las estocadas al pescuezo no dan una segunda oportunidad; pistolas en ristre bien cebadas de pólvora, plomo gordo en el ánima y pedernales nuevos; limpieza y afilado de las espadas y las vizcaínas, y un botero de remate en el interior de la polaina derecha por si las cosas viniesen apuradas. Con el adelanto del dinero habíamos comprado dos caballos para que no se nos pudiera identificar fácilmente. Los ensillamos y pertrechamos y, escoltados por la noche, partimos al trote ligero hacia el lugar de reunión.

Cerca de la iglesia de San Pedro, guarecido en el lugar más oscuro, Gargantúa esperaba nuestra llegada. Si nosotros salimos al encuentro fuertemente armados, a él bajo la capa se le intuía toda una santabárbara.

—Buena noche. ¿Teme que le reconozca alguien? —dije al verlo con el rostro tapado por un antifaz. Su corcel relinchó. Gargantúa le atusó la cara y el animal se tranquilizó.

—No me gusta darme a conocer —dijo destapándose la cara, y volvió a mirar a su caballo—. Está nervioso, los animales tienen un sexto sentido, saben cuándo la muerte va hacer de las suyas —hizo una pausa buscando esa muerte de la que hablaba en los ojos de la bestia—. Me sorprende que estén ustedes aquí —dijo con gesto de agrado en su cara.

—¿Nos quedaba otra salida? —le pregunté para intentar que en un desliz me confirmase mi sospecha de que trabajaba para la mujer del antifaz. Pero Gargantúa no respondió; en su lugar me miró sereno y esbozó un imperceptible ademán de sonrisa. Se acercó a mí, haciendo entrechocar todo el acero que llevaba en el cuerpo, y con aliento gélido me preguntó:

—¿Tienen ustedes formada alguna idea de cómo proceder?

—Conozco muy bien esta zona: si vienen de Madrid solo pueden hacerlo por ese camino —dije señalándolo—, ataremos una maroma en aquella encina y la cruzaremos en la vereda. Si son cinco hombres deduzco que avanzaran en formación de aspa, quedando uno de ellos en el medio. Antes de que pase el primer caballo mi compañero tirará de la cuerda haciéndolo caer; cuando esté en el suelo aprovecharé la sorpresa para disparar a su pareja y después rematar al jinete caído. Cucha se encargará del de en medio.

—¿Y los otros dos? —dijo Gargantúa escupiendo al suelo.

—De los otros dos se encargará usted. Para evitar que escapen por retaguardia cavaremos un pequeño surco que corte el camino, lo rellenaremos de pólvora y en cuanto haya pasado el último de ellos usted la prenderá, cortándoles la retirada para pronto darles muerte. ¿Se ve capaz?

Gargantúa sonrió con maldad y un punto de fastidio:

—Lo tiene todo muy bien pensado. Parece que lleva atracando caminantes toda la vida.

Sus palabras hicieron que por mi memoria pasaran en rápida sucesión todas las emboscadas padecidas en los caminos por los que transportábamos tabaco y sonreí a mi vez:

—Más sabe el diablo por viejo que por diablo. No nos entretengamos, esos hombres tienen que estar a punto de llegar.

Tras atar nuestros caballos relativamente lejos del lugar de la celada, tomamos la soga y la pólvora y procediendo según lo establecido atamos fuertemente la cuerda al tronco de una encina aledaña al sendero, tendiéndola a la altura aproximada de las rodillas de los animales. Luego, a diez estadales, cavamos un surco que rellenamos de pólvora. Gargantúa se emboscó en unos matorrales, Cucha hizo lo propio mientras que yo me escondí detrás de la encina, esperando a nuestras víctimas. No recuerdo exactamente cuánto tiempo tardaron en llegar, solo sé que a mí se me hizo eterno. Cuando ya estaba empezando a pensar que esa noche por allí no pasaría ni una triste lechuza, comenzó a oírse el batir de los cascos de los caballos en la lejanía. Di dos silbidos para avisar a Cucha y a Gargantúa de que estuvieran preparados. Los jinetes fueron acercándose y entonces desatamos el infierno.

Cuando llegaron a la altura idónea, Cucha tiró con todas sus fuerzas de la cuerda y el caballo que estaba más adelantado tropezó con ella, tirando a su jinete de cabeza. El crujido de sus vértebras al chocar contra el suelo fue estremecedor, y supe que ya no tendría que ocuparme de él. De su cuello asomaban varios huesos. Encaré a su compañero con mi pistola y le descerrajé un disparo en la cara que atravesó su casco, saliendo la pelota por la parte trasera de la cabeza, dejando una bella flor en el hierro. El jinete que iba en el medio, al verme avanzar hacia él espada en mano, reculó y tirando de las bridas como si no hubiera Dios, azuzó a su caballo para dar media vuelta, mientras los dos hombres que iban detrás le gritaban llenos de miedo:

—¡Emboscada, huyamos!

En la retaguardia Gargantúa había decidido saltarse el plan: avanzó hasta estar justo detrás de los jinetes, pillándolos desprevenidos; lanzó una estocada a uno cosiéndole el cuello de lado a lado; el otro, viéndose sobrepasado por la situación, bajó del caballo, hincó las rodillas y comenzó a suplicar por su vida, poniendo a Dios y a los santos como avalistas de su silencio. Gargantúa no se conmovió, apoyó la pistola en la frente del soldado y disparó; tras lo que le hundió un puñal en la nuez. Con los dos hombres ya eliminados, se acercó al jinete que estaba en el centro, que no había podido huir porque su propia e inepta escolta le bloqueaba el camino, y cogió las riendas de su caballo, que se encabritó y tiró al jinete. Corrimos hacia él. Un embozo oscuro le cubría la cara para protegerlo del frío.

—Me gusta ver la cara de los que mato —anunció Gargantúa, ansioso de sangre, al tiempo que le deshacía el embozo de un tirón.

Agucé la vista y sentí cómo se me removía el alma: Aquel hombre no era más que un niño, un niño asustado y descompuesto por el miedo. Gargantúa apoyó la punta del filo de su espada ensangrentada contra la leve nuez del pimpollo y en el instante que iba a ensartarlo, enjalmé su hierro con Longina; avancé y me interpuse entre asesino y víctima.

—*Qu'est-ce que tu fais, putain de con?* —rugió Gargantúa desquiciado, con ojos de loco y dirigiendo su espada contra mí.

—Yo no mato niños —repuse blandiendo a Longina para ponerme en posición de defensa.

—¿Qué dices? ¡Estás loco! Es él o nosotros —intervino Cucha, asustado.

—Hazle caso a tu amigo, ten por ciertas sus palabras: es el encargo o vosotros.

—¡Entonces que lo decida el acero, *corpus damni*!

Cucha, a pesar de no estar de acuerdo conmigo, se puso a mi lado blandiendo su espada y con la pistola presta en la mano izquierda —para esa labor era ambidiestro—. Gargantúa vaciló.

—De esta no salimos vivos, Aníbal —siseó Cucha rozando su hombro contra el mío, haciendo defensa conjunta del joven caballero.

—Veo que ya habéis decidido en qué bando estar. No penséis que esto se zanjará con una disculpa. Ya terminaremos en otro momento esta conversación, tenedlo por seguro —dijo Gargantúa pasándose su acero por la capa para quitarle la sangre. Envainó para después andar hacia su caballo y hacer alón al trote. Si supieran vuestras mercedes cuántas veces me he arrepentido de no haberlo matado en ese momento, aunque hubiese sido a traición, por la espalda, como lo hacen los cobardes... pero no nos precipitemos. Todo a su debido tiempo.

Con la sangre de aquellos hombres todavía humede-
ciendo nuestros jubones y la respiración alterada por lo
que había ocurrido, decidimos poner a salvo al joven en
aquel lugar que a nosotros nos parecía más seguro: el
palacio de Monterrey.

—¡Estáis metidos en un jaleo de mil demonios, locos,
guardeses insensatos, sucios vendedores de apestoso
tabaco! —gritaba y maldecía el Duque de Alba mesándose
los cabellos mientras sus ojos querían huir de las órbitas.

—No hay nada deshonroso en vender tabaco, excelencia... —apuntó Cucha.

—¡Una! ¡Escupe una sola palabra más de esa inmunda
boca y te la algo coser! —amenazó el Duque. Se giró,
tomó una copa de vino, la terminó de un solo beso y
arrufaldado la lanzó contra la chimenea— ¿Sabéis a
quién habéis estado a punto de matar? ¿Sabéis quién se
encuentra en otra sala recibiendo curas? Gracias a Dios
que solo han sido raspones... ¡Es Su Alteza Real Don
Fernando de Borbón, Príncipe de Asturias, legítimo
heredero al trono! —dijo iracundo masajeándose la
cabeza con ambas manos, tratando de serenarse. Al oírlo
miré a Cucha, él me devolvió la mirada—. ¿No pensáis
decir nada? —continuó el Duque, escudriñándome.

—Nosotros solo pasábamos por allí. Ha sido una
suerte para Su Alteza que diera con buenos samaritanos
—dije con indiferencia mirando el barro de mis calcos.

—De todos los senderos que hay en la jurisdicción de
Salamanca y de todas las noches que visten su cielo fuis-
teis a dar un paseo por el camino que Su Alteza reco-

rría en esa misma noche. Voto a Dios que no he visto en mi vida hombres con mejor don de la oportunidad —reprendió sarcástico.

—Somos unos afortunados... —añadió Cucha con sorna.

El Duque se lanzó a por él y le propinó un monumental guantazo con el revés de la mano que sonó como un disparo. Cucha, que no se lo esperaba, perdió el color de la piel. El Duque hablaba con fuego en la voz:

—Te advertí antes que si volvías a abrir la boca te la haría coser, y vive Dios que lo haré yo mismo muy gustoso si vuelves a hablar. ¿Quién os dio el encargo? ¡Maldición, responded!

—Excelencia, aunque quisiéramos no sabríamos decirle quién nos lo encargó... Era de noche, y después de tantos golpes en la cabeza como he llevado en mi vida ya no veo muy bien —me excusé—. Además, tenía la cara cubierta con un antifaz.

—¿Sabéis quiénes eran los hombres a los que diste muerte bajo este techo? Supongo que los golpes en la cabeza que aduces no te habrán afectado de manera tan grave la memoria, ¿verdad? —me preguntó; yo le respondí encogiéndome de hombros—. Mis espías han podido confirmarme mis conjeturas: aquellos hombres a los que tan valerosamente te enfrentaste y diste muerte, no venían a por mí: venían a por Su Alteza. Por suerte para todos, aquella velada tuvo que suspenderse a causa de una inopinada indisposición intestinal que le impidió venir. ¡Aquellos hombres no venían a por mí, venían a por él! En este poco tiempo ya es la segunda vez que lo quieren matar —se atemperó, colocándose la camisa.

—¿Por qué tiene tanto interés el Príncipe en venir a Salamanca, de noche y con una escolta pequeña e incapaz de defenderle la vida? —pregunté.

—Por su osada juventud —respondió el Duque; carraspeó y se abrió el cuello de la carona, parecía que le faltaba el aire—. Una prostituta de estas tierras lo tiene hechizado. Se le pasará, como a todos los de su sangre, pero hasta que ese día llegue el muy simple no dudará en correr todos los riesgos con tal de desahogarse con ella.

—Espero que la regatona valga la vida de tantos hombres —dijo Cucha, y el Duque lo fulminó con la mirada.

—Ninguna mujer vale la vida de tantos hombres —concluí—. Excelencia, es tarde. Si no dispone nada más, y puesto que no estamos arrestados, nos gustaría batirnos en retirada a la cama; salvar vidas es un oficio muy cansado.

—Retiraos, pero no muy lejos.

—Excelencia... —dije despidiéndome de él con una reverencia.

—Aníbal, nunca olvido. Aún estoy en deuda contigo, y después de esta noche estoy más endeudado. Habéis salvado la vida de un hombre que es todo para España... —estuvo meditando unos instantes antes de proseguir—. Dentro de una semana van a inaugurar un nuevo corral de comedias, ¿quieres acompañarme? La gente que vendrá pertenece a la nobleza, no a la carda y aunque yo pertenezca a esa nobleza aún no termino de simpatizar con sus frivolidades. Me vendrá bien tu compañía como distracción y porque cuatro ojos ven más que dos; así que espero que los tengas bien abiertos.

—Como ordene vuestra excelencia —respondí cansado.

—Y procura venir ataviado como la ocasión lo merece; no con esos harapos que acostumbras a vestir, que parece que acabas de venir de Flandes con tanto hierro y tanta inmundicia.

—A las órdenes de vuecencia —dije doblándome el ala del chambergo mientras acompañaba a Cucha.

Capítulo VII
LA COMEDIA

—¡Cucha! ¿Qué has hecho con mis calzones de bonito?
—Te los cogí prestados la semana pasada —dijo devolviéndomelos completamente dados de sí por su enorme trasero.

—Cucha, aquí cabemos dos como yo... —dije tratando de ajustarme la tela al cuerpo.

—¿Estás nervioso? Pareces una novia primeriza. Qué leonas me pongo, cómo voy peinado... —recitó con sorna mientras grojeaba y gesticulaba con las manos.

—Te recuerdo que cuando nos conocimos tú tenías puesto perfume, y eso es un poco de maricones: «El hombre guapo ha de oler a vino y a tabaco».

—Soy un hombre de mi tiempo; además, aquel día tenía que cortejar a una dama.

—Continúas confundiendo a las gallinas con las zorras.

—Si tan nervioso te pone ir a las comedias, no vayas.

—El Duque se ha encaprichado de mí. No le han debido de salvar muchas veces la vida, nos conviene quedar bien con él. Ya sabes: «amigos, hasta en el infierno». Y después de lo del Príncipe, hasta Belcebú me sabe a poca compañía —dije encarando apresuradamente la puerta.

—¿No llevas a Longina?

—No creo que sea sitio de gruadas. De todas formas quédate tranquilo —dije mostrándole el mango del cuchillo que llevaba oculto en la doblez de la polaina.

Sin más demora salí corriendo hacia el palacio de Monterrey. Su excelencia esperaba nervioso a la puerta junto a dos hombres uniformados.

—¿Sabes qué hora es? —gruñó enfadado.

—Excelencia, los que andamos a la sopa no acostumbramos a tener reloj en casa.

—Ya lo veo. Aun así, agradecería que estuvieras pendiente del momento en el que vives —dijo ajustándome la carlanca—. ¿No tenías ropajes más dignos? —protestó asqueado, restregando en el forro de mi herreruela la grasa que le había impregnado las manos—. Vámonos, no quiero hacer esperar más a las autoridades, ya me critican bastante esos advenedizos.

El corral de comedias se había abierto cerca de la casa del concejo y próximo a la taberna La Rubí, en una calleja aledaña que apestaba a orines de gato. Antaño el lugar había sido la casa de un pudiente bejarano más interesado en el juego que en sus negocios de telas. Una monumental flor ejecutada con unos dados más cargados que un galeón recién llegado de Indias por un fullero bien untado por alguien cercano al corregidor o al concejo —eso se decía— hizo que en una mala noche la perdiera.

En la transformación de la vivienda en corral de comedias el concejo no había reparado en gastos: se serraron los fustes de las columnas de madera carcomida que sostenían los soportales y se sustituyeron por otros nuevos; igual operación se realizó con los capiteles, poniendo molduras de madera labrada y pan de oro donde antes había dos cuñas apuntalando la estructura; las barandillas de madera de los balcones y los pasamanos de las escaleras habían sido repintados en bermellón y el resto del sitio, encalado; los corredores habían sido profusamente iluminados con candiles de buen cobre, limpios y relucientes. Debido a la urgencia del estreno, no estuvieron terminados a tiempo los bancos de madera del patio, donde la plebe se sentaba, en su lugar se optó por traer unos cuantos bancos de la catedral y algunos reclinatorios. No vi mal esta idea pues en caso de que la obra representada fuera un aburrimiento supino bien podríamos ponernos a orar para que pronto acabase el tormento o para que Dios fulminase a los actores con un rayo justiciero. No pasó eso con las sillas que las autoridades ocupaban en los balcones y corredores: habían sido realizadas para tan gloriosa ocasión en mimbre de la mejor calidad y con buen mullido para las insignes posaderas y espaldas. La clase pudiente siempre gustaba de sentarse en los balcones, por encima de todos, y es que estar a nivel de calle supondría rebajarse a la categoría del pueblo y eso era inasumible. Aquella noche lo más granado de la comarca y de parte del extranjero —Madrid y Valladolid— había venido a la inauguración.

El Duque y yo ocupamos uno de esos privilegiados balcones. A nuestra izquierda, en el balcón contiguo, estaba el corregidor e intendente general de Castilla, don Rodrigo Caballero y Llanes junto con varios militares. A nuestra derecha, en sucesivos balcones, varios e importantes miembros del concejo, el cabildo catedralicio y otras distinguidas personalidades de Salamanca. Me sacó una sonrisa el ver entre las personalidades la cara de Josefo, el vaquero, con su cabeza marcada por las cicatrices que Cucha le había provocado meses atrás. Bajé la vista al patio y acerté a ver la cara de Villarroel —«mira tú qué listo, dice que está cansado de la frivolidad de Madrid pero bien que se apunta a los festejos» —murmuré para mis adentros.

—¿A quién esperamos, excelencia? —le pregunté al Duque de Alba al percibir que de las únicas tres sillas que había en nuestro balcón, la que quedaba libre estaba finamente decorada con almohadones de tela roja y bordados en hilo de plata, imitando con sus filigranas la forma de las nubes.

—Ahora lo verás —dijo expectante mirando a mi espalda. Giré la cabeza y vi cómo un guardia de corps descorría la cortina, abriéndole paso a la mujer más bella que había visto en mi vida. —¡Mi querida María Feilding! —exclamó el Duque poniéndose en pie y haciendo una muy exagerada reverencia, para después tomarle su delicada mano enguantada en ante negro y estampar en ella un suave beso. ¿Y la Reina? —advirtió preocupado.

—¡Excelencia, no se levante! Soy yo la que tiene que postrarse ante vuecencia —dijo con voz angelical, parecida al suave murmullo de un mar en calma—. Su Majestad la Reina envía sus disculpas —dijo reverente—. El camino se le hacía demasiado tedioso y me ha mandado en representación suya.

—Una lástima —dijo el noble, apesadumbrado.

—¿Con quién tengo el gusto de compartir esta velada? —comentó al recaer en mi presencia. Yo la miraba embobado desde mi asiento.

—¡Ah! Él... Es mi amigo el señor Aníbal Rosanegra

Al ver mi obnubilación, me dio un ligero puntapié para que me levantase. María esbozó una tímida sonrisa que pronto fue cubierta pudorosamente por su abanico.

—Tanto gusto —dije poniéndome en pie, imitando el gesto del Duque. Alcé la mirada a los ojos de María y el corazón se me detuvo. Esos ojos, grandes y limpios, tan azules y tan claros, serpenteados por unos trazos del color de la miel; esos ojos tan exóticos, tan salvajes y tan vivos, ya los había visto: eran los ojos de la mujer que apenas una semana antes había estado con nosotros y con Gargantúa en el aula; eran los ojos que nos habían prometido darnos muerte si no aceptábamos el trabajo; eran los ojos que nos habían contratado para asesinar a nuestro joven Príncipe. Miré su pelo y era cano, pero al fijarme con un poco más de detenimiento observé que por detrás de una de las orejas le asomaba la raíz de un finísimo hilo de pelo pajizo, prófugo de su peluca.

—¿Le ha dado un vahído, por ventura? —dijo ella al verme turbado. No era tonta, trató de disimular pero percibió que me había dado cuenta de su identidad.

—Disculpe sus modales —intercedió el Duque—, mi amigo Aníbal es un guerrero, no acostumbra a disfrutar de la compañía de bellas y distinguidas damas como vuestra merced —dijo con mueca de enamorado—. Es normal que se quede embobado al ver su hermosura. ¿Recuerda aquella carta que le envié? Pues este es el joven osado que me salvó de aquellos rufianes.

—Así que este es el joven Rosanegra —dijo ella haciéndose la sorprendida—. Señor Aníbal, ¿su apellido de dónde viene? —se interesó con un pellizco de chanza y muchos puñados de farsa.

—De una leyenda de los hombres del mar —dije mirándola fijamente.

—¿Y qué dice tal leyenda?

—Cuenta que un hombre fue acuchillado a manos de su amada. Y que su sangre, al instante putrefacta —más por la pena que por la herida—, al derramarse sobre los espinos tiñó de negro luto la belleza de las rosas.

—Qué sinsabor —dijo ella con fría dulzura, manteniéndome la mirada, sin pestañear.

—¡Paparruchas de marineros! —terció el Duque,

ignorante de lo que entre líneas se hablaba—. ¡Yo nunca he visto una rosa negra! —se jactó orgulloso.

—Son unas rosas poco frecuentes, muy exóticas. Crecen en tierras remotas, entre pedregales y cauces secos, regadas por el veneno de las víboras del desierto, de tal manera que sus espinas son ponzoñosas —añadí mirando a María.

—Si alguna vez se encuentra una de esas rosas no la toque, quizás le haga daño —dijo María pasando a mi lado y tomando asiento en el lugar que para La Parmesana se había reservado entre el Duque y yo—. ¡Dejemos la botánica para otra ocasión! Disfrutemos ahora de esta preciosa noche. ¿Qué función vamos a ver hoy?

—Algo ambientado en estas tierras: *La Vida del Lazarillo de Tormes*; es una adaptación al teatro del relato de las desventuras de un joven pícaro nacido a orillas del Tormes siglos ha —se apresuró a señalar el Duque—. Han tenido que sudar sangre para que el obispado autorizase una representación de una obra prohibida por el *Index*, pero se ve que la han expurgado de todo lo que pudiera atentar contra la moral cristiana y la decencia.

—Es una buena obra. He podido leerla íntegra —dijo María con tono entre taimado y orgulloso.

—A mí personalmente me gusta cuando Lázaro pierde la inocencia gracias a la maldad del ciego. Qué perra es esta vida que no la aprendemos por los libros sino que tiene que venir alguien con ánimo maligno para abrirnos los ojos que las letras no nos han abierto —le susurré a María al oído con arrogancia.

—Triste lección, sin duda —dijo ella con desaire sin mirarme mientras aplaudía quedamente a los actores que empezaban a subir al escenario.

—Me extraña que le haya gustado la obra, es del pueblo: llana y sencilla pero que no esta falta de verdad ni de doctrina; seguro que usted gusta más de obras con traiciones, asesinatos o personajes misteriosos que van buscando la muerte —le volví a comentar un poco más alto, para intentar comprometerla delante de nuestro despistado Duque.

—No sé a qué se refiere, señor Rosanegra. En mis momentos de asueto procuro rodearme de música y poesía, no de esas desgracias que nombra —respondió ella con una sonrisa que pretendía ser dulce.

—Me refiero a las obras en las que las mujeres, ataviadas con velos negros y capas hasta los pies, doblegan con el oro de sus encantos y la fuerza de sus amenazas, a que los marinos acaben estrellando sus barcos contra las rocas; acabando muertos de la forma más miserable y vil imaginable —siseé.

—¡Ya basta! —dijo ella rechinando los dientes. El Duque nos miró alzando una ceja, algunas orejas del patio de butacas oyeron la voz y giraron sin disimulo sus cabezas.

—¿Está todo a su gusto? —preguntó preocupado el Duque.

—No se preocupe, excelencia, es una indisposición, quizá el agua helada con la que he mitigado la sed... Ya se me pasará —le sonrió—. Cuando acabe la obra —me dijo al oído cubriéndose la boca con el abanico y en un tono que no tenía nada de sonriente—, en la puerta principal de la catedral, donde todos puedan vernos. Acuda allí y le daré todas las respuestas que quiera. Y ahora, por el amor de Dios, cállese en el acto o se lo clavo en los pulmones y luego digo que se quiso propasar conmigo —dijo dejando asomar por la manga de su camisa la brillante hoja de un pequeño agujón acerado.

Acabada la función y tras pretextar asuntos inaplazables que atender, me despedí del Duque y de la camarera mayor de la Reina —pues tal era el quehacer de María Feilding— y fui hasta la catedral dando un rodeo.

—Es usted lo que se dice una mujer de armas tomar — dije serio al verla caminar hacia mí, seguida de cerca de dos hombres que, aun sin llevar uniforme, llevaban casi escrita en sus rostros su condición de escoltas.

—Déjese de mofas; camine a mi lado, pero guarde la distancia, como quien no quiere la cosa; mantenga las manos donde pueda verlas. Si por un segundo veo que se ciñe el jubón o se ajusta la taleguilla le garantizo que le hundiré el agujón en el cuello y me pondré a gritar —dijo irritada, sosteniendo el pincho, con fuerza y mucho disimulo, en su mano.

—Las apariencias engañan: no tiene usted aspecto de asesina.

—Y no lo soy, pero si tengo que morder, muerdo.

—Como las lobas.

—¿Ha venido para hacerme un juicio de moral? Se ahorraría mucho tiempo si directamente avisase al corregidor o a su amigo el Duque de Alba, con quien tan buenas migas parece que ha hecho.

—Cuando me presente ante Dios tendré que responder por muchos pecados, pero entre todos no pagaré ni un día de penitencia por cañuto —dije mirándola de soslayo—. No necesito a nadie que venga a ayudarme: «no hay mejor remiendo que el del mismo paño».

—Sus palabras apaciguan mi alma; lamentaría mucho que fuera pregonando nuestros negocios. No obstante, estaría más sosegada si usted decidiera morirse —me espetó apretando los labios.

—Es usted muy caprichosa, pero me temo que de momento no puedo complacer su deseo, pues mi nombre no figura en libro de asiento alguno para navegar por la Laguna Estigia... ¿Por qué quería usted asesinar al Príncipe?

—¿Yo? Ese mequetrefe me importa un bledo.

—¿Entonces?

—¿Entonces qué?

—¿Por qué nos encargó que lo matásemos?

—Es usted demasiado curioso, Rosanegra. Ya sabe lo que le pasó al gato.

—¿Que se comió una sardina?

—Que la curiosidad acabó matándolo —dijo enseñando dos dedos del filo de su secreto.

—Tranquila, no se preocupe por mi salud, tengo más vidas que ese gato del que habla. Responda a mis preguntas.

—Soy algo más que la camarera mayor de la reina Isabel de Farnesio, «La Parmesana», como la llaman ustedes, los españoles —dijo mirándome orgullosa a los ojos—: le administro los dineros, busco mozos que la satisfagan cuando el Rey está cansado o presa de su melancolía y... atiendo con la máxima discreción sus problemas, los cuales son también los míos —remató aplomando la voz.

—¿Y qué problemas puede tener una reina?

—Más de los que se piensa, pero sobre todos hay uno que a mi reina le quita el sueño: que ese miserable, medio tonto, hijo mal parido de la sarnosa de su predecesora, viva lo suficiente como para que el Infante Don Carlos, primogénito de mi señora, no pueda reinar algún día en España.

—Ah, no se puede quejar vuestra ama, de momento Dios parece ayudarla; no en vano a Luis I, que gloria haya, se lo llevó bien joven la viruela.

—Fue fácil acabar con esa marioneta, con ese arrapiezo consentido de Luis: Gargantúa tiene un veneno infalible que trajo de Catay, Cipango o Dios sabe qué rincón perdido de Asia. Un poco cada día en la comida de aquel niñato y de la putita de su mujer y ambos «enfermaron de viruela». Como ella no estaba embarazada, no fue menester seguir con el procedimiento y por eso sanó milagrosamente; o eso creyeron los más piadosos.

—La realeza es perro fiel de sus costumbres, por lo que veo. No hay rey que se libre de querer matar a su propia sangre.

—Son otras vidas; vidas que usted jamás conocerá. Apártese de nuestro camino, señor Rosanegra; si sigue adelante solo encontrará muerte y desgracia para usted y para los suyos.

—Entonces la desgracia se quedará en mí, pues estoy solo.

—¿Quiere decir que no le importaría si mandasen matar a sus amigos: al señor Perro y al padre Villarroel...?

—Lávese la boca antes de hablar de ellos, o la buscaré y le juro que harán falta más de treinta fusileros para evitar que le ensarte el corazón con mi filosa —la amenacé.

—Sosiéguese, no es intención de mi ama obrar así, pero no dude de que si la presiona será capaz de eso y de más, mucho más. No es tan tonta como el vulgo cree; no solo es inflexible en sus propósitos y en bastantes ocasiones la verdadera cabeza del Reino y de su gobierno ante la cada vez más decrépita salud de «El Animoso» —sonrió sarcástica—. Supongo que la historia acabará haciéndole justicia— de repente receló, mirando hacia atrás—. No conviene que nos vean discutir por la calle. Acompáñeme—dijo dirigiendo el paso hacia la puerta de la sacristía de la catedral. Guardó el cuchillo en la manga y miró alrededor para asegurarse de que la calle estaba desierta. Alzó el pestillo de la puerta y entró. La seguí y al instante de pisar suelo sagrado se abalanzó contra mí comiéndome la boca a besos que parecían dentelladas, como si evitar el fin del mundo dependiera de su pasión.

—¿Qué haces? —dije con la voz ahogada mientras ella me desabrochaba los botones del jubón.

—¿Es que acaso no lo ves? Soy de carne y hueso y no de piedra, como cree el imberbe de mi prometido —jadeó separándose de mí, para con nervio intentar desatarse las lazadas que le ceñían el vestido al cuerpo; los nudos eran fuertes y difíciles de aflojar. Me miró desesperada y llena de ardor. Tomó su cuchillo blandiéndolo contra mí y pese a la pasión que se leía en sus ojos, rápidamente la cogí del brazo y la inmovilicé contra la pared—. Eres desconfiado —dijo con el cuchillo en alto al mismo tiempo que se pasaba la lengua por los dientes.

—Por eso sigo vivo.

Sujetándole el brazo con una mano, le cogí el cuchillo con la otra. La giré haciendo que me diese la espalda, le apoyé la punta de su estilete en los riñones y lo apreté suavemente. Un gemido de placer escapó de su boca; con la punta apoyada en uno de los nudos di un tajo y lo corté, provocándole otro gemido de placer. Aquel ritual tan extraño y a la vez tan lascivo constó de trece gemidos. Tras el último sus ropajes cayeron al suelo, quedando ella *in puribus*. Cogí el cuchillo y lo tiré al suelo, clavándose contra la madera.

—¿Qué quieres de mí? ¿A qué juegas? —le susurré anhelante al oído al mismo tiempo que me desabrochaba los botones de la coquilla.

—Placer, quiero placer... —gimió ella al sentirme entrar en su cuerpo.

—¿Y después?

—No pienses en el después, en el después, en el después... después podemos estar muertos —dijo ahogada en gozo y cerrando los ojos, al tiempo que de su boca salían unas palabras que nunca había oído a una mujer.

Largo rato estuvimos contendiendo. Nuestros cuerpos se fundieron en una armonía quebrantada de gemidos, pasión y abrazos; mi boca recorrió todas las ondulaciones de su cuerpo, tan armonioso y suave que parecía haber sido esculpido por las aguas de un río. Dejé que mis manos se enredasen en sus rubios cabellos, despojándolos de la peluca que los eclipsaba; nuestras respiraciones se entrecortaban al principio para ir acompasándose hasta fundirse en exultante cantata. Terminamos de ponernos en agonía y al unísono nos dejamos caer en un lecho formado por las albas, casullas y capas pluviales del cabildo y las intransigentes miradas del público, formado por los canónigos inmortalizados en las tablas y lienzos que colgaban de las paredes.

—¿Quién es Gargantúa? —le pregunté enredando mis dedos en sus cabellos.

—Gargantúa... —susurró con los ojos humedecidos, buscando con la cabeza el calor de mi pecho y tratando de recuperar el aliento— es un sicario, es el brazo ejecutor de mi Reina. Ya estaba a su lado antes de que yo llegase a la Corte. Algunos dicen que fue soldado antes de estar a sueldo de Su Majestad. Las mismas voces que afirman, bajando mucho el volumen y procurando no ser oídas, que practica el canibalismo. No sé mucho más de él... Bueno, realmente nadie sabe mucho de él. Es un fantasma, un alma, si la tiene, en pena. Lo que sí sé es que no tiene corazón, ni piedad... Ha jurado matarte. Le heriste en el orgullo al no permitirle dar muerte al Príncipe, era su trofeo de caza mayor. Y contra esa sentencia de muerte no puedo hacer nada.

—No es el primero que desea verme muerto... ¿Y tú, deseas verme muerto? —María se levantó airada. Caminó desnuda hasta uno de los armarios que guardaban las casullas de los curas, rebuscó y dio con el roquete de un monaguillo hilvanado con bramante. Tomó el hilo y comenzó a pasarlo por los ojales de su corpiño.

—A mí me da igual si vives o mueres —dijo sin mirarme a la cara, afanada en componer sus ropas—. Solo soy una servidora de la Reina, y como buena servidora no dispongo de voluntad sobre mis actos... Bueno, sobre algunos sí decido yo —dijo echándome un lascivo vistazo.

—¿He de creer tus palabras? —le pregunté, y ella guardó silencio—. ¿Entonces qué ha sido lo de ahora?

—Un desahogo muy arriesgado que no debería haberme permitido.

Terminó la labor y comenzó a vestirse.

—¿Le amas?

—¿A quién?

—A tu prometido, ¿a quién va a ser? —dije mientras me vestía.

—Amor... —dijo con sonrisa irónica—, he leído mucho sobre el amor. Me temo que cuando un matrimonio es concertado el amor muere de inanición; si es que alguna vez, como en mi caso, ha existido. Ayúdame. —Se levantó el pelo del cuello, tomé el bramante y tiré para ceñir el vestido a su cuerpo. Un quejido se perdió entre las paredes. Cuando terminé, la besé en la nuca.

—Eres una yegua de difícil doma.

—No sueñes, garañón, que esta yegua ya está marcada —sonrió.

Tomó los zapatos y, descalza, caminó hasta la puerta, la abrió y un torrente de luz de luna llena inundó la sacristía.

—Cuídate las espaldas. Gargantúa ha puesto precio a tu cabeza y es un precio muy alto —remató desapareciendo en la luz, que la envolvió como lo habían hecho mis brazos un rato antes.

Capítulo VIII
ENTRE VIVOS Y MUERTOS

Las dos semanas siguientes a la advertencia de María, Cucha y yo dormimos con el agujón en una mano y la pistola en la otra y con un ojo abierto y el otro cerrado. El más mínimo ruido en la calle hacía que nos levantásemos de los jergones como accionados por un resorte. En una de esas noches de duermevela estuvimos a punto de matarnos el uno al otro: escuchamos un ruido de madrugada y nos levantamos para guardarnos la vida. La oscuridad era absoluta y yo disparé a ciegas. El fogonazo iluminó la estancia, revelando que estábamos frente a frente, espada en mano.

—¿Qué haces arremetiendo contra mí, necio? —gritó Cucha.

—¿Será posible? Pero si has sido tú quien ha empezado el combate sin dar voz de aviso.

—¡Temo por mi vida, joder! No voy a pararme a preguntarle al intruso su nombre o si viene con buenas o malas intenciones.

A la vista de que nuestro voluntario cautiverio nos estaba royendo la paciencia y desquiciando las seseras, decidimos que saldríamos a solazarnos. Total, si estábamos condenados a morir, lo mismo nos daba que nos acuchillasen en casa que mientras estábamos bebiendo o agujereando colipoterras en una casa pública. Nos pusimos nuestras mejores galas por aquello de «hoy figura y mañana sepultura» y subimos hacia La Rubí. De camino nos encontramos a Villarroel cargado con los bártulos que usaba para observar el cielo. Nos empeñamos en convencerle para que se dejase de tanta astronomía y viniera con nosotros a disfrutar de un poco de buen vino. Se hizo de rogar, aduciendo que no quería amanecer ebrio, pero en cuanto a nuestra oferta le añadimos que le pondríamos al día de nuestras aventuras no dudó en acompañarnos.

Aquella noche La Rubí estaba abarrotada de almas en pena buscando enterrar sus males en el poso del vino. Varios condes —de los caminos; los de la nobleza por allí no pisaban—, charlaban alegres en una esquina celebrando las cinco terneras que le habían levantado la noche anterior a un alguacil especialmente exigente a la hora de reclamar su cuota parte de cada robo. En otra esquina, un asiduo: un viejo de pelo cano, profundas arrugas, cabizbajo y de cara siempre apenada suspiraba pensando en todos los años de vida perdidos remando en galeras. En realidad el viejo apenas sí tenía treinta y cinco años, pero ya saben vuestras mercedes que el cautiverio y los trabajos forzados poco hacen por la salud. Si gustabas de tener cháchara, a cambio de invitarlo a piar el culo de un vaso de vino te contaba durante horas cómo fue injustamente condenado por un delito que no había cometido; si el vaso de vino al que le invitabas era entero, añadía a su relato los detalles de las despiadadas condiciones en las que aquellos forzados expiaban sus pecados en las «escribanías», como él las llamaba: ratas del tamaño de conejos correteaban por toda la bodega del barco, royendo con sus incisivos los juanetes de los forzados. Según contaba, la disposición de estos en las galeras era en dos niveles: galeotes superiores y galeotes inferiores, siendo dichosos los superiores pues cuando necesitaban hacer sus necesidades los inferiores recibían la lluvia y la granizada. Era tal la inmundicia de estas banastas flotantes que su hedor podía percibirse cuando les faltaban tres buenas leguas para atracar en puerto.

Entre renegados de la vida, devotos, forzados, viltrotonas, gomarreros, robaperas, aliviadores de caminantes y demás baratillo fuimos bebiéndonos la noche a tragos largos. Íbamos ya por la tercera jarra de vino cuando una gabasa de andares patizambos pasó a nuestro lado. Cucha no pudo resistir la tentación y le soltó un fuerte manotazo en la nalga derecha que retumbó en toda la taberna. La socorrida, dolorida por el manotazo, informó a su guapo de lo que había pasado y ambos vinieron a pedir cuentas a Cucha.

—¿Has tocado tú mi propiedad? —le dijo con tono bravucón un hombre tosco, de gesto embrutecido por el paso del tiempo y cuello de bóvido. Al mismo tiempo apoyaba su diestra en el pomo de una oxidada espada. La Rubí enmudeció.

—¿Acaso lleva tu nombre? —respondió Cucha con menosprecio, sin girarse a mirarle la cara mientras observaba con gran interés los posos del vino en su jarro. El hombre le alzó la ropa a su protegida, mostrando la nalga al público de la taberna. Bajo la huella roja que los dedos de Cucha habían marcado en el culo, el nombre de Milamores aparecía malamente tatuado.

—¡Aquí lo tienes! Milamores, ese es mi nombre y justo encima de él aparece la señal de tu mano. Si quieres desmandarte con mi protegida, habrás de pagar un arriendo, no consiento que me la estropeen gratis.

—¿Y si no me sale de la candela pagarlo?

—Entonces te lo reclamará mi acero —dijo desenvainando media pulgada la hoja de su herrada.

Los rufianes que allí bebían y pecaban se pusieron en guardia ante la inminente gresca. Se escucharon varios cago en tales, gritos en jerigonza gitana y un ahogado quejido maldiciendo la sombra de mi amigo. Acompañando a las letanías, chisporroteos de tajadoras al ser desenvainadas y pedernales preparados en las pistolas.

—¿Cómo pinta, Aníbal? —me preguntó Cucha, pues me hallaba sentado frente a él y por ende en una mejor posición ofensiva.

—A calcorrear, Villarroel, que hoy granizan rejones y no es menester que se empañe su fama —le aconsejé a mi buen maestro, que raudo se esfumó de la taberna—. Pintan bastos, amigo mío.

—¿Tan negro lo ves? —dijo besando despreocupadamente el vaso.

—Más negro que las bolas de un arráez. Un asnejonazo de casi cinco codos desde cubierta hasta el carajo y una vara de ancho en la verga mayor; aproximadamente dos quintales de hombre, no te da sombra, pero casi —dije guiñando un ojo— y cara... ¡Cara de habérsela hecho y no habérsela pagado! —Finalicé riéndome tontamente de mi propia gracia, ayudado por la alegría del vino.

—¿Qué opinas?

—¡Que como no vengan treinta más como este no tenemos diversión! —grité abalanzándome sobre el Milamores al tiempo que le impedía desenvainar.

Y así se desató la locura en el interior de La Rubí. Quien más quien menos sacó allí todo su acero: sables, cuchillos, desmalladores, vizcaínas y caletes comenzaron a surcar el aire buscando la catorce traicionera y la mojada bajera. Los que por pobreza no tenían armas se lanzaban taburetes, mesas, jarras y vasos tratando de encontrar la cabeza de alguien o bien atacaban con lo único que tenían a mano: uñas y dientes. No es que los fulanos que estábamos allí nos hubiéramos dividido en dos bandos: los que luchábamos con Cucha y los que luchaban a favor de Milamores. No, lo que ocurrió es que siempre que se formaba algún reparto de leña los parroquianos aprovechaban la confusión para saldar alguna cuenta pendiente que tuvieran entre ellos: «Disculpe, fulanito, no me había dado cuenta de que esta espalda donde he clavado mi atacador fuera la suya» —decían unos—. «¡No! Discúlpeme usted a mí, pues cómo iba yo a imaginar en esta oscuridad, que la testa que ha impactado contra mi jarra fuera la suya» —respondían otros—. Aquellos jaleos formaban parte de la diversión del lugar y por eso nadie usaba las pistolas. Rara era la vez que había que lamentar alguna muerte; todo solía saldarse con costillas magulladas, algún ojo bizco, quizás un codo de tripa fuera del cuerpo, ánimos heridos y orgullos tocados, pero nada más grave.

En esto que estábamos todos enzarzados aplaudiéndonos las caras, y justo cuando yo estaba a punto de ensartarle las ñeflas al tal Milamores, un disparo acabó con la fiesta. Todos nos detuvimos en el acto.

—¡Deteneos en nombre de la Santa Inquisición! —gritó el sargento que dirigía la ronda, mientras en sus manos sujetaba la escopeta humeante con la que había disparado al techo.

Un murmullo —«la Inquisición»— fugaz y temeroso recorrió las bocas de los que allí estábamos. —¿Qué querrán estos malnacidos? —susurraban algunas voces—. Como vengan a por mí, me suicido —gritó alguien horrorizado.

—¡No se suiciden! —ordenó el sargento—. No se suiciden, que hoy no me interesan los pecados de lujuria, pereza e ira que aquí se cometen de ordinario. Solo vengo a buscar a dos de ustedes. Que salgan, si siguen vivos, Aníbal Rosanegra Alonso e Íñigo Aritza Cucha Perro.

—¿De qué se les acusa? —gritó un viejo gitano que tenía más agallas que media taberna.

—¡Eso a ustedes no les incumbe! Quiero ahora mismo a esos dos desgraciados ante mí. ¡Ahora mismo!

—¿Y qué nos harán si no los entregamos? —gritó otro—. Y es que los españoles, como bien saben vuestras mercedes, si bien somos egoístas y ladrones a partes iguales, nos crecemos cuando algo que nadie traga viene a llevarse el alma del semejante.

—Vaciaremos su taberna y llenaremos nuestras sogas con cuellos.

—¡Dejad en paz a estos hombres, que no tienen por qué purgar nuestros pecados! —dije soltando a Milamores y poniéndome en pie—. Yo soy Aníbal Rosanegra.

—¡Y yo, Aritza Cucha!

—Acompáñennos —nos señaló el sargento con la boca de su escopeta.

—Como bien se ha dicho, ¿de qué se nos acusa? —pregunté.

—Eso es asunto del obispo y los inquisidores —respondió el sargento con un tono de voz ligeramente indeciso.

Giré la cabeza y miré a Cucha, este apretó la quijada y asintió en silencio.

—De acuerdo, iremos con ustedes.

Los cuerpos de los hombres se separaron para dejarnos pasar.

—¡Los hierros! —ordenó uno de los subordinados, deteniendo nuestros pasos.

Con desgana, nos desabrochamos las hebillas de los cinturones, entregándoles las guadras. Nos abrimos las capas y les dimos las dagas. Por suerte no fueron concienzudos desarmándonos y olvidaron cachearnos, lo que nos sirvió para mantener los desmalladores que acostumbrábamos a llevar bien ocultos en la sacocha interna de nuestras polainas.

Con tres hombres delante y otros tres detrás, salimos escoltados de La Rubí. Espoleado por un pálpito no tardé en preguntarle de nuevo al sargento de qué se nos acusaba.

—¡No insistáis! ¡Ya he dicho que eso no os incumbe! Andad y no habléis —espetó nervioso.

—¿Cómo que no nos incumbe? Nos acusa la Inquisición y vosotros decís que no nos incumbe... ¿Qué tropelía es esta? —protestó Cucha.

—¡He dicho que caminéis! —gritó el hombre, enojado.

—Cucha, amigo —dije deteniéndome mientras Cucha me miraba intrigado—, si no fuera porque es imposible, me atrevería a decir que estas mercedes que nos escoltan no parecen precisamente inquisidores —el sargento se abalanzó sobre mí enfurecido, tomándome del cuello de la camisa al tiempo que me ponía contra una pared.

—¿Qué dices, bandido? ¿Cómo osas insultar de esta manera a la Madre Iglesia? Tu boca solo sirve para sostener los clavos de tu ataúd —dijo con voz temblorosa.

—Impostores os llamo, pues: ¿camino de dónde nos lleváis? ¿Acaso no sabéis por dónde se va al obispado? Estamos yendo en dirección contraria. Y lo más importante... ¿Dónde se alza Dios a defender su causa? —le recordé el lema de la Inquisición, recibiendo por respuesta el silencio de quien no comprende de qué se le habla—. Inquisidor, ¿no sabes de qué te hablo? Sois asesinos tan necios que ni sabéis fingir ni habéis vigilado nuestra indumentaria.

—¡Matadlos! —gritó el pretendido sargento al verse descubierto. Al tenerme cogido de la camisa y tan cerca de él, no se dio cuenta de cómo deslizaba mi mano hasta la polaina para tomar el guadijeño. De lo único que se dio cuenta fue de cómo mi hierro se encajaba limpiamente en sus entrañas. Me zafé de sus manos mientras él se tambaleaba, sin comprender lo que ocurría en su cuerpo. Aprovechamos la sorpresa de los demás asesinos para lanzarnos sobre ellos sin piedad. Cucha se libró del que más cerca tenía de un patadón en el estómago que le hizo caer de espaldas. Mientras caía le birló con la rapidez de un rayo su espada para acto seguido usarla contra otro a modo de maza, rompiéndole la cabeza con el pomo. Con un hábil movimiento de muñeca lanzó el hierro al aire, lo tomó por la empuñadura y ensartó al tercero en el cuello con un lance impecable.

—¡No, piedad, por favor! —suplicó misericordia el primer hombre, que aún estaba en el suelo, pero Cucha, arrebatado por la furia, le dio muerte atravesándole las manos con las que se protegía, acertándole en el corazón. Para cuando él había hecho esto yo ya había cosido a puñaladas a los otros dos. No fue una labor difícil, pues aquellos hombres carecían de arrestos para la lucha y maña con las armas. Miré al suelo y un reguero de sangre corría calle abajo señalando el camino del cabecilla y único superviviente de aquella agarrada.

—¿Dónde está el otro? —Preguntó Cucha entre resoplidos al contar los cuerpos y ver que faltaba uno.

—No llegará muy lejos —dije señalando el rastro de sangre. A lo lejos vi cómo un hombre corría con dificultad a esconderse entre las obras del Colegio del Espíritu Santo. Sin dudarlo, corrimos en su busca.

Aún quedaban muchos años para que la majestuosa

fachada de la Clerecía, como se conoce ahora, fuera terminada. Los retrasos propios de tan grandes obras, los costes imprevistos y sin presupuestar debidamente, y una Corona no muy boyante tras las guerras europeas, provocaron que las obras se extendieran hasta bien entrada la década de 1750. Para darle forma a su fachada, un ejército de carpinteros, canteros y albañiles, dirigidos por maestros y arquitectos, habían levantado un gran andamio de madera. De este sobresalían poleas, ganchos, redes, cabestrantes y polipastos. En los tablones descansaban los sacos de herramientas y las bolsas de los clavos. Nos acercamos con cuidado a las obras e inspeccionamos la parte baja, esperando encontrar al asesino. Revolvimos arpilleras y telas creyendo que se habría escondido entre los útiles de la obra pero no hallamos ni rastro de él. De repente, una pequeña china golpeó en la cabeza a Cucha, que maldijo y miró hacia arriba. El muy gofo intentaba escapar trepando por el andamiaje.

—¿Qué hacemos? —preguntó Cucha.

—¿Qué vamos hacer? Seguirlo, pues... —dije encaramándome al andamio. Miré hacia atrás y vi que Cucha se quedaba quieto—. ¡Vamos, hombre, que no tenemos todo el día! —le grité para que se diera prisa.

—Aníbal, si Dios hubiera querido que el hombre volase nos habría dado alas —dijo apocado—. Hay mucha altura, la caída no perdona.

—No me digas que vas a tener miedo ahora.

—Miedo nunca, pero yo no soy muy hábil trepando.

Tras ordenarle que se quedase abajo para evitar que el asesino pudiera escapar a pie de calle, comencé la persecución por las alturas. Al hombre le costaba trepar, lo que era de esperar: el navajazo que le metí en el bajo vientre no era mortal de necesidad, pero sí asaz doloroso. Yo me deslizaba entre tablones y vanos peligrosos, tratando de encontrar algún saliente al que asirme con un poco de seguridad. El criminal, que estaba a unos veinte pasos por encima de mi cabeza, me vio ganarle terreno y a la desesperada comenzó a tirarme piedras; algunas eran pequeñas, de poco más de una arroba de peso, y apenas hacían vibrar los tablones donde impactaban. Eran las grandes, las del tamaño de la cabeza de un caballo o más, las que arrasaban con todo lo que encontraban en su caída. Instintivamente me pegué a la fachada para cobijarme del granizo. Viendo que así no me detenía y solo me retrasaba, el palomo optó por tirarme sillares de tamaño descomunal aunque estos hicieran peligrar la integridad de todo el andamiaje. Uno de estos sillares, que pesaría más de un quintal, golpeó el extremo del tablón en el que me apoyaba, haciéndolo astillas. Por suerte, de un felino salto pude agarrarme a una de las sogas que colgaban del andamiaje, quedando suspendido en el aire.

—¡Nos vas a matar, hideputa! ¡Si rompes más tablones nos vamos todos abajo! —le grité.

—¡Bien haríais en mataros los dos! ¡Id y dejadme en paz, que ya me habéis hecho suficiente daño!

—¡No haber intentado matarnos! ¡No pidas piedad ahora!

Tomando impulso, comencé a balancearme para tratar de alcanzar un saliente cercano. La cuerda se retorcía emitiendo quejosos crujidos que daban la sensación de que iba a partirse en dos de un momento a otro. Cuando tuve el suficiente impulso me solté, cayendo de espaldas contra el tablón que pretendía alcanzar. Sin tiempo para regodearme en dolores o quejas, miré hacia abajo para tener mejor idea de dónde me encontraba.

—¡Arriba, Aníbal, está justo encima de ti! —gritaba Cucha desde el suelo.

Volví a tomar el puñal de mi polaina y avanzando con él en mi mano subí la escala que daba acceso al último tramo del andamio. Al agarrarme a uno de los pasos aprecié que estaba lleno de sangre. Llegué arriba y vi al tipo deambulando, tratando de encontrar una escapatoria que no existía.

—Buenas vistas —le dije al hombre, pillándolo a casquetada. Nervioso, se giró a mirarme.

—¡Déjame en paz, demonio! —gritó lloroso, mientras con la mano izquierda se sujetaba las tripas y con la derecha trataba de mantener firme el estoque.

—Puede que haya ocho estadales de caída, si no más —le dije apreciando la considerable altura—. ¿Sabes qué le pasa al cuerpo de un hombre cuando se topa con el suelo en una caída tan alta como esta? Que revienta como si fuera una bota de vino pisada por los caballos. No sé si a esa gente le darán entierro cristiano, pues no queda mucho de ellos que enterrar.

—¡Maldita sea tu boca! —gritó tembloroso, con los ojos fuera de sí.

—No seas inconsciente y tira el arma. Estás con las tripas fuera y por la herida está entrando la muerte. Hazte un favor y recapacita. Buscaremos un cirujano que suture la mojada.

—No me trago tus palabras, ¿qué quieres a cambio? —dijo zarandeado por una ráfaga de viento. Sintió pánico, tragó saliva y se aferró a un saliente.

—Me interesa saber una sola cosa: dime quién os ha enviado a este trabajo. ¿Quién os contrató a ti y a tus amigos para que nos mataseis?

—¿Cómo sabes eso?

—Se nota de lejos que no sois profesionales en este oficio de matar. Vuestra preparación es escasa, no veníais convenientemente disfrazados para haceros pasar por inquisidores. Los hombres que te acompañaban y que ahora están muertos no tenían una gracia especial con el estoque; por no hablar de tu torpeza: estando con las tripas fuera has optado por la peor salida: el andamiaje de una iglesia. ¿Cuál es tu verdadero oficio?

—Soy panadero —dijo el hombre dejando escapar una lágrima—. Maldita sea mi suerte...

—¿Quién os contrató? Dímelo y te perdonaré la vida, te doy mi palabra.

—¿Me lo juras?

—Lo juro.

—No sabemos quién era. Nos vendió que era un plan fácil y bien pagado; solo teníamos que darles muerte a dos ladrones de ganado que se hacían llamar Rosanegra y Cucha. Nos dijo que era frecuente encontraros en La Rubí.

—¡Un nombre, por Dios y todos los santos del Cielo!

—¡No lo sé, por Dios bendito que no lo sé! Era un hombre vestido de negro de pies a cabeza, de mirada asesina y voz ronca; parecía que había venido del mismísimo infierno.

—¡Un nombre, he dicho!

—¡No lo sé, lo juro que no lo sé! ¡No vas a encontrar más verdad en mis palabras! Si lo supiera, juro por Dios que os lo diría —gritó el hombre desesperado, mirando hacia la caída—. Por lo que más quieras, ayúdame a bajar —suplicó.

—¡Está bien! Bajemos y quizás en el suelo recuerdes algún nombre —le dije al recapacitar y ver que estábamos en muy mal sitio para ponernos a discutir.

El hombre tragó saliva y, aliviado, comenzó a andar hacia mí. Cuando ya lo tenía al lado, una de las tablas que había bajo sus pies cedió, haciéndole caer fuera del andamio. Salté a por su mano y antes de que esta abandonase el interior de la estructura, pude cogerla.

—¡No me sueltes, por favor! —gritaba el hombre mientras su cuerpo se cimbreaba de un lado a otro.

—¡Quédate quieto! —le grité, pero fue inútil. Mi mano estaba cubierta de su sangre y esta resbalaba como si fuera aceite. Un grito, seguido de un golpe seco, se perdió en la noche. Respiré hondo tratando recobrar el aliento, me recompuse y con sumo cuidado comencé a bajar.

—Cucha, ha sido imposible sacarle nada más que una vaga descripción —dije estando cerca del suelo—, pero esta coincide con Gargantúa.

—Aníbal —dijo una voz ahogada.

—¿Cucha? —pregunté al oírlo y no verlo.

—Aníbal —volvió a nombrarme la voz sin apenas fuerza.

Comencé a rebuscar entre los restos de andamio que por allí habían caído. Levanté unos tablones y encontré el cadáver, o lo que quedaba, de aquel pobre diablo. A su lado estaba Cucha.

—¡Cucha! —grité quitándole de encima las maderas que le cubrían el cuerpo. Un fuerte grito manó de su boca. Una de las herramientas de los albañiles había salido disparada clavándosele profundamente en la pierna—. ¡Tranquilo, joder, que en peores te las has visto! —le dije tratando de tranquilizarlo.

—Me he enfrentado a bandoleros, gitanos, ingleses, jaques y rufianes y tiene que ser el maldito puntero de un albañil el que me dé muerte.

—¡Aún no estás muerto! —dije tirando de él.

Como pude lo llevé hasta casa. Al oírnos entrar, Villarroel vino en nuestra ayuda.

—¿Qué ha pasado? ¿Qué hace este hombre con un cincel clavado en el muslo? —preguntó alarmado al vernos cubiertos de sangre.

—Una emboscada. Al momento de salir usted de La Rubí empezó la fiesta. En plena algazara aparecieron unos palurdos haciéndose pasar por inquisidores. Nos sacaron de allí, por suerte no eran duchos en las armas y pudimos zafarnos de ellos —cansado del esfuerzo, dejé caer a Cucha sobre su jergón. Él me maldijo la vida al tiempo que se sujetaba la herida.

—¿Y qué le ha pasado a este? ¿Ha sido un lance? —preguntó Villarroel manipulándole la herida para extraerle el puntero. Cucha aulló de dolor.

—¡Cura del demonio, hereje, vuelva hacer eso y le arranco la cabeza! ¡Más quisiera que hubiese sido un lance! —guardó silencio hasta recuperarse y poder seguir hablando—. Perseguimos hasta una obra al único que quedó vivo. El muy imbécil no pensó en otra salida que encaramarse al andamio. Aníbal le siguió mientras yo me quedé abajo. El fulano se cayó y casi me aplasta en la caída. No contento con el fallo, su cuerpo golpeó en las herramientas de los obreros haciendo que una saliese despedida, encontrando mi pierna.

—Aníbal, ve a mi habitación. Busca entre mis cosas un estómago de cabra; cógelo y tráemelo. Mientras tanto yo seguiré aplicando presión en la herida, temo que el hierro le haya alcanzado alguna vena de importancia. ¡Corre, no tenemos tiempo!

—Tenga, maestro —dije dándole la bota—. ¿Es algún brebaje especial para sanar heridas?

—Mucho mejor, es un destilado de un pueblo de la Sierra —dijo Villarroel antes de darle un buen trago—. Ten, Cucha, bebe todo lo que puedas —añadió acercándole el pellejo—. Te va a doler —le advirtió.

Cucha estiró el brazo y cogió el cuchillo que llevaba en la cintura poniéndose el mango de madera entre los dientes. Lo apretó y asintió con la cabeza. Entonces Villarroel metió los dedos por la herida, buscando la vena principal. Cucha mordía con saña el mango del cuchillo dejando la huella de sus dientes en la madera. Incapaz de soportar el dolor acabó desmayándose.

—¡Bien! Parece que la vena principal está entera —dijo palpando—. Aníbal, pásame mi bolso de cirugía, vamos a suturar la herida. Si Cucha pasa de esta noche aún tendrá que sobrevivir a la fiebre —dijo un poco más aliviado.

Cuando mi maestro terminó su labor tomamos una frugal cena y acordamos dormir por turnos para vigilar la evolución de nuestro amigo. Pasó todo un día antes de que Cucha volviera a abrir los ojos.

—¡Villarroel! Está despierto —dije levantándole los párpados tras haberlo oído gruñir.

—¿Qué ha pasado? —murmuró.

—Le tocaste el culo a una hurona y ella te clavó su abanico —dije jocoso.

—Tus chanzas cada vez tienen menos gracia; sigues siendo el mocoso muerto de hambre que encontré tirado en el arroyo.

—Te recuerdo que este mocoso muerto de hambre casi te deja sin pelotas.

—No lo olvido —sonrió.

—¿Ya ha despertado? —dijo Villarroel entrando en la estancia. Me aparté de Cucha para dejarle pasar. Lo examinó, palpó su herida y luego le puso la mano en la frente.

—¡Maldita sea! Tiene algo de fiebre —me dijo enseñándome la palma de la mano, cubierta de sudor.

Villarroel resopló, miró a su alrededor y se acercó al arcón donde guardábamos el tabaco de rapé. Lo abrió y tomó un puñado en su mano obligando a Cucha a que lo aspirase por completo.

—Hace tiempo leí las *Cartas de Relación* de Hernán Cortés. En una de tales epístolas decía que había visto cómo los indios taínos rebajaban las fiebres de sus gentes haciéndoles tomar tabaco. Alguna propiedad digo yo que tendrá, pues más cura un yerbajo cocido en casa que las tisanas de dos médicos —dijo tomando otro puñado y haciéndoselo tragar; Cucha tosió al intentarlo—. Acércame algo de agua, esto es seco como mojama, es necesario que engulla.

Dos días más tarde, las fiebres por fin remitieron y él recobró plenamente la conciencia.

—¿Qué vamos hacer, Aníbal? Nos quieren dar muerte; si no lo han logrado hoy lo van a lograr mañana. No podemos luchar contra todos —dijo Cucha, quejoso e inmóvil en su lecho.

—Lo sé —dije apesadumbrado. Estábamos metidos en un jaleo de padre y muy señor mío—. Descansa y recupérate. Ya aclararemos esa cuestión cuando estés mejor.

Aquella tarde unos nudillos golpearon nuestra puerta.

—¿Quién es? —pregunté sin abrir mientras en la zurda tenía preparada a Longina lista para trinchar.

—No temáis, soy el mayordomo de su excelencia el Duque de Alba —dijo al otro lado una piadosa voz que me era vagamente familiar.

—¿Y qué desea su excelencia? —respondí amparado por el madero.

—Si me dejáis pasar os lo explicaré mejor, no es menester que me ponga hablar aquí en mitad de la calle y se entere todo el mundo.

—Últimamente hemos padecido algunos percances. Disculpe si no le abro, pero en nosotros ha prendido cierto sentimiento de desconfianza.

—¡No sea insensato, ábrame, por caridad! —insistió.

Corrí el pestillo y abrí levemente la puerta. Asomé un ojo y observé que aquel hombre estaba solo. Saqué la cabeza y mire a ambos lados.

—Pase —dije tirando de él. Una vez dentro cerré la puerta rápidamente y corrí el pestillo pegando mi espalda contra la puerta. Después enfilé con Longina al mayordomo—. Levante las manos —le ordené, y empecé a cachearle.

—No me gustan las armas —dijo molesto.

—Yo también prefiero la compañía de una mujer, pero eso no quita que tenga una espada en la mano. Está limpio, hable.

—Si llega a encontrarme un arma, el primer sorprendido sería yo —dijo estirándose los ropajes para volvérselos a colocar.

—¿Qué se le ofrece?

—¿A mí? Nada, es su excelencia quien quiere verle en el palacio de Monterrey, esta noche, sin dilación.

—¿Cuál es el tema a tratar? Como le acabo de decir, estamos teniendo algunos encuentros indeseables y la noche ampara muchos males; no es cuestión de arriesgar la salud en temas baladíes.

—Siento sus problemas; el Duque no ha querido facilitarme más información; lo único que me ha dejado claro es que tiene que acudir. Sea como sea —suplicó.

—¿No queda otra?

—No queda.

—Excelencia —dije entrando por la puerta y haciendo un boceto de reverencia mientras me quitaba el poniente—, ¿qué se celebra? —pregunté ante la cantidad de viandas que salpicaban la mesa: codornices estofadas, faisanes, cabritos, tostones y embutidos desbordaban de aquel tablero de ébano.

—Aníbal, toma asiento, por favor —me dijo el Duque de Alba desde su sitio en el extremo opuesto de la mesa. Corrí la única silla que había y me senté—. Sírvete lo que desees, yo ya he empezado a comer sin ti, te has retrasado... como siempre.

—Es difícil caminar por la calle cuando tienes que ir mirando todo el rato hacia atrás —dije pinchando una de las codornices.

—De eso quería hablarte: han llegado a mis oídos rumores; rumores que no me gustan nada, tan inauditos que no sé si darles pábulo —dijo apretando las manos—. Rumores acerca de una emboscada que se ha saldado con la muerte de seis hombres. Uno de ellos arrojado desde los andamios del Colegio del Espíritu Santo. ¿Es esto cierto?

—Supongo, si lo dice vuecencia será cierto; ya sabe que a mí no me atrae el estar al día de esos hechos.

—¡Rosanegra! —gritó golpeando con furia la mesa con las manos—. ¡Estoy tratando de ayudarte, por Dios! —explotó.

—No tengo sensación de necesitar ayuda.

El Duque me maldijo, corrió su silla con ímpetu y se puso en pie. Caminó a zancadas hacia mí y de un rabioso golpe tiró al suelo todo lo que había en la mesa. Se recompuso y se apoyó en ella, justo a mi lado.

—Si no quieres que te ayude, déjate matar, pero al menos hazlo sin llamar tanto la atención —dijo señalándome con el dedo—. ¿Eres consciente de tu situación, consciente del follón en el que estás metido? Primero, y ya me estoy lamentando de ello, me salvas la vida y evitas que aquellos que venían a matarme atenten contra su verdadero objetivo: el Heredero. Después, por otro lado, participas en una asechanza para intentar matar al mismo Príncipe. Gracias a Dios se impuso la poca cordura que te queda bajo el cráneo, pero con esa ya van dos veces que tratan de atentar contra Su Alteza en tan corto periodo de tiempo. ¡Están tratando de demoler el futuro de la Corona! —gritó salpicándome de saliva—. Y, por último —resopló hastiado—, tras participar en la asechanza te ves envuelto en ardides tendidos por asesinos camuflados de inquisidores —alcé la vista y miré sorprendido al Duque, que guardaba silencio impávido, como si se hubiese transmutado en una escultura de mármol—. No te sorprendas, sé más de lo que aparento. Nadie se toma tantas molestias para matar a un par de guardeses del tabaco.

—Ya sabe que no me gusta berrear mis asuntos ni soy garitero de asesinos.

—Lo sé. Por ese mismo motivo, a la vista de que yo no puedo hacer nada por ayudarte y que tú tampoco quieres hacer esfuerzo por ayudarme a mí, vas a tener que responder ante mi gran amigo Mercurio, el Mayordomo Mayor de Su Majestad.

—¿El Mayordomo Mayor? —dije turbado.

—El mismo, aparte de Capitán General de los Reales Ejércitos, Duque de Escalona, marqués de Villena, de Aguilar de Campoo, etcétera, etcétera, etcétera.

—¿Qué quiere de mí el mayordomo del Rey?

—Seguramente aquello mismo que a mí no me dices.

—¿Sabe vuecencia algo que yo deba saber? Para prevenirme...

—Aníbal, querido amigo, hay mucho que deberías saber. Mucho —asintió grave y lentamente para luego cerrar los ojos, negar con la cabeza varias veces y chasquear la lengua—. España es un imperio apetecido por las potencias extranjeras; el oro, la plata, las piedras preciosas, el tabaco que vendes... todo eso supone cantidades enormes de dinero; y al final todo gira alrededor del dinero. *Pecuniae obediunt omnia*, como dice la Escritura. No hay guerras de religión, Aníbal, no se lucha contra los herejes luteranos, sino contra sus comerciantes; los que reniegan de Su Majestad por ser francés de nacimiento en realidad quieren recuperar los privilegios arrebatados en castigo por haber apoyado a un austriaco. Algunos serían muy capaces de vender a sus propias madres con tal de enriquecerse y hay madres que...

De repente guardó silencio. Supuse que no quería hablarme de los manejos de la Reina y yo fingí ignorancia.

—¿Y si me niego a presentarme ante él? —dije con la mirada perdida, sabiendo cuál sería la respuesta.

—Irás por la fuerza. Me ha escrito para decirme que debes ser llevado a su presencia utilizando los medios que se crean oportunos; siempre, eso sí, llevándote de una sola pieza.

El Duque se acercó a la ventana y entreabrió las cortinas para poder ver. Fuera se escuchó llegar un gran número de caballos. El golpear de sus pezuñas contra el suelo hizo vibrar la poca vajilla que aún quedaba en la mesa.

—Acaba de llegar de Madrid un pelotón de caballería, del «Farnesio», si no me equivoco. Aníbal, amigo, tú decides.

—¿Puedo decidir? —El Duque se mantuvo en silencio—. Lo suponía —me levanté, me enrosqué el techo en la cabeza y me dispuse a salir del salón. A unos pasos del umbral de la puerta me giré y miré al Duque—. Gracias por su amistad, excelencia.

—Ojalá pudiera hacer más —respondió abatido—, pero me debo a la Corona.

—¿Aníbal Rosanegra? —dijo un guardia entrando en la estancia.

—El mismo.

—Venimos por orden de su Excelencia... —dijo con marcialidad.

—No se moleste, ahorre saliva.

—Las armas —me ordenó arisco.

—Con tacto, cabo. No está tratando con un bribón del tres al cuarto. Solo responde ante mí, ante el Duque de Escalona y ante Su Majestad —dejó bien claro el Duque.

Me desabroché la tachonada entregándole al cabo a Longina. Rebusqué por debajo de mi capa e igualmente le entregué la vizcaína y otros dos cuchillos que conmigo llevaba. Desabroché los correajes del costado, soltando la pistola y entregándosela por el cañón.

—¿Hace falta que lo cacheemos? —le preguntó el cabo al Duque.

—Aníbal, dinos: ¿hace falta?

—No, esas son todas mis armas —dije recordando el puñal que llevaba escondido en el forro interior del jubón, justo a la altura del sobaco.

—Entonces acompáñenos, no tenemos tiempo que perder —apuró el mílite.

—Cabo, esa garrancha que lleva con usted... Procure no perderla, por su salud —le advertí.

—Pierda cuidado, las armas le serán devueltas cuando lo estimemos oportuno.

Después de dos días cabalgando con frío y con lluvia arribamos por fin a Madrid. En esos dos días de camino ninguno de los soldados soltó prenda de para qué se me requería. Supongo que tampoco sabrían nada, eran simples soldados que se limitaban a cumplir órdenes. No me trataron mal, pero sí con indiferencia y hastío, como si el trabajo de llevarme ante Don Mercurio fuera más propio de alguaciles o criados.

La mañana en Madrid despertaba de color gris plomizo. Apenas los rayos del sol empezaban a asomar por el horizonte y el trajín de las gentes de la villa ya se hacía patente: carros cargados de carne eran tirados por bueyes de camino al mercado, otros iban repletos de madera para calentar las casas de los ricos; mulas cubiertas de lanas, especias y tintes; voceros, afiladores, mercenarios, monjas, sacristanes, hidalgos, niños emigrantes de la miseria de otras regiones recién llegados pidiendo limosna... Madrid no había cambiado desde la última vez que siendo guardés del tabaco la visité.

La gente se arremolinaba a nuestro alrededor con curiosidad. Les chocaba ver a uno de los suyos tan escoltado sin tener pinta de preso. Algunos miraban sin pudor, otros de soslayo, sin querer aparentar interés, escondiendo sus pequeños ojos curiosos tras chambergos y cuellos vueltos.

—Será un bandido —decían tapándose la boca las alcahuetas del lugar.

—Dicen que es un amante de La Parmesana —murmuraban asombrados aquellos que gustaban de hacer correr rumores palaciegos.

Yo los ignoraba, orgulloso y con la frente alta avanzaba despacio entre el gentío. Llegamos a las puertas del Palacio del Marqués de Villena. Dos columnas de granito flanqueaban una puerta de madera maciza salpicada de pequeños clavos de cabeza aplastada.

—Descabalgue —me espetó desabrido el cabo.

Lo miré con una pizca de mala leche, me pasé la lengua por los labios y me quedé sentado, ignorándole.

—¡Le han ordenado que se apee! —gritó enfurecido uno de los soldados, apoyando a su cabo.

Asentí con la cabeza y descabalgué estirando la pierna izquierda, buscando y encontrando la cara del cabo. Este perdió el equilibrio, cayendo de su cabalgadura y estampándose contra el barro.

—Los regulares primero —dije garrochero mientras tres de sus hombres trataban de sujetarlo para que no me ensartase allí mismo.

—¡Dé gracias a que le protege quien le protege y que a mí me sujetan los que me sujetan! —soltó iracundo, quitándose restos de bostas de la casaca.

—¡Cállese y ábrame la puerta, que no he sido yo quien ha pedido venir aquí! —le espeté.

—Pedid que le abran, ya tengo ganas de dejar a este desgraciado con el Mercurio —dijo escupiendo un gargajo del polvo que había tragado.

Los soldados llamaron a la puerta del palacio. Al rato un enjuto anciano de jubón azul y escaso pelo cano abrió con esfuerzo y chirriar de bisagras la gran puerta de madera. Su tez era blanca como la cera y sus ojos amanecían cansados, como muy vividos.

—¿Quién va? —dijo el hombre muy despacio.

—Un encargo de su excelencia —dijo el cabo.

El anciano lo miró y le espetó:

—¿Son esas maneras de presentarse en esta casa? —dijo señalando la cobertura de mugre que llevaba encima—. No responda, no me interesa —cercenó, dejando al otro con la palabra en la boca; luego el anciano me miró de arriba abajo sin mostrar excesivo interés—. Puede pasar, pero usted… usted no va a pasar de esa guisa.

—No tengo otra y se me encomendó que lo entregase yo en persona —se excusó el cabo.

El mayordomo asintió levemente con la cabeza.

—Le diré a su excelencia que han llegado. Esperen aquí —dijo cerrando la puerta.

Un rato después volvió a aparecer.

—Dice que pase —El cabo adelantó el paso, encabezando la comitiva. Suavemente el mayordomo extendió la mano con asco y sin llegar a tocar el barro de su pecho le dijo que se detuviera—. Solo el interesado, por favor, acabamos de limpiar los suelos. Ustedes pueden esperar aquí.

Miré de reojo al cabo con media sonrisa en la boca mientras pasaba su lado, oyendo cómo le rechinaban los dientes.

Crucé el umbral de la puerta y un gran atrio con una doble escalinata de mármol negro se abría ante mí. Las paredes estaban recubiertas de azulejos coloridos y vistosos que imitaban las ramas de una selva de oro y sangre. Me quité el tejado y me abrí la capa. El anciano cerró la puerta a mis espaldas, tomó un cayado de olivo que tenía apoyado contra el marco y comenzó a andar delante de mí, arrastrando una leve cojera en la pierna izquierda.

—Si tiene la bondad de seguirme...

Con dificultad el anciano fue subiendo los escalones.

—¿Es usted soldado? —me preguntó.

—No, no soy soldado —respondí mientras miraba con detenimiento la decoración del palacio.

—¿Es usted catedrático? —dijo lanzándome un vistazo—. No... Qué dinguindainas digo, con esa facha cómo va a ser el catedrático... —se respondió.

—Es un alivio —dije irónico. El hombre, al recaer en lo que había dicho, se excusó:

—No me malinterprete usted, no quería decir que vistiera como un desharrapado; lo que ocurre es que en esta casa solo entran dos tipos de personalidades: los que vienen vestidos de gala o los que vienen vestidos de tropa —dijo indicando con la cabeza la guarnición que estaba al otro lado de la puerta—. Odio a esos soldados: me paso el día limpiando para que vengan a ensuciarlo todo con el barro de sus pisantes —remató amostazado.

—Entonces, por mis ropas encajaré en la segunda categoría.

—Usted sabrá a qué vida pertenece —dijo deteniéndose al final de la escalera, apoyando el cayado en la escalinata de mármol y cogiendo con sus manos la pierna que se le había quedado atrás para subir con esfuerzo y dolor un último escalón—. Desde luego no parece del clero. Y tampoco pertenece a esa liga de hombres que dirigen la tropa a la muerte o peor, a quedar lisiados para toda la vida — dijo subiéndose la calza, dejando ver la pierna de madera que reemplazaba la de carne y hueso.

—Veo que todos damos algo por las Castillas —dije observando el madero. Se bajó la calza y continuó andando.

—Tenga cuidado, señor...

—Rosanegra.

—Tenga cuidado señor Rosanegra, hay tres tipos de donantes a las Castillas: los que como yo solamente dimos por ella algún miembro; después vienen los que le entregaron la vida y, por último, los que más perdieron: aquellos que sin desprenderse de sus miembros o de su vida embargaron sus almas. Solo estos últimos son merecedores de lástima —dijo girándose hacia mí.

—Un buen consejo —asentí con la cabeza.

—No permita que caiga en saco roto.

Caminamos un rato más por aquellos pasillos hasta llegar al descansillo de acceso al que supongo era el despacho principal. Dos grandes puertas de madera de caoba cerraban la sala.

—Por favor, siéntese aquí y espere —me dijo el criado señalando con su cayado una de las banquetas de terciopelo rojo bordado en oro que anticipaban la entrada al despacho. El hombre se acercó a la puerta y la golpeó suavemente, pidiendo al mismo tiempo permiso. La abrió y entró, del despacho se escapaban algunas conversaciones, apenas murmullos. Al rato volvió a salir, acompañado de otros tres hombres, que sí parecían intelectuales: vestían completamente de negro impoluto y sus cabezas estaban coronadas por tricornios cortos de grueso paño, también negro; en sus manos llevaban libros y mapas. Al salir detuvieron un segundo sus miradas, reparando en mi llana presencia. No hicieron ningún otro gesto o ademán de saludar, únicamente me ojearon y pasaron de largo.

—Puede pasar —dijo el lacayo adentrándose en el despacho—. Excelencia, le presento al señor Rosanegra.

—¿Rosanegra? —preguntó extrañado el hombre que se hallaba sentado al otro lado de un escritorio repleto de legajos, libros y mapas.

—Creo que es el guardés de Salamanca que vuecencia ordenó traer a su presencia —puntualizó el sirviente con voz tímida.

—¡Ah, sí! El guardés, ya me acuerdo, hágale pasar.

El anciano se apartó, dejando ver al hombre al que servía.

El Marqués de Villena era un hombre regordete de cara ancha y afeitada con pulcritud; en su cabeza lucía una larga peluca, rizada y gris, que le llegaba hasta los hombros. Aquel día vestía una agüela negra con botones de oro, bajo ella una fina casaca de seda azul y, protegiéndole el cuello, un largo pañuelo púrpura.

—Excelencia... —dije empleando el tratamiento que le correspondía por ser duque de Escalona.

—Es un placer conocerle por fin, señor Rosanegra —dijo corriendo la silla y poniéndose en pie—. Disculpe, ¿cuál es su gracia?

—Aníbal —respondí.

—Como el conquistador.

—Como el conquistador —asentí con la cabeza levemente.

—Era un gran hombre ese Aníbal. ¿Sabe algo de su historia?

—Solo pequeños retazos.

—Hay una anécdota de Aníbal que me gusta especialmente: En una ocasión, en la corte de Antíoco El Grande, el general romano Escipión le preguntó a Aníbal quién era para él el mejor general de la historia. «Alejandro Magno», contestó Aníbal. Escipión, no contento con esa respuesta, instó a Aníbal a que nombrase a otro gran general. Aníbal volvió a responder: «Pirro de Epiro». Escipión le insistió a que nombrase otro y entonces Aníbal dijo: «Yo». Y Escipión, que le había vencido en la batalla de Zama, le replicó con malicia: «¿Y qué dirías si hubieses vencido tú en Zama?» Aníbal, que desde el principio de la conversación ya se lo veía venir, respondió: «En ese caso me tendría por el mejor caudillo de la historia». Dígame, señor Rosanegra, ¿es usted tan arrogante como aquel de quien toma el nombre?

—Sin ánimo de querer ofender la perspicacia de vuecencia, ni yo soy ese Aníbal ni tengo ejércitos bajo mi mando.

—Una respuesta muy prudente —dijo frotándose con el meñique la piel del cogote cubierta por la peluca—. Si le soy sincero, me ha decepcionado su respuesta, esperaba que alguien en una posición tan delicada como la suya, ganada por mérito propio, me dijera alguna bravuconada propia de la carda. Sin embargo, mide sus palabras. Extraño.

El marqués tragó saliva, me miró de arriba abajo y tomó asiento quejándose de dolor en sus riñones. Se estiró con mueca de sufrimiento y relajó la postura apoyando su cabeza en tres dedos de su mano derecha, dejando que pasaran unos minutos que empleó en escrutarme con la mirada, en silencio. Su respiración era profunda y quejosa; parecía agotado por el sobrepeso de su cuerpo.

—No creo que vuecencia me haya hecho llamar para hablar de historia —dije incomodado por el silencio.

—Sea paciente, espero a alguien. Tiene usted una fama interesante, me he permitido informarme un poco; aunque no se lo parezca, esto es un halago.

—Espero que aquello que le hayan dicho de mí, aunque no sea bueno, al menos sea cierto.

—Y tan cierto, puede estar seguro de que mis fuentes son de demostrada solvencia. A pesar de su juventud ha llevado una vida abundante en peripecias: sirvió a mi Rey... a nuestro Rey —se corrigió— cargando con sus valiosas sacas de tabaco y por lo visto lo hizo muy bien, todos los funcionarios con los que mis informadores han hablado dicen que nunca habían visto a unos guardeses que mejor protegiesen las sacas, que tan a tiempo las entregasen y que de forma tan... íntegra se mantuviesen. No contento con sus travesías por Castilla, decidió partir a un pequeño... viaje a Gibraltar en busca de fortuna; cabe señalar que lo hizo sin ser un regular ni pertenecer de forma alguna a los ejércitos, este hecho de piratería , aunque es un poco censurable... —hacía pausas para buscar las palabras precisas, como queriendo justificar su pertenencia a la Real Academia por méritos y no por linaje—... no me permite dictar sentencia severa, sobre todo cuando en mi corazón siento que todo lo que le arrebatemos a esos perros ingleses es poco. Después volvió a Salamanca, donde se ha estado ganando el pan vendiendo tabaco y como bravo de fortuna, entre otras labores... ¿Le compensa esta forma de vida? ¿Es... productiva?

—El pan que se gana con justicia sabe mejor —acerté a decir. Su excelencia asintió en silencio con la cabeza.

—Justicia... En la universidad de su villa los profesores aleccionan a sus alumnos para que tengan presente que su función como futuros juristas será estudiar las leyes, aplicarlas y defender o atacar con ellas. Nunca aplicar justicia —dijo mirándome sin parpadear.

—Una lástima.

—No obstante, a pesar de su... esplendorosa carrera, tiene usted algunas nubes negras en su horizonte; no frunza el ceño, sabe perfectamente de lo que estoy hablando —no lo hice, en ningún momento fruncí el ceño o moví un solo músculo, ni voluntaria ni involuntariamente. Diría que sus grandes ojos veían todo, incluso aquello que estaba pensando—. Tiene la suerte de contar con un gran y poderoso amigo, casi tan poderoso como yo, un hombre al que España está muy agradecida: el Duque de Alba. Por lo visto usted le salvó de morir a manos de unos bandidos en su palacio de Salamanca, pero tanto el Duque como usted y yo sabemos que su altruista intervención salvó indirectamente la vida del Príncipe Don Fernando, porque fue completamente altruista, ¿verdad?

—Completamente, excelencia.

—Qué coincidencias... —dijo, dejando morir lentamente las palabras en su boca, sopesando la reacción que cada una de ellas provocaba en mí.

—Los caminos del Señor... —dejé caer.

—... son inescrutables, sí —completó—; casi tanto como las intenciones de sus hijos. ¿Sabe una cosa? Creo que la profesión de guardés del tabaco se le quedó pequeña hace tiempo. No solo salva la vida de uno de los más... ilustres súbditos de la Corona sino que al poco tiempo salva a la Corona misma al librar al heredero

247

de una muerte... alevosa y ruin. No, usted no merece ser guardés del tabaco. Creo más bien que la Divina Providencia le ha destinado a ser el ángel de la guarda de nuestro joven Príncipe —dijo apretando los dientes.

—Casualidades de la vida. Aquella villa es pequeña —dije alzando levemente las cejas.

—Mucha casualidad es salvar dos veces, una de manera indirecta y otra de manera directa, la vida del Príncipe de Asturias —se quedó mirándome fijamente, en silencio, y yo le devolví la mirada de la manera más neutra posible. Unos toques en la puerta interrumpieron nuestro silencioso duelo de miradas—. Adelante —dijo él.

—Excelencia, ya está aquí —anunció un joven criado a mis espaldas.

—Muy bien, hágala pasar —indicó poniéndose en pie; rodeó el escritorio y pasó a mi lado mirándome de soslayo—. ¡María! —exclamó alegre.

—Excelencia... —dijo a mis espaldas una dulce e inconfundible voz. No necesité girarme para saber que aquella mujer que acababa de entrar en el despacho era María Feilding.

—Estás bellísima, hija mía, te confieso que siento envidia de mi hijo: va a tomar por esposa a la mujer más bella de todas las Españas —dijo con regocijo mientras yo me acordaba de las gruesas palabras de María sobre el nulo interés de su prometido en el pecado carnal.

—Excelencia, veo que está ocupado, si quiere puedo venir más tarde —dijo ella aparentemente de manera ingenua, pues no sé hasta qué punto me habría reconocido ya en la figura de aquel hombre que le daba la espalda.

—Oh no, por favor, nunca interrumpes. Permíteme que te presente a un hombre del que seguramente hayas oído hablar: Aníbal Rosanegra.

Al oír mi nombre apreté los puños hasta clavarme las uñas en las palmas de las manos y me di la vuelta haciendo una reverencia, tratando de evitar cualquier gesto que delatase que María y yo ya nos conocíamos.

—¿Y se supone que tengo que conocer a este señor? —dijo ella, altiva y desdeñosa. Me sentí aliviado ante la farsa.

—Mi querida María, este es el hombre que ha salvado dos veces la vida del heredero. Ya he hablado en ocasiones de él, pero tú no me escuchas —el marqués esbozaba una tenue sonrisa en su boca mientras examinaba con detenimiento cualquier pequeña reacción o gesto revelador.

—Ya sabe vuecencia que soy ignorante de los tejemanejes de la corte; soy una mujer, no un político, pero si este hombre ha salvado dos veces la vida a nuestro querido Príncipe, no puedo por menos que congratularme por su valor —respondió ella solemne, fría y distante. Don Mercurio la miraba con perspicacia—. Excelencia, no me mire tan fijamente, que al final voy a creerme eso de que envidia a su hijo.

—Discúlpame, hija mía, ya sabes que tus ojos son un pozo de belleza y misterio —se excusó falsamente.

—En verdad le digo que no me gusta interrumpir, puedo volver más tarde si quiere —propuso ella, intentando escabullirse.

—No, quédate. Ya estábamos terminando.

María hizo una reverencia y fue a sentarse a una esquina del despacho.

—Disculpe la frialdad de mi futura nuera. Es una mujer púdica y... decorosa, se debe a mi hijo y le gusta guardar las formas y mantener las distancias con los hombres, como debe ser. Además, por su cargo: camarera mayor y mujer de confianza de nuestra amada reina Isabel, no puede permitirse tener el más mínimo yerro que pudiera... mancillar a la augusta persona a quien representa.

—Las mujeres son extrañas y misteriosas por naturaleza.

—No creo que el cargo inflame un ápice más aquello que tienen desde nacimiento —el marqués reía con mis palabras.

—¡Bien es cierto, amigo mío, bien es cierto! ¿Seguro que no se han visto antes? Juraría que el Duque de Alba me comentó que ustedes dos coincidieron en un corral de comedias de Salamanca...

—Desde que tuve el encontronazo con los asaltantes del Duque, este me tomó en gran cariño, casi obligándome a acompañarle a todas las fiestas y actos a los que acudía. Él me ha presentado a muchas mujeres, pero ya le digo que no tengo el gusto de reconocer la bellísima cara de doña María Feilding.

—Completamente ciertas sus palabras. Además, me faltaría tiempo para reconocer el sutil aroma a cuadra y gleba de nuestro héroe aquí presente —añadió desde atrás María.

—Entonces he de pensar que las palabras del Duque son mentira.

—Mentira nunca, imprecisas... posiblemente —apunté yo.

—Hay algo que se me escapa... Ahora mismo ha nombrado usted a María por su apellido, y yo no recuerdo haberlo pronunciado... —dijo Mercurio suspicaz.

—Parece que vuecencia intenta sacar mentira de verdad; olvida que somos personajes públicos y que como tales lo son nuestros nombres. Estoy segura de que el señor Aníbal los ha escuchado en alguno de los mentideros que, supongo, frecuentará —dijo ella tranquilamente, como si aquel diplomático interrogatorio no fuera con su persona.

—Habré sido yo, que me he equivocado… Ya voy mayor, mi memoria es frágil —dijo el marqués pellizcándose la oreja—… y voy algo duro de oído; por no decir que los años me han hecho muy desconfiado; ya veo conspiraciones donde no las hay. Tengo que confesar que le he cogido… afecto a este hombre: ha puesto en peligro su vida dos veces por nuestra Corona; eso pesa y mucho. Es un mérito del que la mayor parte de los que sirven bajo el techo de la Corte no pueden presumir. Sería una pena que le pasase algo —dejó caer.

—Sería una pena, así es, pero no creo que a un hombre que deambula armado le espere otro final que no sea acabar ensartado o tiroteado. Ya lo dijo nuestro Señor: «quien a hierro mata, a hierro muere» —apuntó ella con comedida garra en su voz.

—«Hombre precavido vale por dos». Además, me permito exponer que me siento desnudo sin mi espada, pues me despojaron de ella para venir a esta audiencia —apunté.

—Aquí está en territorio amigo; no desconfíe porque le hayan… desnudado. Su arma le será devuelta, no se preocupe. No obstante, como bien apunta mi querida María, usted está en constante peligro de muerte y me gustaría, en agradecimiento a sus servicios, asignarle un trabajo seguro y en el que igualmente podrá seguir sirviendo al Rey. Puede incluso que viva para ver gobernar a aquel al que con tanto… celo y fortuna ha salvado la vida dos veces.

—¿Y cuál es ese cometido, excelencia?

—Como usted bien sabe por los años que estuvo sirviendo como guardés del tabaco, nuestras naves vienen cargadas desde las Indias con tan valioso… género, pero según los informes que me llegan, estos barcos están siendo víctimas, cada vez con más frecuencia, de ataques de piratas, corsarios, bucaneros y demás perros ingleses. Había pensado que dado su buen manejo de las armas y el arrojo mostrado en defensa de nuestra Corona, aun con gran riesgo de su vida, quizás le interesaría embarcarse para servir en las labores de protección de los navíos.

—No soy hombre de mar, pero si así lo desea su excelencia...

—No es un *deseo* —dijo tajante—. Preséntese exactamente dentro de un mes en la Casa de Contratación de Sevilla y lleve consigo este documento —me acercó un legajo lacrado—. Estoy seguro de que en su nuevo destino será igual de valioso para nuestro Rey —no había amabilidad en su tono: hablaba el militar y estaba dando una orden—. ¿A qué espera? —dijo mirándome—. Váyase, tiene un cometido que cumplir y yo tengo que atender a mi futura nuera.

—Excelencia... —dije haciendo una reverencia saliendo del despacho con la cabeza alta mientras de reojo le lanzaba un vistazo a María. Esta permanecía impasible, mirando al techo.

Al salir del palacio me topé de nuevo con el arrogante cabo:

—Vuelvo a Salamanca: montura y armas.

—Por montura tiene dos buenos pisantes, desgástelos volviendo a pata a Salamanca. Sus armas las tiene el corregidor de su ciudad, pídaselas a él.

—No osará dejarme tirado sin armas ni montura con que volver a mi tierra.

—¿Tiene miedo de los caminos? ¿Ya no es tan fiero sin su hierro? —dijo enseñándome los dientes.

En un rápido movimiento saqué el desmallador que llevaba escondido en el sobaco y apreté su filo contra el cuello del cabo.

—Tendría que ser más hábil cuando cachee y mucho

más precavido cuando ose envalentonarse contra hombres con más redaños que usted —el cabo mantenía la cabeza alta y el cuerpo inmóvil, no osaba mover un solo músculo de su cuerpo. Su respiración se entrecortaba bajo la presión del filo de mi arma—. Recuérdelo —rematé engarzando mi cuchillo en la tachonada. El cabo me miró, se masajeó el cuello, abrió la boca para decir algo, pero mudó de parecer, caminó hacia su caballo y montó.

—Rezo porque nunca llegue a Salamanca —me espetó desde la seguridad de su montura.

—Las súplicas de los burros nunca llegan al cielo —le despedí.

Apenas partió el cabo vi salir a María de la audiencia con su futuro suegro. Pisando con rabia subió colérica a su calesa. Sin dudarlo, arranqué a correr detrás de ella.

—Tu indiferencia mata más cruelmente que el acero —grité.

—Cochero, azota más fuerte a las bestias, no dejes que este mendigo nos alcance —ordenó, y se volvió hacia mí— : ¿No estás cansado ya de buscarme problemas?

—¿Problemas? No es a ti a quien han despojado de caballo y armas. No es a ti a quien han desterrado fingiendo hacerle un favor. No es tu vida la que pende de un hilo. No...

—¡Detén el coche y bájate a estirar las piernas! —le ordenó al cochero. Esperó a que se alejara para indicarme con un gesto que subiera.

—Mis asuntos valen más que el tiempo invertido en esta charla, ardil guardés; aún me pregunto qué magia o sortilegio diabólico hiciste para que yo acabara sucumbiendo entre tus brazos.

—Tratas de pasar por loba, pero a mí no me engañas. Vistes con sedas y terciopelos para intentar en vano tapar con ellos la porquería que rezuma de tu ser. Eres una puta de celosía, dispuesta a venderse al que más pague y la salve del arroyo.

—Parece que ya nadie va a pagar por mí. Mercurio acaba de decirme... —miró hacia abajo compungida—. que el compromiso con su hijo se ha roto y que mañana debo partir a Francia, a Palacio.

—¿Y por qué se ha roto?

—A diferencia de ti, él no es un estúpido: ha unido cabos, no lo sabe a ciencia cierta pues si no ya estaríamos ambos muertos, pero se lo imagina: se imagina que mi reina ha obrado a través de mí para acabar con la competencia de su hijo Carlos y que tú estás al corriente de todo, pero no quieres delatarme. Nos salva que no tiene pruebas sólidas y que su moral cristiana le impide ejecutar a inocentes o culpables dudosos.

—¿Y qué va a pasar con el Príncipe?

—De momento vivirá, suerte para él. Mi señora se encuentra sumamente preocupada por su propio futuro; quizás el Rey decida apartarla de su lado y recluirla en La Granja o en otro palacio bajo escolta de los hombres de Villena, Alba u otro noble de confianza. Y yo parto a Versalles triste por haber fallado a mi ama.

—No creo que eso te cause gran contrariedad. Seguro que en la corte francesa encontrarás pronto un noble del que enamorarte y olvidarte de todo.

—Qué envidia me das —la miré confundido—, cómo se nota que eres pobre: los de mi clase no podemos permitirnos pagar el precio de las flechas de Cupido. Busca a una mujer como tú y pasad toda la vida juntos.

—Ven conmigo —dije tomándola de la mano, perdiéndome en sus ojos.

—Eres terco como una mula; te ruego por Dios que no me hagas esto. Vuelve a tu Salamanca, embarca, haz fortuna... pero por favor déjame en paz, no sé sufrir y no quiero vivir entre miserias. Además, aún tengo una última misión que cumplir: callar todas las bocas.

De repente noté como algo entraba por mi costado izquierdo y me negaba el aire. Ahogué un quejido y me llevé la mano al punto del dolor, la miré y vi que la tenía llena de sangre; pronto la boca me supo a metal. María me había dado una mojada de medio jeme en el costillar con el punzón que llevaba escondido bajo las ropas.

—¿Ahora esperarás a que de este suelo broten rosas negras? —dije con voz ahogada viendo cómo mi sangre rociaba el suelo de la calesa.

—Te recuperarás, pero teme por tu vida: Gargantúa sabe que estás en Madrid y no se contentará con darte simplemente una punzada.

Tomó mi cara y me dio un profundo beso. Cuando se sació de mis labios me miró y me empujó levemente. Mareado por la pérdida de sangre, caí de la calesa. Desde el suelo oí cómo llamaba a su cochero y el traquetear de las ruedas perdiéndose en la lejanía. Me arrastré a una esquina cercana. Arranqué un jirón de mis ropas y atándomelo con fuerza al tórax taponé la herida. Acto seguido me hice un ovillo con el chambergo y la capa para parecer un pedigüeño y esperé a que la herida dejase de sangrar.

Unos ruidos de pisantes y voces de hombres me despertaron del sueño agónico que me había vencido.

—¿Está vivo o muerto?

—No lo sé; ayer no estaba.

—Va demasiado bien vestido para ser un limosnero hambreón —le respondió el primero con voz desconfiada—. Mira sus ropas: botones dorados y lima de seda. Son caras, hechas con mimo. O ha matado a un prójimo del mismo porte o es alguien de peso.

—¿Qué buscáis, hijos de puta? —les amenacé en un respingo sin levantarme, apuntando contra ellos mi puñal.

La hoja temblaba, ya no tenía fuerzas ni para mantener estable el hierro. A pesar de mi debilidad los fulanos, asustados, retrocedieron varios pasos protegiéndose el pecho con las manos; sin duda sabían que los leones son más peligrosos cuando están heridos.

—¿Ves, Juan? Te lo dije, este mal nacido huele a muerte —cruzó los dedos y los besó—. Seguro que trae mal asunto —dijo el más alto antes de persignarse varias veces.

Su cara era flaca, de carrillos hundidos y nariz afilada, tez apagada y dientes escasos, mellados y negros. El otro, su compinche, era todo lo contrario: un hombre gordo y abotagado, de piel brillante por el sebo, cara ancha llena de marcas y un gran bulto en la mandíbula que daba impresión de querer reventar en cualquier momento. Tenía menos pelo que una rana y sus ojos eran diminutos como garbanzos y nerviosos, encajados en unas cuencas hundidas y sombrías. Solo compartían dos rasgos: la ropa, por llamar de alguna manera al amasijo de nudos de paños y harapos remendados con bramante que pegados a sus cuerpos por la mugre les cubría y la peste a mierda que emanaba de sus cuerpos, una peste que ni se ha olido ni se olerá en los presidios turcos más repugnantes.

—Discúlpeme vuestra merced —dijo envalentonado el gordo—, solo somos dos hijos de la noche y primos del pordioseo. Si usted conoce en algo la ley de la calle sabrá que el pobre no puede desperdiciar ninguna oportunidad de yantar —alzó las cejas—. A usted le pinta mal futuro... lo cual para nosotros es oportunidad —abrió las manos—. Podríamos vender sus botas, empeñar su sombrero y sus ropas y aprovechar ese bonito cuchillo que con tanta dificultad parece sostener. ¿Se le hace pesada tan liviana carga? ¿Quiere que se la aligeremos? —dijo sombrío y vivaracho el gordo.

—Hijos de mala zorra... —masculié—. ¿Acaso no

veis que aún me meneo, sucios rapiñadores? Esperad al menos a que me muera, cabrones —respondí en otro susurro, bajando la cabeza.

—Por el charco de sangre en el que está sentado, sangre que supongo será suya, entreveo que mucha vida no le queda; y eso que no soy emplastista ni galeno —rio frotándose la barriga y dándole un codazo cómplice a su compañero—. ¿Qué le ha pasado: algún virgo mal remendado, algún pleito mal ventilado? Qué más da. ¿Será el señor tan amable de decirme si tiene pensado morirse en breve? —rio otra vez—. Hoy podemos ganar buen jornal: vamos a la tumba de un capitán, dice su criada, a la cual me cubro de vez en cuando —aclaró altivo—, que lo han enterrado con un candelabro de bronce. El muy imbécil querrá tener luz en la caja —soltó una carcajada—; así que por favor, muérase de una vez.

Se acercó con mucho tiento. Vi sus manos, huesudas como las de la muerte y con garras por uñas. Aquellos dos calcirrotos eran ladrones de tumbas, lo peor de entre la escoria de la gomarra. Tirados de la vida, sin arrestos para alzarle la zaina a los vivos.

—Da un paso más y juro por Cristo que gastaré la poca sangre que me queda en las venas rellenando tus tripas con los pellejos de tu amigo —amenacé enseñando los dientes. Sería un combate a muerte entre buitres y lobo.

—Este es un malaje —respondió su compinche alterado—. Juan, me cago en la cerda que me parió, que este hideputa me da mal fario —dijo con acento sureño el flaco, tirando de la manga de su amigo.

—¡Déjame en paz, peliflojo! —dijo zafándose de su mano—. ¡Está bien! Dejémoslo que se muera. Al ritmo que pierde sangre no pasa de hoy. Cuando volvamos de visitar al capitán ya nos ocuparemos de él, si los perros dejan algo.

—¿Qué? —bramé amenazándolos de nuevo con el estilete, pero esta vez con menos bríos.

Nadie me respondió. Ya se alejaban y yo dejé caer el arma y caí de nuevo en mi negro letargo, del que desperté cuando ya había anochecido. La herida sangraba menos, y aunque estaba agotado, me aferré a los salientes de la esquina para ayudarme a ponerme en pie. Con esfuerzo corté la rama de un árbol, la desmoché y con ella me hice una improvisada muleta. Tambaleante, me encaminé de regreso a Salamanca. La cabeza me daba vueltas.

Por desgracia, aquella noche parecía no querer terminar nunca. Tras mucho esfuerzo encaré el puente de Segovia. Una fría bruma se había levantado, impidiendo ver nada a cinco brazas. El puente estaba desierto: a esas horas y con esa niebla ningún alma de bien se atrevería a salir a la calle. Calculo que estaría por la mitad del puente cuando comencé a escuchar el suave caminar de unos pisantes provenientes de la otra orilla y que se dirigían hacia donde yo estaba. De repente se pararon y en mi nuca sentí el frío dedo de la Parca. Instintivamente tiré la muleta y me eché mano al cuchillo, apuntando con su filo al origen de las pisadas.

—Los fantasmas no vagan con calcos. ¡Da la cara, seas quien seas! —grité a la espesura de la bruma.

—Tienes buena oreja —dijo una voz desgarrada, bronca y cavernosa que enseguida reconocí.

—Gargantúa.

—Buenas noches, Rosanegra —dijo apareciendo entre el velo de bruma ataviado de pies a cabeza de luctuoso negro; cubierto casi enteramente por su lóbrega capa, dejando al descubierto solo el fuego de sus ojos. Se detuvo a varios pasos de mí y suavemente alzó la cabeza para regalarme una sonrisa sobrada de ira y orgullo.

—Buenas noches —respondí—, se me antoja pequeño

Madrid, pero no pensaba que tendría el gusto de encontrarte —dije apuntándole con el filo de mi desmallador.

—¿Te han herido? —dijo señalando las manchas de sangre que salpicaban mi jubón.

—Las caricias de las mujeres pueden ser fatales. Guárdate de ellas.

—Ya imagino a qué mujer te refieres: la que me rogó con insistencia que no provocase este encuentro, que te amaba. Extraño amor, pues por lo que veo casi me priva ella misma del placer de matarte.

—No vendas la piel del oso antes de cazarlo; aún respiro, no como esos alcornoques de panaderos que pretendiste convertir en asesinos.

—Está visto que si quieres que algo salga bien tienes que hacerlo tú mismo. Reconozco que esos donilleros a los que les encomendé mataros me engañaron; me los figuraba más hábiles. Pagaron caras sus mentiras —sonrió con maldad—. Sin embargo, aquellos hombres a los que mataste en el palacio de Monterrey sí eran gente curtida, mi tropa de confianza y con la que había trabajado muchas veces: rápidos, silenciosos e infalibles. Por eso cuando oí que tú solo los habías matado me sorprendí gratamente. Pensar que existía un hombre casi tan hábil con el hierro como yo era un desafío emocionante. Me resultó imperiosa tu colaboración en la emboscada al Príncipe.

—Si pagas por ratas solo obtendrás pestes.

—Quizás te interese unirte a mí —dijo abriendo las palmas con un suave ademán.

—Gracias, pero le tengo cariño a mi alma. Son muchos años juntos y no quiero perderla vendiéndome al demonio.

—Lo suponía, hay que tener muchas agallas para ejercer este oficio, pero descuida, yo te haré cenar con Jesucristo. Y cuando estés muerto o agonizante, me da igual, te sacaré el corazón y me saciaré comiéndolo. Será un suculento bocado, no tan exquisito como uno de sangre azul, pero más valiente, *bien sûr que oui.*

—Está visto, pues, que solo uno de nosotros saldrá vivo de este puente; no demoremos lo inevitable.

—Veo que tienes prisa por reunirte con tu Dios. No te haré esperar más.

De un tirón se deshizo de su capa, que cayó al suelo; con los brazos ya libres desengarzó la pistola que llevaba en la tachonada, apuntándome a la cabeza.

—Discúlpame por desgraciarte la cara con mi plomo. Te apuntaría al corazón, pero aborrezco encontrarme esquirlas en la comida.

Comencé a reír. Mis carcajadas eran estruendosas, casi de loco. Quizás la pérdida de sangre me había afectado a la sesera.

—Me alegra ver que encaras tu final con alegría. No hay nada más triste que ejecutar a un cobarde —sonrió, y apuntó minuciosamente a mi cabeza. No quería errar.

—¡Qué chasco te vas a llevar al ver que una mujer ya me dejó sin corazón…! —dije llorando de risa.

En un movimiento más rápido que un pestañeo y que cogió desprevenido a mi rival, lancé mi desmallador contra su cuerpo, hundiéndose la hoja en su pecho. En el mismo segundo él tuvo tiempo de apretar el gatillo. Noté cómo la pelota de plomo me afeitaba la sotabarba por la izquierda. Apoyé mi mano derecha contra la herida e hinqué la rodilla en el suelo a la vez que un sonido inarticulado salía de mi garganta. Miré a Gargantúa y vi cómo se tambaleaba hacia la barandilla del puente buscando un apoyo; una fuente de sangre le manaba por la boca mientras en su torso sobresalía el mango de mi botero. Me levanté y pese a estar aturdido por el pelotazo caminé hacia él.

—Por desgracia para ti, esa mujer también se llevó mi piedad —dije abrazándome a él, a la vez que asía el mango de mi cuchillo—. Los dos conocemos el oficio... Sabes lo que toca ahora, ¿verdad?

—Asegúrate de hacerlo bien, no tendrás mejor oportunidad —me suspiró en la oreja con gélido aliento—, porque si te alcanzo, sea en esta vida o en la otra, haré que reniegues de Dios.

—Entonces, por mi salud, será mejor hacerlo bien —repliqué, viendo el centelleo de mis ojos reflejado en los suyos.

Apreté el puñal clavándolo hasta el fondo al tiempo que giraba el mango, sintiendo cómo su carne y sus venas crepitaban y cómo su cuerpo convulsionaba entre mis brazos. Cuando sentí su peso muerto sobre mí y vi en el suelo lo que hasta entonces habían guardado sus intestinos, lo apoyé en la barandilla y dándole un suave empujón en la testa lo lancé a las aguas, perdiéndose para siempre entre las tinieblas del río.

Me apoyé en el pretil con ambas manos, tan frías como la piedra, cerré los ojos —que de nada me servían en aquella niebla cegadora— y vomité pese a no haber probado bocado en todo el día; puede que vomitara mi rabia, mi frustración o mi desengaño. Mientras el cuerpo de aquel caníbal bajaba por el río hasta la laguna Estigia para ser acogido en el Hades por sus conmilitones, llegué a plantearme, Dios me perdone, saltar y poner fin a todo.

Estaba solo; de la densa niebla podía salir cualquier esbirro de Gargantúa, o acaso de la Parmesana, para darme la puntilla, y las dos únicas personas en el mundo que podrían auxiliarme estaban en Salamanca. Podría aparecer el mismísimo Duque de Alba para ajusticiarme, si su rey así lo ordenaba. Me enjugué los labios con la puñeta de la lima mientras intentaba sobreponerme a la sensación de estar perdido como un náufrago. El océano que me rodeaba, empero, no era de agua, sino de insidias. Aquella tarde, derrumbado en una esquina como un perro sarnoso que esperase la muerte sin recibir ni un mal mendrugo ni un mal auxilio; perdiendo la vida gracias a una punzada insignificante, pero certera y envenenada como el corazón que la había guiado, el viento me traía cada poco el olor del pan de alguna tahona cercana. Entre vaharada y vaharada mis ojos, que se resistían a caer rendidos, vieron ingredientes de una receta que muy bien podría asarse en aquel horno... o en Palacio; la receta de un país ignorante y huérfano que vivía en la más paupérrima de las agonías:

Vi una pizca de realeza, de aristócratas caciques, de coches tirados por caballos cebados con mieles mientras en ellos paseábanse putas de alcurnia que reían las befas de hombres viejos y ajados, enriquecidos por la sangre de las guerras; señores de la muerte protegidos por algún halo divino, envalentonados por el oro, pero que tomarían presto las de Villadiego en cuanto oyeran el primer chasquido de un pedernal de arma de fuego.

Vi unas buenas cucharadas colmadas de hidalgos embutidos en sedas viejas lavadas con mimo y cuidado, intentando no desgastarlas para dar apariencia de nuevas y pomposas a prendas llenas de bordados y encajes tristes; tratando de disimular con torpeza una posición ya perdida, sin lustre.

Vi otro tanto de burgueses ensimismados en sus miserias, afanados en lograr a toda costa la hidalguía o la nobleza, pero sin apellido y sin dinero que las pudiera comprar. Anhelaban una cuna a la que jamás pertenecerían, pero no escatimaban esfuerzos en empeñar hasta el alma a judíos por mantener boatos de rico.

Vi también el ingrediente principal: la carne de cañón. Soldados cabizbajos, resignados, armados con hierros oxidados, cargando a sus espaldas con pesados cestos de los que a su vez colgaban ollas, sartenes y otros sacos; iban cubiertos de trapos rasgados, con cara de no haber comido caliente en muchas jornadas y de no haber tenido reposo en un lecho blando en otras tantas noches. Algunos de ellos tosían como tísicos. Pocos llevaban al hombro un arma digna, la mayoría cargaba con trabucos y mosquetes herrumbrosos y de maderas carcomidas, desfilando todos con paso tedioso, rítmico y monótono hacia una muerte segura en algún frente de las Españas donde Dios no recordaba haber puesto una frontera.

Entre las filas, caminaban orgullosos y altivos zapateros, afiladores y herreros, tratando de hacer negocio. Cerraban la comitiva presos encadenados y esclavos traídos de las Indias, azotados por látigos que no conocían el cansancio ni la piedad. También iban lúas, tratando de hacer el agosto con sus cufros. «Esa tierra ya está agostada», me dije pensando en los bolsillos de los soldados. Echadoras de cartas que no auguraban nada bueno, mercaderes intentando vender carnes rancias...

Por todas partes había más carne de cañón: mujeres y niños con ropas tan gastadas, remendadas y pardas como sus flacas muñecas, tan llenas de porquería y miseria que dejarían en vergüenza el voto de pobreza del franciscano más austero. Fantasmales en apariencia y apestosos como cloacas, era su hedor a fatalismo, a conformismo dócil, a saberse perdedores en una partida que otros jugaban por ellos, lo que más asombraba.

Como aderezando tan macabro guiso de gentes indolentes, vi a un niño que recogía los limones perdidos por un carro en un charco de barro y basura. Y vi sus ojos vacíos de esperanza y alegría mientras se afanaba en recoger aquella inmundicia, tratando de, imagino, poder llevar a su casa algo que yantar.

Y me vi en él, sabe Dios que me vi, y por primera vez en mi vida sentí correr por mis venas un desasosiego difícilmente explicable al contemplar cómo el país más poderoso de la Tierra, embarrado hasta los hígados en su propio egoísmo, desangrado por la codicia de unos pocos, se hundía sin remedio y sin pilotos expertos que lo llevaran a puerto.

País de vicios mantenidos con el oro de las Américas y permitidos por quienes deberían gobernar para todos, pero que solo se esforzaban en aumentar su miseria con más y más dinero. Y fue entonces, justo antes de perder el conocimiento, cuando lo que en verdad perdí fue la esperanza, al darme cuenta de que hiciéramos lo que hiciéramos estaríamos sentenciados: malditos por nuestra propia ineptitud, ignorantes por nuestra propia desidia, pobres en la riqueza, muertos de hambre por egoísmo. Un país colérico y violento, pero feliz y despreocupado al aceptar ser sometido por la concupiscencia.

Metí la mano en el bolsillo de mi jubón y con la uña arañé el poco rapé que quedaba en la costura para olerlo con ganas, pero la sangre de mis heridas lo había vuelto barro. Tras maldecir a la mujer, al sicario o a mi estrella —no recuerdo bien—, me dije: «Espero que en Santo Domingo. La Habana o donde Fortuna quiera que termine, pueda hacerme con algo más».

Tomé mi improvisada muleta y aguanté la respiración para oír mejor el silencio y asegurarme de que estaba completamente solo, porque por nada del mundo querría que mi cabeza acabara pregonando crímenes, como aquellas de los infelices ajusticiados en Salamanca que tantas veces vi siendo niño. Alcé la vista y grité: «En este puente no hay Dios, solo bravos», y retomé mi camino.

Mis párpados quieren cerrarse ya, la pluma se cae de mi mano. Es tarde y estoy cansado. Me aparto, pues, de estas páginas, reiterando lo que una mano anónima puso en boca de mi vecino Lázaro:

«*De lo que aquí adelante me suscediere, avisaré a vuestras mercedes*».

En 1917 nace la Fundación para la Protección Social de la OMC (Fundación Patronato de Huérfanos y Protección Social de Médicos Príncipe de Asturias), con la misión de dar protección social a los médicos colegiados de toda España y a sus familias, así como al personal de los Colegios Oficiales de Médicos y del Consejo General, a través de prestaciones, ayudas y servicios que les permitan afrontar situaciones de riesgo y vulnerabilidad social. Para ello ofrece en su Catálogo Anual de Prestaciones ayudas y servicios en materia asistencial, educacional, de conciliación de la vida personal y profesional, para la prevención, para la protección y promoción de la salud del médico, y para la promoción del empleo médico, entre otras. En el año 2017 la Fundación cumple un siglo de existencia. Un logro que justifica por sí mismo una celebración con todos sus protagonistas: los médicos, que la hacen posible con su aportación solidaria, los beneficiarios, que representan la materialización de su misión y todos aquellos que contribuyen a su crecimiento.